사랑도 복원이 될까요?

사랑도 복원이 될까요?

송라음 지음

로-로
전라남도 구례 편

TXTY

로-로는
Local Romance
그리고
Romantic Road

사랑 이야기를 통해
작품의 배경이 되는 지역을 새롭게 느끼고
그렇게 느낀 것을
독자가 직접 여행하며 경험해보도록 권하는
소설×여행 프로젝트입니다.

목차

Local Romance

사랑도 복원이 될까요?

007

Romantic Road

구례 여행 에세이

363

구례 여행 가이드

398

With Music & Books

404

일러두기

하나. 모든 표기는 출판사 편집 매뉴얼의 교정 규칙에 따르되, 작가의 의도에 따라 필요하다 판단될 경우 절충하여 표기하였습니다.

둘. 발행 도서는 『』로, 텍스트 작품 제목은 「」로, 간행물은 《》로, 그 외 저작물은 < >로 표기하였습니다.

셋. 본 작품에 등장하는 공간, 기관, 업체는 실제로 존재합니다. 그러나 인물과 사건 등의 구성 요소는 모두 픽션이며 창작에 의한 허구임을 밝힙니다.

01

임걸령으로 가는 길목에 들어서자, 안개에서 젖은 모래 냄새가 났다. 황설은 걸음을 멈추고 검정 등산화 끈을 고쳐 맸다.

노고단에서 돼지령까지는 골풀과 조릿대같이 키 작은 식물들이 카펫처럼 낮게 깔려 있었다. 돼지령 헬기장을 지나자 갑자기 숲이 깊어졌다. 햇빛에 조금이라도 더 닿으려 경쟁하며 자란 신갈, 졸참 같은 활엽수들이 가지를 뻗고 잎눈을 틔우고 있었다. 아름드리나무가 빼빼한 숲길을 30분쯤 가면 등산객들이 목을 축이는 샘이 있는데, 그곳이 임걸령이었다.

출발지인 성삼재에서 목적지인 반야봉까지는 보통 사람 걸음으로 4시간이 걸린다고 했다. 그런데 성삼재에서 출발한 지 4시간이 지난 현재 설의 위치는 목표한 거리의 절반 지점이었다. 짙은 안개 탓에 당장 몇 걸음 앞도 제대로 보이지 않으니 보폭이 반으로 줄었다. 설은 그만 돌아가고 싶은 마음을 떨치려고 배낭을 추슬렀다. 배낭에서 반달가슴곰 키링이 달랑거렸다. 크림치즈 무화과 바게트와 드립커피가 든 배낭이 묵직했다.

 안개가 점점 두껍게 밀려왔다. 이젠 바로 앞에서 올라가는 사람의 뒷모습조차 보이지 않았다. 설은 아침에 검은 후드점퍼를 입고 나온 걸 후회했다. 뒤따라오는 사람이 검은 옷을 입은 설을 제대로 보지 못해 계속 발뒤꿈치를 밟았기 때문이었다. 섬진강책사랑방 대표 오현은 이런 날 산에 가면 아무것도 못 볼 거라며 설을 말렸다. 설은 아무리 대표님 말이라도 등산을 하러 가느니 마느니 하는 것까지 따르고 싶지는 않았다. 설에게는 산에서 뭘 보았는지가 중요한 게 아니라 그곳에 갔다는 사실이 중요했다.

 무슨 일이든 직접 겪어보는 건 그만한 가치가 있다고 여겼다. 그래서 설은 살아오며 갈림길을 만날 때마다 그냥 흘러가기보다는 뭐라도 해보는 쪽을 택했다. 경험과 상처를 맞바꿀 때도 있었지만, 대개는 시간이 지나면 상처도 희미해졌다. 그러니 이렇게 안개 낀 날 산에서 고생한 것도 지나고 나면 아무것도 아닌 일이 될 것이다. 그런 생각을 하면서 천천히 걷던 설의 눈앞에 어느새 정말로 갈림길이 나타났다. 표지판 없는 갈림길의 양쪽 끝은 각각 평탄해 보이는 길과 넓은 오르막길로 이어져 있었다. 설은 고민 끝에 오르막길을 골랐다. 경사가 가파른 탓에 어쩐지 지름길처럼 보였다.

가쁜 숨을 몰아쉬며 오르막 구간을 지나자, 시야가 점점 더 좁아지고 길도 험해졌다. 걷다 보면 눈앞에 갑자기 큰 바위가 있었고, 뿌리가 다 드러난 나뭇등걸이 불쑥 튀어나왔다. 비가 안 오는 게 다행이었다. 비까지 내렸다면 미끄러져 넘어지고 옷이 흙탕물 범벅이 되었을 것이다. 그 생각을 하다 설은 멈춰 섰다. 한참 온 것 같은데 갈림길에서부터 지금까지 이정표를 보지 못했다. 탐방로를 표시하기 위해 나무에 묶어놓은 리본도 없었다. 현재 위치를 확인하려고 스마트폰을 꺼내자 안테나가 하나도 뜨지 않았다.

설은 스마트폰 사진첩을 열었다. 출발 전에 블로그 몇 개를 보며 대충 캡처한 사진이 있었다. 사진대로라면 돼지령에서 임걸령으로 가는 길은 편평한 흙길이어야 했다. 그런데 지금 설이 발 딛고 있는 길은 편평하지도 않았고 흙길도 아니었다. 굵은 나무뿌리가 뒤얽힌 틈으로 사초류가 빽빽한 풀숲을 누군가 억지로 헤치며 밟고 지나간 흔적만 있었다. 그러니까 탐방로가 아니었다. 설은 뒤돌아서서 몇 걸음을 되짚어 가보았지만 사방이 안개로 뒤덮여 시야가 1미터도 확보되지 않았다. 어디를 보아도 똑같았다.

돌아가야 한다는 생각이 엄습했다. 설은 가만히 계산해보았다. 갈림길에서 10분 넘게 왔으니 다시 돌아가게 되면 20분을 제자리에서 낭비한 셈이 된다. 만약 각도를 틀어서 갈림길보다 몇백 미터라도 앞 지점에 도착한다면 헤매는 데 써버린 시간을 조금이라도 줄일 수 있다.

여기서마저 분 단위로 시간을 따지고 있는 스스로가 한심했지만, 그렇다고 누가 나타나서 도와줄 리도 없으니 정신을 똑바로 차려야 했다. 설은 걸어온 길에서 탐방로 쪽으로 45도 각도를 어림한 뒤 우거진 사초를 헤치며 걷기 시작했다. 부디 계산이 정확히 맞아떨어져서 15분 후에는 눈앞에 탐방로가 나오기를 바라며.

시야를 가리는 안개, 손등을 따끔하게 긁는 길쭉한 풀들과 씨름하며 5분쯤 걸었을 때였다. 앞쪽에서 기척이 났다. 안개가 짙어 또렷하게 보이지 않았지만 검고 긴 실루엣이 어른거렸다. 언뜻 풍채 좋은 등산객처럼 보였다. 설은 반가운 마음부터 들었다. 이 길로 쭉 가면 탐방로가 나오는지 물어볼 요량으로 서둘러 다가갔다. 그런데 안개가 점점 옅어지며 검은 실루엣의 정체가 드러났.

"악!"

설이 저도 모르게 비명을 지르며 털썩 주저앉았다. 눈앞에 나타난 것은 풍채 좋은 등산객이 아니었다. 자다 일어난 것처럼 부스스하게 솟은 머리털, 검은 유리알을 박아놓은 것처럼 빛나는 눈, 상앗빛 크루아상 반죽을 붙인 것 같은 가슴팍의 반달무늬, 반달가슴곰이었다. 설은 주저앉은 채로 뒷걸음치며 바닥에 손을 짚고 일어났다. 눈앞의 진짜 반달가슴곰은 화엄사 사천왕상처럼 모든 게 다 컸다. 쳐다보기만 해도 위압감이 드는 모습이었다.

곰이 두 발로 서서 어린 산뽕을 뜯다 말고 소리 나는 곳을 힐끗 보았다. 설이 놀라서 입을 틀어막았다. 가방에 매달았던 베어 벨 소리가 성가셔서 떼어버린 것도, 곰을 보고 냅다 비명을 질러버린 것도 이제 와서 후회됐다. 안전 수칙을 제대로 지키지 않았으니 곰한테 공격당해도 할 말이 없었다. 그때 곰이 앞발을 바닥에 내려놓더니 설을 향해 절룩거리며 걸어오기 시작했다. 설이 뒷걸음쳤다. 곰이 앞발 하나를 거의 쓰지 못하는 것처럼 보이는데도 거리가 금방 좁혀졌다. 설은 비명이 새어 나오는 입을 틀어막고 비탈길을 뛰어 내려갔다. 그런데 안개 속에서 누군가 강하게 설의 팔을 낚아쟀다.

"저기, 저기 곰이 있어요!"

설이 곰에게서 눈을 떼지 못하고 소리쳤다. 설의 팔을 잡은 사람은 아무런 반응이 없었다. 설은 의아해하며 고개를 돌렸다. 조끼에 달린 곰 그림 엠블럼과 그 아래 수놓인 '국립공원공단' 글자가 눈에 들어왔다. 갑자기 안도감이 몰려오면서 눈물이 핑 돌았다. 남자가 설을 잡은 팔에 더 세게 힘을 주었다.

"곰이 엄청 컸어요. 빨리 도망가야 해요."

설이 다급하게 남자를 잡아끌었다. 남자는 미동도 하지 않고 미간을 찌푸렸다.

"조용히 좀 하시죠. 그쪽이 곰의 영역에 들어온 거지, 곰이 그쪽을 쫓아온 건 아니니까."

남자가 무뚝뚝하게 말하며 설의 팔에서 손을 뗐다.

"그리고 여긴 비법정 탐방로라서 걸리면 50만 원 이하 벌금입니다."

"모, 몰랐어요. 나갈게요."

설은 고개를 꾸벅 숙이고는 뒤돌아서서 비척비척 걸었다. 걸으면서 생각하니 괘씸했다. 곰과 마주쳐서 하얗게 질린 사람에게 괜찮냐고 묻지도 않고 벌금 얘기부터 하다니. 공단 직원 입장에서 등산객들을 많이 만나다 보면 사람들 대하는 데 인이 박였을 테지만, 그래도 놀란 사람부터 챙기는 게 먼저 아닌가. 그런 생각으로 툴툴대며 몇 걸음을 더 가던 설은 바닥에 깔린 검은 매트 같은 것을 힘껏 밟았다. 발이 죽 미끄러지는가 싶더니 큰 그물이 펼쳐졌다. 설은 그물에 휘감겨 공중으로 떠올라 순식간에 고목 사이에 번데기처럼 대롱대롱 매달렸다.

잠깐 어안이 벙벙했다. 오늘 눈앞에서 일어나는 일들이 하나같이 비현실적이었다. 그물에 갇혀 공중에 매달린 채 안개가 자욱이 깔린 숲을 보고 있으니 여기가 침대고 지금은 꿈을 꾸는 중이면 좋겠다는 생각이 간절하게 들었다.

그때 안개 사이로 곰이 튀어나왔다. 오른쪽 앞발을 심하게 절룩거리는 걸 보니 아까 마주친 그 곰이었다. 설은 가슴을 쓸어내렸다. 조금 전까지만 해도 그물을 밟아 이 꼴을 당한 것이 운이 없다고 생각했다. 그런데 밑에서 돌아다니는 곰을 보니 차라리 공중에 매달려 있는 게 나은 듯했다. 설은 곰을 쳐다보다가 곰 근처 나무 뒤에 조금 전 그 남자가 서 있는 것을 발견했다. 설이 구조를 요청하며 손을 흔들자 남자는 설을 힐끗 올려다보더니 검지를 입에 갖다 대며 조용히 하라는 신호를 보냈다. 그런 뒤에 배낭에서 얇고 긴 대롱을 꺼내 재빠르게 조립하고 그 안에 깃털 달린 다트 같은 것을 넣었다. 남자가 곰을 향해 대롱을 겨냥하자 설은 본능적으로 두 눈을 질끈 감고 귀를 틀어막았다. 곧 사방이 쿵쿵거리며 진동했다. 곰이 하울링 하며 날뛰는 소리였다.

곰은 꽤 오랜 시간 날뛰더니 움직임이 점점 느려지다가 바닥에 털썩 쓰러졌다. 몇 초간 정적이 흘렀다. 설은 실눈을 뜨고 그물 아래에서 벌어지는 일을 지켜보았다. 나무 뒤편에서 조끼 입은 사람들이 한 무리 나타났다. 남자가 곰 옆으로 다가가 가방에서 손수건을 꺼내 곰의 눈을 가리고 혓바닥을 길게 뺀 뒤 입을 다물렸다. 그리고 곧장 곰의 오른쪽 앞발에 칭칭 감긴 올무부터 끊어냈다. 곰의 앞발에 올무가 파고들었던 곳을 헤집자 하얀 뼈가 드러나 있었다. 남자가 입술을 꽉 깨무는 것이 보였다. 곰의 상처가 너무 참혹해서 설은 다시 귀를 막고 무릎 사이에 고개를 묻었다.

남자는 빠르게 응급처치를 끝냈다. 사람들이 곰을 들것에 옮기는 사이 남자는 무리에서 빠져나와 그물이 있는 쪽으로 걸어왔다.

"시훈아, 그물 좀 끊자."

"네."

시훈이라고 불린 남자는 재빨리 뛰어와 고목에 묶인 끈에 칼집을 넣기 시작했다.

"요즘 같은 세상에 뱀 그물도 아니고, 누가 이런 그물을 써요? 뭐 그렇게 큰 걸 잡겠다고. 간도 크네."

여러 겹 꼬인 나일론 끈에 칼집 넣을 위치를 가늠하며 시훈이 구시렁거렸다. 남자는 말 없이 그물 위를 올려다보았다.

"안개 때문에 머리 위 그물은 보이지도 않던데, 선배님

눈 좋으시네요. 근데 끈이 왜 이렇게 팽팽해요? 멧돼지라도 걸렸나. 어? 그물 안에 사람 있는데요?"

시훈의 눈이 휘둥그레졌다.

"선배님, 이거 납치 미수 아니에요? 경찰에 신고해야 하는 거 아닌가? 안에 든 사람은 괜찮은 거예요?"

"저 사람 멀쩡하니까 내버려둬. 불법 엽구 수거했다고 보고서에 쓸 사진이나 남기고."

남자가 무심히 말하며 그물 밑에 와서 섰다.

"아니, 아무 반응이 없잖아요. 저기요? 저기요?"

시훈이 계속 소리쳤다.

"그만 떠들고 칼 제대로 봐. 줄 끊어지기 직전에 알려주고."

"어, 어? 지금이에요!"

시훈의 외침과 함께 갑자기 팽팽하던 그물이 느슨해졌다. 웅크리고 있던 설의 몸이 아래로 뚝 떨어졌다. 설은 화들짝 놀라 눈을 떴다. 짧은 순간 눈앞의 풍경이 느린 동작으로 지나갔다.

설은 어릴 때 구름사다리에서 떨어진 적이 있었다. 그때도 지금처럼 눈앞의 풍경이 아주 느리게 지나간 뒤 모래밭에 등을 사정없이 부딪쳤다. 충격 때문에 폐가 쪼그라들어 숨이 쉬어지지 않았다. 잠깐이었지만 죽음의 문턱에 다녀온 기분이 들었다. 그런데 지금은 구름사다리의 몇 배인지도 모를 높이에서 추락하고 있었다. 이번엔 폐 두 쪽으로 끝날 것 같지 않았다. 설은 어마어마한 고통을 예상하며 눈을 질끈 감았다.

퍽.

생각보다 떨어지는 소리가 크지 않았다. 쓥, 후. 숨도 멀쩡하게 쉴 수 있었다. 다리나 팔이 부러지고 등이 아플 줄 알았는데, 엉뚱하게도 오금과 겨드랑이가 아팠다. 설은 조심스럽게 눈을 떴다. 웬 남자의 옆얼굴이 보였다. 말갛고 가무잡잡한 얼굴에 쌍꺼풀 없이 도톰한 눈이 유난히 크고 길었다. 그리고 눈꼬리가 끝나는 위치에 작은 점이 있었다. 설이 버둥거리며 몸을 일으키려고 하자 남자가 앓는 소리를 냈다.

"윽. 파, 팔꿈지!"

설의 팔꿈치가 남자의 가슴팍을 찌르고 있었다.

"어머, 죄송해요!"

설이 몸 둘 바를 몰라 몸을 비틀었다. 그러자 설을 받아 안고 있던 남자가 휘청거렸다.

"내려요. 얼른."

남자가 허리를 숙였다. 설이 허둥대며 남자 품에서 뛰어내렸다.

"진짜 죄송해요. 그 밑에 계신 줄은 몰랐어요."

"죄송한 줄 알면 빨리 좀 비켜요. 비법정 탐방로 단속

인력이 없어서 봐주는 거니까."

남자는 과장되게 팔을 털어냈다. 설을 잠깐이라도 안은 것이 기분 나쁜 듯한 제스쳐였다.

"탐방로는 저쪽."

남자가 바닥에 떨어진 그물을 칭칭 감아 들며 나무 뒤편으로 난 길을 가리켰다. 모여 있던 사람들은 남자가 오자 곰을 눕힌 들것을 들고 산 아래로 내려가기 시작했다. 설은 사람들이 줄지어 가는 모습을 물끄러미 보다가 이내 남자가 가리킨 방향으로 걸음을 옮겼다.

걷다가 자꾸 다리가 후들거려 고꾸라지려는 걸 바위를 짚고 버텼다. 돌부리에 걸리고 나무뿌리에 걸려 넘어지기도 했다. 겨우 탐방로를 찾아 나와서 마사토가 깔린 평탄한 길 위에 선 순간 저절로 하늘을 향해 두 손이 모였다.

설이 탐방로에 들어선 지 몇 분 되지도 않았는데 이번엔 국립공원공단 재킷을 입은 중년 남자가 다가왔다.

"선생님, 왜 그쪽에서 나오십니까?"

얼핏 봐도 삼촌뻘은 되어 보이는 사람이 설에게 굳이 선생님이라는 호칭을 사용하는 것이 불길했다. 설은 걸음을 멈추고 불안한 눈길로 남자를 보았다.

"국립공원공단 지리산사무소 레인저입니다. 선생님이 지금 나오신 길은 비법정 탐방로입니다. 알고 계셨습니까?"

오늘 들어 벌써 세 번째 듣는 소리였다.

"아는데 어쩔 수 없었어요. 돼지령 지나서 안개 때문에 길을 잘못 들었거든요."

설은 태연한 척하려 애썼다.

"돼지령이요? 어디로 가시던 길인데?"

레인저가 여유로운 표정을 지어 보였다.

"임걸령 샘 보고 반야봉 가려고……."

설의 목소리가 기어들어갔다.

"돼지령 지나서 임걸령이라……. 그쪽에 피아골삼거리 갈림길이 있어 헷갈릴 만하지. 한데 거길 들어갔으면 반대편으로 나오시는 게 맞는데, 지금 그 방향은 불법 엽구 있다고 신고 들어온 방향입니다."

레인저가 의심스러운 눈길을 보냈다.

"지금 제가 그물 설치했다고 의심하시는 거예요?"

"그 엽구가 그물이라고 말한 적은 없는데. 보통 올무나 창애[1]를 상상하는데 바로 그물이라고 하시네. 길 잃은 탐방객이 왜 공교롭게도 사람들이 흔히 잘못 드는 길이 아니라 불법 엽구가 설치됐다는 방향에서 나올까, 그리고 그게 그물인 건 어떻게 알았을까, 뭐 그런 생각 해보는 게 자연스럽지 않습니까?"

레인저가 뒷짐을 지고 등산화 신은 발을 까딱거렸다.

---

1) 짐승을 꾀어서 잡는 틀의 하나.

"망할 안개 때문에 길 잃은 탐방객이 불법 엽구에 걸려서 공중에 한참 매달려 있었다는 소식은 업데이트가 안 됐나 봐요. 레인저님, 자기가 친 덫에 자기가 걸리는 바보도 있어요?"

설이 황당해하며 쏘아붙였다.

"그래요?"

레인저가 눈을 휘둥그레 떴다.

"아니, 보고를 못 받았는데, 아무튼, 괜찮습니까?"

그는 머쓱한 표정을 지으며 설을 위아래로 살폈다.

"사지는 멀쩡하니 괜찮다고 해야겠죠. 모멸감, 굴욕감, 수치심, 이런 건 보상받을 길이 없겠지만요. 저 말고도 조끼 입고 곰 쫓아다니는 사람 많던데 왜 하필 제가 그걸 밟았나 몰라요."

"아, 보전원 직원들을 만나셨구나. 지금이 한창 곰들 검진하는 철이라 그 사람들 산속을 자기 손바닥처럼 알 걸요. 근데 불법 엽구 있다고 안 알려주던가요?"

레인저가 고개를 갸웃거렸다. 설이 억울하다는 듯 입을 열려고 하자 레인저가 어색하게 웃으며 손사래를 쳤다.

"아, 아닙니다. 아무튼 별일 없으셨다니 다행입니다. 선생님. 즐거운 산행 하십시오."

레인저가 황급히 대화를 끝내고 설이 나온 방향으로 걸어갔다.

설은 다리가 풀려 더는 걸을 수 없었다. 눈에 보이는 아무 바위에나 걸터앉아 배낭에서 납작해진 크림치즈 무화과 바게트와 미지근해진 커피를 꺼냈다. 바게트를 우물우물 씹으며 조금 전 겪은 일을 되새김질했다.

길을 잘못 들었고, 그 길에 곰이 있었는데, 도망치다 만난 남자는 설이 곰의 영역에 들어왔다며 빨리 나가라고 했다. 그리고 설이 그물에 걸린 걸 보고도 곰부터 처치한 뒤 설을 내려주었다. 그러니까 남자는 애초에 설을 구할 생각이 없었다. 어쩌면 설을 그물에서 꺼내준 것도 불법 엽구인지 뭔지를 수거하려다 보니 안에 든 걸 꺼내야 했던 건지도 몰랐다.

"뭐 저런 사람이 다 있어?"

갑자기 풀렸던 두 다리에 힘이 바짝 들어갔다. 설은 그대로 벌떡 일어났다.

"보전원? 그게 어디 붙은 건데? 내가 이 인간 또 마주치면 그땐 꼭 따질 거야."

씩씩대다가 빵 조각이 목에 걸렸다. 설은 켁 하고 기침하며 미지근한 커피를 한 모금 들이켜다 그대로 뱉을 뻔했다. 향이 다 날아간 드립커피는 그저 쓰디쓴 물이었다. 가볍게 트레킹하는 기분으로 나선 산행은 히말라야 등정만큼 힘들었고, 반야봉에서 호젓하게 먹고 싶어서 챙겨온 크림치즈 무화과 바게트는 돌을 씹는 맛이었다. 향이 좋다고 소문난 드립커피는 사약 같았다. 생각대로 된 게 하나도 없었다.

 설은 어깨가 축 처져서 책방으로 돌아왔다.
 설의 집이자 일터인 섬진강책사랑방은 섬진강 강가에 있었다. 원래 4층 규모의 모텔이었던 건물을 이전 주인이 개조하여 헌책방으로 바꾸었다. 부산 보수동 헌책방 골목에서 40년 넘게 운영했던 책방을 구례로 옮기며 '섬진강책사랑방'이라는 이름을 붙인 것이다. 그곳을 5년 전 고오현 대표가 인수했다. 1층부터 3층까지는 그대로 책방으로 썼고 특히 1층은 커다란 테이블과 업라이트 피아노를 두어 커뮤니티 공간으로 쓸 수 있게 바꾸었다. 건물 중앙 계단 벽에는 코코슈카풍의 그림이 여러 점 걸려 있었다. 계단으로 올라가면 4층 오른편에 오현이 혼자 사는 살림집이 보였다. 왼쪽에는 예전 모텔 구조를 그대로 살린 화장실 딸린 방이 하나 있었는데 이곳이 설의 방이었다.
 설은 1층 카운터에 들르지 않고 곧바로 계단으로 올라섰다. 신흙낭에 뭉군 걸 오현이 보면 분명히 한마디 할 것 같았다. 그런데 위층에서부터 다급한 발소리가 들렸다. 설은 계단참에 서서 난간 사이를 올려다보다가 하마터면 누군가와 부딪힐 뻔했다. 깜짝 놀라 뒤로 물러서자 축구복을 입은 한샘이 보였다.
"야 있냐, 설이야. 못 만나면 어쩌나 혔는디 잘됐다."
한샘이 한 손으로 설의 손을 와락 잡았다.
"오늘 축구하는 날이에요? 대표님은요?"
"말도 마라잉. 오현 언니 지금 일 났어."
한샘이 설의 손을 잡고 어쩔 줄 모르겠다는 듯 마구 흔들었다. 오현의 단짝이자 구례WFC의 스트라이커인 한샘은 서울에서 몇 달 살 때 설과 같은 동네에 살았었다며 유독 설에게 살가웠다.
"축구하다가 무릎 인대가 나가부렀어. 앰뷸런스에 실려 갔구마."
"네? 무릎 인대가요? 파열됐어요?"
"응. 하동 이겨불라고 그렇게 악착같이 뛰드만. 난 사람 인대 끊어지는 소리가 그렇게 큰 줄은 첨 알았어."
한샘이 콧잔등을 찡그리며 고개를 절레절레 흔들었다. 설은 당황스러웠다. 15세도 아니고 50세 여성이 축구하다가 무릎 인대가 끊어지다니, 오직 오현만이 할 수 있는 일이었다.
"저도 같이 가봐야 하는 거 아니에요?"
설이 걱정스레 묻자 한샘이 손사래를 쳤다.
"아녀. 설이 넌 언니 없는 동안 책방만 잘 봐줘. 병실에 누워가꼬 너 뽑길 잘했다며 어찌나 뿌듯해허는지. 참, 구레 청년 인터뷰가 제일 급하다니 이것부터 챙겨야 쓰겄다. 언니가 희한허게 이름 붙였던데, 뉴스레터 예산 집행 때문에 미루면 안 된다드라고."

"네? '청년이구례' 인터뷰를 대표님 없이 하라고요?"

설이 토끼 눈을 떴다.

"응. 언니가 그라대."

"그냥 인터뷰 한다고만 말씀하셨어요. 저한테 뭘 하라고 얘기하신 것도 없는데. 당장 내일이잖아요."

"응. 니가 다 안담서. 아, 맞다. 첫 번째 인터뷰이한테 내일 점심 먹자고 연락해보라고 혔어. 구두로 청탁 끝났고 내일이라고 말했는데 계속 답이 없다냐? 두 번째 인터뷰는 오후에 우리 차실에서 하기로 했응께 그리로 와야. 자료는 컴퓨터 바탕화면에 있고. 컴 비번은 알제?"

한샘이 한시가 바쁘다는 듯 속사포처럼 쏘아댔다. 설은 어안이 벙벙했다. 처음 만나는 사람들이랑 '로컬'을 콘셉트로 혼자 인터뷰를 하라니, 하고 싶어도 이 동네와 사람들에 대해 아는 게 없었다. 서울에서 내려온 지 고작 일주일째였다. 그래서 처음 이 인터뷰를 기획할 때도, 질문은 인터뷰이의 상황을 잘 아는 오현이 하고 실은 뒤에서 열심히 받아적기로 한 것이었다. 그런데 하루 만에 상황이 바뀌다니 당황스러웠다.

"첫 인터뷰이가 진짜 좋은 사람이여. 오현 언니 없어도 알아서 잘해줄 텐게 걱정허지 말어."

한샘이 설을 안심시키며 보스턴백을 추슬러 들었다.

"그만 가야겄다. 책방은 시간 똑같이 여닫으면 되고, 책 판매한 거는 수기로 장부에 적어주고. 인터뷰 있어서 자리 비우는 날은 헛걸음하는 손님 없게 SNS에 공지 올려주고. 그것만 부탁헌다. 나도 차실에 예약 손님 없을 때 틈틈이 올 텐게."

한샘이 종종걸음을 치며 밖으로 나갔다. 설이 문 앞까지 따라 나갔다.

"걱정 말어. 어떻게든 되겠지. 참, 문단속 잘해야 헌다. 암도 안 보는 것 같아도 다들 보고 있응게."

한샘이 눈을 찡긋한 뒤 차에 올라탔다. 검은색 중형차가 주차장을 빠져나갔다.

설은 오현이 사용하는 책상 앞에 앉아 컴퓨터를 켰다. 바탕화면에 '청년이구례 인터뷰'라는 한글 파일이 있었다. 파일을 열자 인터뷰이의 정보를 빽빽이 기록한 표가 눈에 들어왔다. 설은 일단 첫 번째 인터뷰이의 정보를 수첩에 메모했다. 이름은 정유건. 직업은 수의사. 구례에 온 지는 7년. 우선 해야 할 일은 약속을 정하는 일이었다. 설은 스마트폰을 꺼내 메시지를 작성했다.

[안녕하세요. 섬진강책사랑방에서 일하게 된 황설입니

다. 내일 청년이구례 인터뷰 건으로 연락드립니다. 점심 시간이 괜찮으신가요? 장소와 시간은 편하신 대로 정해 주셔도 됩니다. 메시지 보시면 연락 부탁드려요.]

작성한 문장을 한 번 더 눈으로 읽은 뒤 발송 버튼을 눌렀다. 그런데 1분쯤 지나서 답장이 왔다.

[오현 누나한테 듣긴 했는데 바빠서요. 저 말고 딴 사람 하시죠.]

설은 문자를 한참 들여다보았다. 약속을 다 해놓고 하루 전날 인터뷰를 못 하겠다고 하는 경우는 종종 있었다. 그럴 땐 미안해하는 게 정상적인 반응이었다. 심지어는 당일에 잠수 타고 펑크를 내는 경우도 있기는 했다. 하지만 하루 전에 연락해 못 하겠다고 하면서 무례하기까지 한 경우는 처음이었다.

[선생님 많이 바쁘시다니 안타깝습니다. 그런데 구례에서 일하며 살고 있는 청년들을 대표하는 분들을 섭외하여 진행하는 인터뷰라 당장 대체할 분을 찾기 어려워서요. 편하신 시간을 알려주시면 최대한 선생님 일정에 지장 없게 진행하겠습니다.]

설은 취재원을 어르고 달래는 데에 일가견이 있었다. 그래서 인터뷰하기 까다롭기로 유명한 신임 수산 조합장을 구워삶아 인터뷰했을 때 모두가 놀랐다. 물론 그 뒤에 설이 조합장의 비리를 폭로하는 기사를 냈을 때 모두가 한 번 더 놀라긴 했지만.

설의 비법이 통한 것인지 과연 정유건으로부터 답장이 왔다.

[내일 아침 7시. 주문한 책도 부탁 좀 합시다.]

1분 전의 노력을 후회하게 만드는 문자였다. 편하신 시간이 왜 오전 7시인가? 주문한 책 부탁은 배달해달라는 건가? 언제부터 서점이 배달도 해주는 곳이 되었지? 그 모든 게 무례라는 사실을 전혀 인지하지 못하고 있다는 것이 '합시다'라는 세 글자에서 느껴졌다. 처음부터 점심시간에 간다고 할걸, 먼저 말한 게 있으니 이제 와서 상대방이 제멋대로 군다고 탓할 수도 없었다. 설은 땀 나는 이마를 향해 입바람을 한 번 훅 불고는 자판을 꾹꾹 눌렀다.

[오전 7시. 어디로 가면 될까요, 선생님? 그리고 책 제목을 알려주셔야 가져다드리든지 할 텐데요.]

'가져다드리든지' 뒤에 '말든지'를, '텐데요' 뒤에 '이 자식아'를 쓰는 상상을 해보다가 전송 버튼을 눌렀다. 또 1분 만에 답장이 왔다.

[남부보전센터. 책 제목은 기억 안 나는데. 아무튼 주문했어요.]

설은 스마트폰 화면을 손가락으로 올렸다가 내리기를 반복했다. 주고받은 메시지를 몇 번이나 다시 읽었다. 누군가 자신을 이렇게 무성의하게 대할 때는 이유가 있지 않을까 하고 생각했다. 그런데 이유를 찾을 수 없었다. 주문한 책이 뭔지 모르겠다고 하며 가져다주지 말아버릴까. 아니면 책등에다 코딱지를 접착제인 척 묻혀놓을까. 혼자 머릿속으로 갖가지 복수극을 그려보다 결국 한숨을 쉬며 오현의 주문 장부를 펼쳤다. 사흘 전 날짜에 '정유건'이라는 이름으로 주문한 책이 있었다. 제목은 『우리는 왜 개는 사랑하고 돼지는 먹고 소는 신을까』[2].

한 번 들으면 잊어버리기 어려운 제목이었다. 그렇다고 정확하게 외우기도 어려웠다. 개를 사랑하는지 소를 사랑하는지 알 게 뭐야. 딱 그렇게 바꿔 말할 것 같은 제

---

[2] 멜라니 조이 저, 노순옥 역, 모멘토, 2011. 작품에 나온 주황색 표지 버전은 2021년에 나온 10주년 기념 개정판이다.

목. 그러다 설은 깜짝 놀랐다. 하마터면 책 제목도 기억하지 못하면서 가져다 달라는 사람을 이해할 뻔했다. 설은 오현의 책상 밑에서 신간이 든 택배 상자를 찾아내 테이프를 뜯었다. 상자에서 바로 그 책, 『우리는 왜 개는 사랑하고 돼지는 먹고 소는 신을까』가 나왔다. 주황색 표지에 개와 돼지, 소가 형태만 그려져 있었다. 이 책 속에 정말로 왜 인간이 개는 사랑하고 돼지는 먹고 소는 신는 것인지 그 답이 들어 있다고? 삐딱한 생각이 고개를 쳐들었다. 이를테면, 개는 먹고 소는 타고 돼지는 입을 수도 있지 않나 하는. 설은 책을 빠르게 넘겨본 뒤 잠깐 망설이다가 책장 사이에 새로 만든 명함을 끼워 넣었다.

'황설의 책 병원. 섬진강책사랑방 2층에 있습니다.'

02

아침부터 날씨가 맑았다.

설은 자전거를 타고 한적한 도로를 40분쯤 달려 화엄사 길목에 도착했다. 여기서 오른쪽으로 꺾으면 탐방 안내소가 나왔다. 자전거에서 내려 주변을 둘러보다가 불현듯 기시감이 들었다. 겹겹이 둘러싸인 식당 건물들과 넓은 주차장, 그 사이의 도로와 뒤편의 산이 눈에 익었다. 엄마가 증발하기 전에 가족이 함께 왔던 곳이었다.

설은 천천히 주차장 뒤편으로 난 좁은 길로 걸어갔다. 기억 속에서는 공터였던 땅에 이제는 펜션들이 빽빽이 지어져 있었다. 불쑥 떠오른 다음 기억이 맞다면 공터 끝에 계곡이 있어야 했다. 여벌 옷도 없는데 물에 뛰어들었다고 야단맞았던 곳. 천천히 걸어가 펜션 건물 모퉁이를 돌자 정말로 계곡이 있었다.

스마트폰을 꺼내 시간을 확인했다. 7시 5분. 시간을 딱 맞춰 왔는데 기억이 제멋대로 옛날 일을 꾸역꾸역 뱉어놓는 바람에 5분이나 늦었다. 설은 언제나 지나간 일을 잊으려 하기보다 앞으로 해야 할 일에 집중하려고 애썼다. 그리고 지금 해야 할 일은 정유건 수의사를 만나는 일이었다. 지도 앱을 켜고 다시 한번 남부보전센터를 검색하자 현 위치에서 237미터 떨어진 거리에 있었다.

설은 지도 앱이 가리키는 방향으로 시선을 돌렸다. 계곡 건너편 나무 사이로 주황색 계열의 벽돌 건물이 보였다. 계곡 위에 걸쳐진 다리를 건너자 주차장이 나왔다. 주차장에는 은색 SUV가 한 대 있었다. 설은 입구를 찾아 유리문 옆에 붙은 벨을 눌렀다. 내부는 불이 꺼져 있어 어두웠지만 두 손으로 눈 옆을 가리고 안을 들여다보니 어렴풋이 윤곽이 보였다. 로비도 따로 없고, 입구에서 바로 복도로 이어지는 구조였다. 양쪽 벽에 여러 개 있는 문들은 전부 사무실인 듯했다. 벨을 한 번 더 눌렀지만 안에서는 아무 반응도 없었다. 설은 정유건에게 전화를 걸었다. 전화벨이 한참 동안 울리다가 음성 녹음 안내 멘트로 넘어갔다.

"5분 늦었다고 안 만나주는 거야 뭐야."

설이 혼잣말을 중얼거리며 센터 문을 슬쩍 밀었다. 그

러자 문이 밀렸다.

"들어오라고 일부러 열어둔 건가?"

설은 문을 조금 더 세게 밀어 사람이 드나들 수 있을 정도로 틈을 벌린 뒤 고개를 들이밀었다.

"안에 누구 계세요?"

안에서는 아무 소리도 들리지 않았다. 설은 문틈으로 오른발을 들이밀었다. 갑자기 복도 왼쪽의 사무실 문이 벌컥 열리더니 사람이 튀어나왔다. 그 사람은 한 손에는 양치 컵, 다른 한 손에는 치약 묻힌 칫솔을 들고 목에는 수건을 두른 채 반대편 복도로 빠르게 걸어갔다.

"저기요."

설이 그를 불러 세웠다. 그는 설이 있는 쪽은 쳐다보지도 않고 자동 응답기 같은 말투로 대답했다.

"탐방 시간 아닙니다."

"탐방하러 온 거 아니에요. 누굴 만나기로 했어요."

설이 조심스럽게 말했다. 남자가 설을 돌아보았다. 눈동자에 벌겋게 핏발이 서 있어 눈을 마주치기가 부담스러웠다. 설은 시선을 슬쩍 옆으로 돌렸다. 그런데 남자의 오른쪽 눈꼬리 밑에 작은 점이 있었다. 어제 본 남자였다. 곰을 구하는 김에 어쩔 수 없이 설을 도와준 그 남자. 조끼 대신 남색 브이넥 유니폼을 입었고, 수염이 거뭇거뭇 자라 있었지만 분명 같은 사람이었다. 설은 격앙되는 마음을 누르려 애쓰며 말했다.

"정유건 선생님이랑 약속했는데, 연락이 안 되네요."

설은 자신이 남자를 찾아온 게 아님을 에둘러 밝혔다. 남자는 그저 피곤해 보일 뿐 설을 알아보는 것 같지도 않았다. 하긴, 검은색 등산복을 입고 머리를 질끈 묶은 채 겁에 질려 뛰어다니던 어제의 황설과, 찰랑이는 중단발을 어깨에 닿을 듯 늘어뜨리고 스트라이프 셔츠에 슬랙스를 갖춰 입은 오늘의 황설은 전혀 다른 사람처럼 보일 만도 했다.

"정유건을요? 왜?"

남자가 무표정한 얼굴로 설을 힐끗 보았다. 설은 아랫입술을 꾹 깨물며 가방에서 명함을 꺼내 남자에게 건넸다.

"프리랜서 기자 황설이라고 합니다. 명함에는 '수경일보' 기자라고 나와 있는데 일주일 전에 퇴사했고요. 오늘은 청년이구례 인터뷰를 하려고 정유건 선생님을 뵈러 온 건데……."

명함을 들여다보는 남자의 미간이 점점 좁아졌다. 설은 말을 멈추었다. 설이 한 말의 어느 대목이 남자의 마음에 들지 않는 건지 알 수 없었다. 남자는 칫솔을 입에 물고 빈손으로 명함을 받아 주머니에 찔러 넣은 뒤 직원 휴게실로 들어가며 말했다.

"잠깐만."

남자가 양치를 시작했다. 사방이 고요한데 세면대 물소리와 양치 소리가 시끄럽게 울렸다. 설은 안절부절못하다 뒤돌아섰다. 찾는 사람이 있으면 있다, 없으면 없다고 말해주면 간단한데 왜 갑자기 양치질을 시작한 건지 이유를 알 수 없었다.

부글대는 소리와 물 쏟아지는 소리가 몇 번 요란하게 들리고 난 뒤 이내 사방이 고요해졌다. 설이 다시 고개를 돌려 직원 휴게실 안을 들여다보았다. 거울에 비친 남자의 모습이 보였다. 그는 주머니에서 스마트폰을 꺼냈다. 잠깐 당혹스러운 표정을 짓고는 전화기를 만지작거린 뒤 이내 귀에 갖다 댔다.

"어, 미안. 전화기가 꺼진 줄 몰랐어. 어제 오이 지켜보느라 밤새웠거든. 뭐? 교통사고?"

휴게실을 뛰쳐나온 남자는 문밖에 설을 세워둔 것도 잊고 복도 끝으로 달렸다. 설도 엉겁결에 그를 쫓아 뛰었다. 그는 복도 끝에서 이어지는 통로를 지나 뒤쪽 건물로 넘어갔다. 건물 한가운데에 유리문이 있고 그 옆에 '야생동물의료센터'라는 나무 현판이 걸려 있었다. 남자는 유리문 비밀번호를 다급하게 입력한 뒤 안으로 뛰어 들어갔다. 설이 따라 들어갈 틈도 없이 진료센터의 문이 닫혔다.

설이 문 앞에 황망하게 서 있는데 뒤에서 시끄러운 발소리가 들렸다. 고개를 돌리자 어제 본 것과 같은 장면이 반복됐다. 건장한 남자 대여섯 명이 두툼한 천으로 된 들것에 혓바닥을 빼고 눈을 가린 채 누워 있는 곰을 낑낑거리며 옮기는 장면이었다. 맨 앞에 있는 남자가 유리문 앞에 서 있는 설에게 비키라며 손짓했다. 설은 주춤거리며 뒤로 물러섰다. 곰과 남자들이 우르르 몰려 들어가고, 또 한 번 유리문이 닫혔다.

"아, 저, 정유건 선생님!"

저 많은 남자 중에 정유건이 있을 거라는 깨달음이 뒤늦게 밀려왔다. 언뜻 봐도 오늘 실려 온 곰 환자는 상태가 꽤 심각해 보였다. 다리에 부목을 대고 붕대를 칭칭 감고 있었고, 붕대에는 피가 잔뜩 묻어 있었다. 교통사고라고 했으니, 센터 전체가 비상일 것이다. 그 말인즉슨 오늘 인터뷰를 하기 어려울 수도 있다는 뜻이었다.

설은 유리문 너머로 사람들이 움직이는 모습을 기웃거렸다. 사람들 명찰에 정유건이라는 이름이 쓰여 있지 않은지 실눈을 뜨고 쳐다보았다. 스파이더맨처럼 유리문에 찰싹 달라붙어 있는데 맞은편에서 직원이 설을 발견하고 유리문 앞에 와서 섰다. 설이 뒤로 물러났다. 자동문이 열리자 직원이 허리에 손을 올렸다.

"무슨 볼일 있으십니까? 여기 외부인 출입 금지라 이렇게 계시면 안 되는데요."

말투는 친절했지만 지극히 사무적인 태도였다.

"아, 약속 잡고 온 건데요. 혹시 정유건 선생님 안에 계세요?"

설이 조심스럽게 말했다.

"아, 유건 샘 손님이세요? 전 또 기자인 줄 알고. 안에 계시기는 한데 지금 응급 상황이라서요. 조금 전에 수술 들어가셨으니 너덧 시간은 걸릴걸요."

유건과 약속했다는 말에 직원의 말투가 눈에 띄게 부드러워졌다. 설은 기자인 줄 알았다는 말에 속이 뜨끔했지만 티를 내지 않으려 애쓰며 대화를 이어갔다.

"오늘 정유건 선생님을 꼭 만나야 하는데, 혹시 센터 안에 기다릴 만한 곳이 있나요?"

"오래 걸릴 텐데요. 정 그러시면 회의실에 가 계세요. 오전엔 회의 잡힌 거 없거든요. 회의실이 어디냐면 앞 건물 1층이에요."

직원이 친절하게 말하고는 다시 문 안으로 들어갔다. 설은 직원의 등에 대고 꾸벅 인사한 뒤 돌아섰다.

앞 건물로 돌아와 회의실을 찾아 들어갔다. 한쪽 벽에 접이식 책상과 의자가 차곡차곡 쌓여 있는 게 보였다. 다른 쪽 벽에는 각종 보고서와 발간 자료들이 책장 가득 꽂혀 있었다. 책장에는 '열람 후 제자리에 꽂아주세요'라는 안내문이 붙어 있었다. 설은 책상 앞에 의자 하나를 끌어다 앉은 다음 정유건에게 문자를 보냈다.

[오늘 인터뷰하기로 한 황설입니다. 회의실에서 기다리고 있으니 급한 상황 끝나면 연락 주세요.]

스마트폰을 책상에 내려놓자 혼자 오버하는 건 아닌가 하는 생각이 제일 먼저 스쳐 지나갔다. 뉴스레터 한 번 펑크 나는 게 무슨 큰일이라고, 아침 댓바람부터 인터뷰이를 기다린다며 청승인지 자신도 이해할 수 없었다. 설은 헌책을 고치고 싶어 헌책방에 취직했고, 책방에서 하는 많은 일 중에 청년이구례 인터뷰를 돕기로 한 것뿐이다. 구독자 열에 아홉은 이메일함에서 클릭만 하고 읽지도 않을 그 뉴스레터가 대체 뭐라고 이렇게까지 하고 있는 걸까.

첫 번째 인터뷰이인 정유건에 대해서는 한샘도, 오현 대표도 잘해줄 거라는 말 말고는 더 보탠 말이 없었다. 인터뷰를 오현과 같이 진행하기로 했기 때문에 설은 녹음 파일을 받아서 문서로 정리하고 다듬기만 하면 될 줄 알았다. 설이 더 할 일은 인터뷰이에게 의미 있는 책 한 권을 고쳐주어 감동적인 사연을 보태주는 것이었다.

그런데 설이 혼자 진행해야 하는 상황이 되니 일단 인터뷰이에 대한 정보가 하나도 없다는 게 가장 큰 문제였다. 정유건이 말한 남부보전센터를 검색했더니 반달가슴곰 기사가 왕창 떴다. 그제야 직업 칸에 쓰여 있던 '수의사'가 무슨 뜻인지를 알았다. 그는 개나 고양이 같은 반려

동물이나 염소나 소 같은 가축이 아니라, 야생동물을 치료하는 수의사였다. 한샘과 오현이 왜 좋은 사람이라는 말로 그에 대한 모든 설명을 생략했는지 알 것 같았다.

설은 요즘 동물에 관련된 기사를 볼 때마다 빚진 기분이 들곤 했다. 수경신문은 수산경제신문의 줄임말이었고, 이 신문의 구독자는 수산 관계자들이었다. 수산 관계자에게 필요한 정보를 제공하는 것, 그것이 수경신문의 존재 이유였다. 설이 처음 수경신문에 입사할 때만 해도 동물권에 대한 사람들의 인식이 지금과는 많이 달랐다. 그래서 설도 취업이 급하다는 핑계로 불편한 마음 없이 입사할 수 있었다.

그런데 시간이 흐르면서 동물을 위하는 쪽은 바람직하고, 이용하는 쪽은 마뜩찮게 여겨지는 분위기가 형성되었다. 설이 제일 당황스러웠을 때는 스위스에서 랍스터를 산 채로 끓는 물에 삶는 것을 금지하는 법이 발표되었다는 기사를 쓸 때였다. 갑각류도 고통을 느낀다는 연구 결과는 놀라웠지만, 이 기사를 읽고 헛웃음을 지을 어민들이 떠올랐다.

설이 만난 어민들은 대부분 자신을 먹고살게 해준 바다에 감사하며 성실하게 살아온 사람들이었다. 그런데 평생 해온 그 일이 갑자기 비인도적인 일이 되었다는 소식을 들으면 씁쓸해할 것이 분명했다. 그날 신문사 사장은 회식 자리에서 술기운에 목소리를 높였다. 선사시대 유적지 중에 생선 뼈와 조개껍데기가 안 나오는 곳이 없다고, 농경이 정착되기 이전에 인간들을 먹여 살린 게 어로라며 울분을 토했다. 설은 자신도 그 비인도적인 산업의 일부라는 자격감이 들어 회에는 젓가락도 대지 않았다.

그리고 자신이 일하고 있는 곳 너머를 보지 않으려 흐린 눈을 했다. 그 이상의 윤리의식은 일하는 데 불편하기만 할 뿐이라고 합리화했다. 그래서인지 퇴사할 때도 반쯤은 속이 시원했다. 그런데 갑자기 야생동물 수의사를 독대해야 한다고 생각하니 덜컥 겁이 난 것이다.

연도별로 차곡차곡 책장에 꽂혀 있는 반달가슴곰 복원 사업 자료를 보자 호기심이 일었다. 설은 멸종위기종인 반달가슴곰이 지리산으로 돌아와서 보낸 시간을 알지 못했다. 하지만 알고 싶었다. 산에는 동물들이 살고, 그중엔 곰도 있다는 것을 사실로 만들어낸 시간을 들여다보고 싶었다. 그래야 반달가슴곰을 진료하는 야생동물 수의사를 인터뷰할 수 있을 것 같았다. 설은 책장에서 2004년 자료부터 꺼낸 뒤 책상에 앉아 노트에 메모하며 읽어 내려가기 시작했다.

노트 수십 장을 빼곡히 채우고 나자 설의 배에서 꼬르륵 소리가 들렸다. 어느새 점심때가 가까워져 있었다. 정유건에게서는 연락이 없었다. 기다리는 건 할 수 있겠는데 배고픈 건 참을 수가 없었다. 이럴 줄 알았으면 그제 구례역제과점에서 사다 놓은 구례밤파이라도 좀 챙겨올 걸 그랬다는 생각이 들었다. 설은 지금이라도 밥을 먹고 오겠다고 연락해야 하나 고민하며 스마트폰을 꺼냈다.

그때 회의실 문이 벌컥 열리고 아침의 그 남자가 안으로 들어섰다. 아침보다 눈동자가 더 빨개진 것 같았고, 눈 밑의 다크서클도 진해져 있었다. 설은 움찔하며 의자를 뒤로 물렸다.

"여기서 뭐 해요? 안 갔어요?"

남자가 설을 보고 흠칫 놀라며 물었다.

"아, 아직 약속한 사람을 못 만나서요."

설은 메모한 노트를 주섬주섬 정리하며 일어섰다. 설이 나가는 걸로 생각했는지 남자가 책상 반대쪽 모서리에 의자를 끌고 와서 한숨을 푹 쉬며 앉았다.

"빨리 나가세요. 여기 외부인 출입 금집니다."

남자는 감정 없는 말투로 귀찮다는 듯 자기 할 말만 내뱉고는 책상에 엎드렸다. 설은 남자의 뒤통수를 빤히 쳐다보았다. 제멋대로 헝클어진 머리카락이 주인 성격과 똑 닮아 있었다. 설은 일부러 더 천천히 짐을 챙겼다. 갑자기 남자가 고개를 발딱 들었다.

"30분 후에 여기서 화상 회의를 해야 하는데 엄청 중요한 겁니다. 근데 내가 마지막으로 잔 게 30시간 전이고. 지금 눈 안 붙이면 이따가 헛소리 지껄이지 않을 자신이 없어서 그러니까 제발 좀 나가요. 부탁입니다."

남자는 전혀 친절하지 않은 태도로 출입구를 가리켰다. 설은 문득 오기가 발동했다.

"저도 여기 직원 안내받고 들어왔어요. 오전에 회의 없다고 들었는데요. 잠 못 잔 건 그쪽 사정이고, 당장 여기서 회의하는 것도 아니잖아요. 직원 휴게실 소파 편해 보이던데 거기 가서 주무시지 그래요."

설이 쏘아붙이자 남자가 입을 비뚜름하게 올리며 웃었다.

"직원 휴게실 소파가 편한 거 내가 지금 몰라서 이래요?"

"그럼, 아는데 왜 안 가요?"

"지금 소파에서 자빠져 자다가 회의 놓치면 그 뒷수습을 어떻게 합니까?"

남자가 갑자기 목소리를 높였다. 설은 어이가 없어 입을 떡 벌렸다.

"사람 내쫓는 방법도 가지가지네요. 어제도 그러더니."

남자는 설이 빈정거리든 말든 자세를 잡고 책상에 엎드렸다. 거기서 더 편한 자세를 잡으려고 의자를 뒤로 조금 빼자 바지 주머니에서 스마트폰이 툭 떨어졌다. 남자는 귀찮은 듯 전화기를 주워 책상 위에 던져놓고 다시 엎드렸다.

설은 말없이 보고서들을 책장에 꽂았다. 그리고 의자를 밀어 넣고 남자가 엎드린 책상 앞을 지나갔다. 남자의 정수리를 노려봐도 화가 가시지 않았지만, 이 모든 사달을 만든 장본인은 정유건이니 모든 화력을 거기에 집중하기로 했다. 스마트폰을 꺼내서 정유건에게 오늘은 그만 책방으로 돌아가겠다고 문자를 쓰다가 손가락이 미끄러져 통화 버튼이 눌렸다.

　<u>드르르르르.</u>

　설은 발신음이 들리는 전화를 황급히 끊으려고 하다가 책상 위에서 울리는 진동을 느꼈다. 남자의 머리맡에 있는 스마트폰이 진동하는 중이었다. 남자는 엎드린 채로 미동도 하지 않았다. 순간 싸한 느낌이 들었다. 설은 다시 책상으로 돌아가 남자의 스마트폰 화면을 내려다보았다. 설의 전화번호가 떠 있었다.

　설은 전화를 끊었다가 다시 한번 걸었다. 남자의 스마트폰 진동이 잠깐 멈추었다가 다시 울렸다. 남자는 엎드린 자세 그대로 오른손만 뻗어 스마트폰을 귀에 갖다 댔다.

　"정유건입니다."

　한참 기다려도 수화기 너머에서 대답이 없자 남자가 고개를 들고 실눈을 떴다. 설은 그가 엎드린 책상 앞에 서서 정수리를 내려다보며 중얼거렸다.

　"등잔 밑이 어두웠네요. 정유건 선생님."

머리 위에서 들리는 목소리가 약간의 시간차를 두고 수화기 너머에서 들렸다. 유건이 고개를 번쩍 들었다. 설이 스마트폰 화면을 유건의 눈앞에 들이밀었다. 낯익은 번호가 찍힌 화면에서 통화 시간이 계속 흐르고 있었다.

유건이 눈을 비비며 허리를 펴고 앉았다. 이윽고 얼굴을 잔뜩 찡그린 채 입을 열었다.

"그게, 일부러 그런 게 아니라……."

설이 팔짱을 끼고 이마를 찡그렸다.

"어제 들어온 오이는 조직이 괴사해서 앞발을 절단했고, 밤새 모니터링했습니다. 오늘 아침에는 오삼이 교통사고가 나서 실려 왔고. 그래서 다른 사람 찾으라고 했잖습니까."

유건이 억울한 듯 자초지종을 털어놓았다.

"그쪽 바쁜 거 저도 알아요. 그래서 시간 최대한 맞추겠다고 했잖아요. 상황이 여의치 않으면 그렇다고 말하지, 아침에 내가 정유건 선생님 찾아왔다고 했을 때 왜 모른 척했어요? 본인이라고 왜 말 안 했냐고요."

"모른 척한 거 아닙니다. 내가 누군지 말하는 걸 잊어버린 거지. 근데 그쪽도 오늘만 날 아니잖아요. 바빠 보이면 다음에 오지. 왜 기다려요? 정 급하면 인터뷰 기사 나와 있는 거 몇 개 짜깁기해도 아무도 모를 텐데."

유건이 이마에 손을 짚고 깊은 한숨을 내쉬었다.

조합장 비리를 폭로하는 기사를 올리고 데스크에 불려 갔던 날도 꼭 이랬다. 적당히 물어다 주는 기사 짜깁기나 하지, 무슨 심층취재를 하냐고 비아냥거리던 팀장의 모습이 남자의 얼굴에 겹쳐보였다.

설은 지난 일을 떠올리지 않으려 안간힘을 썼다. 그날의 모멸감을 다시 느끼고 싶지 않았다. 그러나 덤덤하게 지나칠 수 없었다. 순식간에 눈물이 고이더니 눈꼬리를 타고 아래로 흘러내렸다. 유건의 손과 스마트폰 위로 설의 눈물이 후드득 떨어졌다.

온몸에 힘이 쭉 빠져 그대로 주저앉았다. 목구멍에서부터 끽끽거리며 흐느낌이 새어 나왔다. 유건이 어쩔 줄 몰라 하며 의자에서 일어나 책상을 빙 돌아 설에게 다가왔다.

"저, 울지 말고 말로 합시다. 네? 미안하다고 할게요. 미안하다고."

설은 더욱 서럽게 울었다.

"아니, 다 큰 어른이, 이게 울 일이에요? 화를 내면 되지, 왜 울어요? 응? 뚝! 울지 말라니까……."

유건이 억울한 듯 웅얼거리며 설을 달랬다. 설이 벌떡 일어났다.

"일을 하는 건 난데 왜 열심히 할지 말지를 당신이 정해요? 그냥 제시간에 나타나서 할 말만 하면 되는데, 그

것도 안 해줬으면서, 사람 계속 바보 만들었으면서 이제 와서 뭘 하라 말라 하냐고요!"

유건은 고개를 푹 숙였다. 눈치를 보면서 쭈뼛쭈뼛 다가오는 유건을 보며 설은 눈물을 쓱쓱 닦고 주먹을 꽉 쥐었다.

"나 이 인터뷰 망해도 상관없어요. 오현 대표님은 청년이랑 구례 키워드로 뽑으면 그림 나오겠다 싶어 밀어붙이는 것 같은데, 난 그쪽처럼 위선적인 사람 그럴듯하게 포장하는 데 내 문장 낭비하고 싶지 않고요. 차라리 저 밖에 있는 반달가슴곰이랑 인터뷰하는 게 낫겠어요. 우리 다시는 마주치지 말죠."

설은 가방에서 조금 전까지 공부한 내용과 인터뷰 질문을 추려놓은 노트, 그리고 『우리는 왜 개는 사랑하고 돼지는 먹고 소는 신을까』를 꺼내 책상 위에 던지듯 내려놓고 돌아섰다.

03

섬진강과 지리산자락이 한눈에 보이는 산 중턱에 농가 창고를 개조한 한샘의 차실이 있었다. 한샘은 부모님 차 농사를 도우면서 농기계와 농기구를 보관하던 창고를 비워 차실을 만들었다. 농장에서 만든 차를 맛보고 구매도 할 수 있는 공간이었다.

입구에 들어서자 창마다 작은 테이블이 가지런하게 놓여 있었다. 단정하고 소박한 공간이었다. 설은 그 풍경이 주인인 한샘과 어쩐지 닮았다고 생각했다.

"설이 낮밥 먹었냐? 유건 샘이랑 낮밥 먹고 같이 올 줄 알았구만."

한샘이 설의 뒤를 흘끔거리며 말했다.

"아, 엄청 바쁘신 것 같던데요."

설은 가슴이 다시 두근거리는 걸 감추며 얼버무렸다.

"어땠어? 그 선생님 말 솔찬히 허지?"

"네. 어, 뭐 그런 편이긴 해요."

"야 있냐. 그 선생님이 막내 수의사일 때부터 봤다니께. 책방 첨 왔을 땐 바짝 얼어 있더니만 인자 선배라고 여유가 넘치더라. 같이 낮밥 먹고 차도 마시러 가자고 말 좀 붙여보지. 설이 너라도 차 좀 주까?"

한샘이 다구가 담긴 쟁반을 들고나오며 가까이 있는 찻상을 턱짓으로 가리켰다. 설은 찻상 앞에 털썩 앉았다. 한샘이 허리를 숙이고 탕관[3]에 든 뜨거운 물을 숙우[4]로 잠시 옮겼다가 다관[5]에 천천히 부었다. 다관에 든 물을 다완[6]에 붓자 다완에서 김이 모락모락 올라왔다.

"요것이 작년 우리 집 첫물차[7]여. 맛이 연하고 향긋하제."

---

[3] 국을 끓이거나 약을 달이는 데 쓰이는 작은 그릇. 쇠붙이나 오지 따위로 만들며, 손잡이가 있다.

[4] 다도(茶道)에서, 끓인 물을 식히는 대접. 녹차 따위를 끓일 때, 끓인 물을 바로 차에 붓지 않고 이것에 부어 적당한 온도로 식힌 다음 붓는다.

[5] 차를 끓여 담는 그릇. 주전자와 모양이 비슷하며 사기, 놋쇠, 은 따위로 만든다.

[6] 차를 마실 때 사용하는 사발.

[7] 곡우 무렵 수확한 찻잎으로 만든 차. 이른 봄 가장 처음에 나온 어린 찻잎으로 만드는데, 맛과 향에서 최고급으로 인정받는다.

한샘이 찻잎을 차시[8]로 꺼내어 다관에 넣으며 말했다. 그런 다음 탕관의 물을 숙우에 한 번 더 따라 찻물 온도를 맞춘 다음 다완을 비웠다.

"언니 저, 얼음 좀 주세요."

"얼음 뭐더게?"

"너무 더워서요. 남쪽이라 그런지 4월부터 땀이 나고 그래요."

한샘이 냉장고에서 얼음을 유리잔에 가득 담아 와서 찻상 위에 내려놓았다. 차가 우러나는 것을 기다리는 동안 설이 먼저 입을 열었다.

"인터뷰 못 했어요."

설이 얼음 하나를 입에 넣고 깨물었다. 한샘이 우러난 차를 숙우에 옮기다가 눈을 동그랗게 떴다.

"아침 7시에 남부보전센터로 오래서 갔더니 그 전에 웬 곰이 실려 왔는데 교통사고래요. 그 사람은 수술 들어가서 코빼기도 안 보이고, 저는 하염없이 기다리다가 그냥 왔어요. 근데 그 사람 원래 그렇게 음흉해요?"

"잉? 그 샘이 음흉한 캐릭터는 아닌디. 딴 사람 보고 착각한 거 아녀?"

한샘이 설 앞에 놓인 하얀 다완에 차를 조르륵 따른 뒤 자기 다완에 남은 차를 따랐다. 설은 얼음을 입안 가득

---

8) 차를 마실 때에 쓰는 작은 숟가락.

넣은 뒤 녹차를 한입에 털어 넣었다. 얼음이 뜨거운 녹차에 녹으며 금방 얄팍해져서 바스러졌다. 설이 녹은 얼음을 와그작와그작 씹었다.

"아뇨. 그 사람 은근히 교묘하고, 음흉해요. 겉으로는 좋은 사람 같아 보여도 자기 일에 방해된다 싶으면 투명인간 취급하고. 왜 회사에 그런 사람 한 명씩 있잖아요."

설이 얼음을 입속에 가득 부어 넣으며 말했다.

"유건 샘이 그란다고? 난 전혀 못 느꼈는디? 노상 산에 있거나, 센터에 박혀 있는 사람을 무슨 수로 방해한단 말여? 난 방해하고 싶어두 모대."

한샘이 잠시 고민에 잠긴 표정으로 다완을 입에 가져갔다.

"야 있냐, 생각해보니 유건 샘이 쪼까 쌩콩 같은 데야 있제. 내가 차실 와서 차 한잔하고 가라고 그렇게 말혀도 바쁘담서 코빼기도 안 비친다니께."

"그것 봐요, 언니. 사람이 거만하다니까."

"왐마, 그래도 거만 쪽은 아니여. 가만 본께 유건 샘 하는 일은 주민들도 말이 많고 환경단체에서도 말이 많어. 유건 샘 혼자 결정한 게 아닌데도, 가끔 느자구없게 구는 사람들도 있고. 긍께 부러 까칠하게 굴 때도 있긴 하더만. 자기 일에 대해 함부로 말하는 걸 누가 좋다고 듣고 있겄어."

한샘이 자리에도 없는 유건을 두둔하고 나섰다.

"유건 샘 솔찬히 좋은 사람이여. 작년에 책방 물난리 났을 때 여름휴가도 안 가고 일주일이나 복구하는 거 도와줬잖여. 오현 언니가 그때부터 유건 샘이라믄 껌뻑 죽어. 나도 유건 샘 다시 봤어야."

한샘이 설의 다완을 채우며 말했다. 설은 들으면 들을수록 자신이 아는 사람 얘기가 아닌 것 같다는 생각이 들었다. 입술을 비죽거리며 가득 채워진 다완을 들어 올렸다.

"원래 모두에게 좋은 사람이 나한테만 나쁜 사람일 때 제일 열받는 거예요."

설이 차를 홀짝였다. 차 맛이 쌉싸름했다. 한샘이 동의하지 않는다는 듯 어깨를 으쓱했다. 그때 차실 문이 열렸다. 국립공원공단 옷을 입고 등산화를 신은 젊은 남자가 두리번거리며 안으로 들어왔다. 설은 순간 긴장했다. 저 옷 입은 사람들과 마주쳐서 한 번도 좋은 일이 없었기 때문이다. 설은 벌떡 일어나 탕관과 얼음 잔을 가지고 주방으로 들어갔다.

"청년 인터뷰하러 왔는데요. 레인저 홍혁진입니다."

동글동글한 인상의 청년이 책장 사이로 고개를 내밀었다. 한샘이 반색하며 일어났다.

"안녕하세요. 저는 여기 주인이어요. 저기 인터뷰할 기자가……. 잠깐 주방에 갔네요."

한샘이 혁진에게 친근하게 말을 붙였다.

"어느 대피소 계세요?"

"아, 네. 피아골 대피소 근무합니다."

"그럼 거서 오신 거여요?"

"아뇨. 저는 비번이라서 집에서 왔고요. 오늘 저녁에 대피소 복귀하면 됩니다."

"그러시구나. 인터뷰 잘하시고 피아골 잘 올라가셔요."

설이 주방에서 뜨거운 물을 끓여 나오자 한샘이 앞치마를 벗고 점퍼를 걸쳤다.

"설이야, 나 차밭 간다. 오늘 거름 한다고 일꾼들 와 있는데 점심참에 포도시 나온 거여. 이따 끝나면 연락혀. 아참, 다기는 다 써도 되는디 찬장 맨 위 칸 것만 쓰지 말어. 애껴둔 것잉게. 혁진 님 또 봬요."

한샘이 인사를 건네고 바쁘게 사라졌다. 설은 고목을 세로로 길게 베어낸 모양의 테이블 위에 탕관부터 내려놓았다.

"일단 앉으세요. 차 한 잔 드릴까요? 혹시 더우시면 얼음 띄워드릴 수 있어요."

설이 손에 든 얼음 잔을 내밀어 보이며 말했다.

"네. 저도 차갑게 주세요."

혁진이 차실을 둘러보며 말했다.

"잠시만요."

설이 주방에서 목이 긴 유리잔에 차가운 물을 반쯤 담아서 나왔다. 혁진의 맞은편에 앉아 다관에 찻잎을 새로 넣고 탕관의 뜨거운 물을 조금만 부었다.

"근데 공단 직원들 옷은 직렬에 상관없이 다 똑같나요? 어제 산에서 보니까 야생생물보전원 수의사님도 그 옷 입고 있던데."

설이 자연스럽게 말을 꺼냈다. 혁진은 자기가 입고 있는 옷을 살짝 잡아당겨 쳐다보곤 고개를 들어 설과 눈을 맞췄다.

"아, 이거요? 야외에서 입는 옷은 똑같습니다. 그분들도 맨날 산 타는 게 일이니까요. 진료복은 다르고요."

공단 유니폼을 보니 괜히 어제 일이 떠올라 속이 끓었다. 설은 티 내지 않으려 짐짓 차 내리는 일에 집중했다.

다관 뚜껑을 열어 향을 확인한 뒤 유리잔에 얼음을 넣고 진하게 우러난 덖음차를 그 위에 부었다. 맑은 연노란색을 띤 찻물이 점점 아래로 퍼졌다. 설은 혁진 앞에 코스터를 깔고 유리잔을 올렸다.

"냉차 여기 있습니다."

"고맙습니다."

혁진이 차를 한 모금 들이켠 뒤 잔을 내려놓았다.

"저 근데 무슨 이야기를 할까요?"

혁진이 의자를 당기며 바싹 다가앉았다. 설은 건너편

에 앉아 노트북을 열었다.

"아, 인터뷰요? 이 인터뷰는 구례의 청년들이 어떻게 살아가는지를 들여다보는 기획이에요. 우선 자기소개부터 해주시겠어요?"

"저는 지리산국립공원에서 레인저로 일하는 홍혁진입니다. 서른 살이고, 레인저로 일한 지는 3년 됐어요."

설은 메모장을 열고 혁진이 하는 말을 키보드로 옮겼다. 차분하지만 경상도 억양이 은근히 배어 나오는 말투가 친근하게 들렸다.

"저는 황설입니다. 섬진강책사랑방에 책 고칠 직원을 뽑는다고 해서 왔는데 전직 기자라서 이렇게 인터뷰까지 맡게 되었어요."

"성이 황 이름이 설이에요?"

혁진이 설을 향해 되물었다.

"네. 맞습니다."

설이 고개를 끄덕이며 미소를 띠었다.

"저는 레인저라는 말을 처음 들었을 때 무슨 일을 하시는지 상상이 잘 안됐어요. 무슨 일을 하는지 설명을 좀 해주시겠어요?"

"레인저는 국립공원에 들어오면서부터 나갈 때까지 탐방객의 안전을 책임지는 과정에 있는 일들을 다 한다고 보시면 됩니다. 우선 국립공원 입장할 때 금지 물품 소지

하거나 입산 수칙에 어긋나는 분들을 확인합니다."

"아, 국립공원 입, 퇴장할 때 지키고 계신 분들이 레인 저예요?"

"네. 맞습니다. 그거 저희가 합니다."

혁진이 빙긋 웃었다.

"저는 레인저라고 하면 왠지 산악용 픽업트럭 타고 다니시면서 온갖 위험한 일들을 처리하는 모습이 떠올랐는데, 뜻밖이네요."

"픽업트럭은 타고 다니긴 합니다. 문에 엄청 크게 'RANGER'라고 붙어 있어요. 좀 전에 제가 탐방객들이 공원에 무사히 들어와서 무사히 나갈 수 있게 한다고 했잖아요. 그래서 탐방객이 입장할 때 위험한 물건 없는지 살펴보는 거고요. 그다음엔 탐방로를 수시로 오르내리면서 망가진 곳 있으면 직접 보수하거나 지원 요청합니다. 탐방객들이 이탈하는 게 보통 탐방로가 막혀 있거나 위험해 보일 때거든요. 그런 요소를 없애는 거죠."

"아, 탐방로 관리도 하시고요."

"맞습니다. 그래도 사고가 안 날 수가 없으니까, 조난자나 부상자가 생기는데요. 그러면 출동해서 응급처치, 이송 업무를 합니다."

"제가 생각한 레인저의 업무는 그거였는데, 굉장히 좁게 생각했던 거네요."

"많은 분이 그렇게 생각하십니다. 사실 그런 순간이 제일 힘들고 위급하고요."

"네. 저도 그런 순간이 제일 궁금했어요. 레인저로 일하시면서 언제가 가장 힘드셨나요?"

설이 혁진을 물끄러미 보며 대답을 기다렸다. 혁진이 골똘히 생각하다가 입을 열었다.

"아무래도 물난리하고 불난리가 제일 힘들죠. 사실 이런 일이 생기면 저희도 똑같이 위험한 상황이거든요. 작년 봄에 산청에 산불이 크게 나서 지원 나갔는데 산불진화대 오기 전까지 초기진화를 하고, 탐방객 대피시켰을 때가 제일 힘들었습니다."

"레인저가 산불 진화도 직접 하세요?"

"초기에 진화할 수 있으면 그만큼 피해를 줄일 수 있으니까요. 등짐펌프라고 배낭처럼 메는 커다란 물뿌리개 같은 게 있는데 15킬로그램 정도 되거든요. 가까운 계곡에서 물 채워 와서 뿌리고, 또 채워 와서 뿌리고 하는 걸 수백 번 한 것 같아요. 지옥의 레이스라고 했죠."

"저는 감히 상상도 안 되는데, 혁진 님은 그 현장에 계셨으니 얼마나 힘드셨을까요."

설이 말하자 혁진이 고개를 절레절레 흔든 뒤 컵을 입에 가져갔다.

"다시는 겪고 싶지 않은 일이에요. 산불진화대가 왔지만,

상황이 너무 안 좋아서 현장에서 벗어날 수가 없었어요."

"본인도 위험한 상황에서 다른 사람을 구한다는 게 정말 대단한 일 같아요. 그러면 산불 진화보다 더 힘든 일도 있나요?"

"음, 비법정 탐방로로 다니다가 사고 난 분들 구조하는 게 좀 힘듭니다."

'비법정 탐방로'라는 말을 듣는 순간 설의 머릿속에 다시 생각하고 싶지 않은 누군가가 떠올랐다. 설은 얼른 다음 질문을 꺼냈다.

"비법정 탐방로라는 말을 저는 지리산에 와서 처음 들었어요. 보통 사람들이 듣기에는 좀 낯선 말일 수도 있을 것 같은데, 설명 좀 해주시겠어요?"

"국립공원 안에 우리가 등산로라고 말하는 길에는 법정 탐방로와 비법정 탐방로가 있습니다. 산이 늘 똑같은 환경은 아니라서 탐방로가 종종 바뀝니다. 야생동식물을 보호하거나 지형적으로 위험해서 접근하기 어려운 곳도 있고, 과거에는 탐방로였다가 사고가 자주 나거나 휴지기가 필요해서 닫힌 곳도 있거든요. 그런 데를 사람들이 계속 몰래 들어가요. 단속하면 얼굴 붉히는 분도 계시고, 위험하다고 해도 자기는 산을 잘 타서 괜찮다고 하시는데 계절마다 한두 번은 꼭 크게 다치는 분들이 나옵니다. 이런 길은 사고가 나도 사람들이 안 다녀서 구조 요청도

늦고, 상황이 악화된 뒤에 발견되는 경우가 많아요."

혁진의 말을 들으며 설의 얼굴이 빨개졌다. 결국 비법정 탐방로는 들어가면 안 된다는 요지의 얘기였다. 설은 다관에 뜨거운 물을 부으며 할 말을 골랐다.

"말씀 듣고 보니 정말 그렇겠네요. 근데 비법정 탐방로요. 일부러 들어가신 분들은 벌금을 내야 하지만, 길 잘 못 찾는 사람들은 실수로 들어갈 수도 있지 않을까요? 그런 일도 종종 있을 것 같은데."

탕관을 내려놓으며 혁진의 표정을 살폈다. 혁진이 고개를 끄덕였다.

"맞습니다. 저희는 길 표시를 잘해놨다고 생각하는데 꼭 길 잃는 분들이 계세요. 그래서 적발되는 횟수에 따라 벌금을 누진해요. 그래도 비법정 탐방로는 이용하시면 안 됩니다. 탐방객의 안전을 위한 일이니까요."

친절하면서도 단호한 혁진의 말에 설은 조금 머쓱해졌다.

"그럼 질문의 방향을 좀 바꿔볼까요? 지리산은 반달가슴곰이 사는 곳이잖아요. 혹시 곰에게 쫓길 때도 레인저가 도와주는지 궁금합니다."

"그렇죠. 저희는 탐방객이 국립공원에 들어와서 나갈 때까지 모든 안전을 책임지니까요. 그래서 예방 차원에서 산을 이용하시는 분께 베어 벨도 나눠드리고, 곰을 마주치면 어떻게 대응하시라고 많이 알려드립니다."

"그런데도 곰이 막 쫓아오면요? 그럼 어떡해요?"

설의 목소리가 티 날 듯 말 듯 조금 떨렸다.

"음……. 일단 지리산에서 곰 보기가 그렇게 쉽지는 않습니다. 위치 추적해서 일부러 찾아가면 모를까요. 곰이 사람 다니는 길에 나타나는 일은 정말 드뭅니다. 그렇지만 불가피하게 마주쳤을 때는 자연스럽게 인기척을 내시면 열에 아홉은 그냥 돌아갑니다. 곰은 육식만 하는 동물이 아니라서 인간을 먹이로 인지하는 경우는 잘 없어요. 꽃도 먹고 열매도 먹고, 곤충도 먹는 잡식성입니다."

혁진의 설명에 떨리던 마음이 조금 가라앉았다. 그래도 이해되지 않는 부분이 있었다.

"만약 혁진 님이 곰에게 쫓기는 등산객과 다친 채 등산객을 쫓아가는 곰을 보셨어요. 누구부터 구하실 거예요?"

"등산객이랑 다친 곰이요?"

혁진이 당혹스러운 표정을 지었다.

"여자 친구랑 엄마가 물에 빠지면 누굴 먼저 구할 거냐는 질문은 받아봤는데, 사람이랑 곰 중에는 생각 안 해봤습니다. 근데 아무래도 사람 쪽이 말이 통하니까 사람부터 다른 곳으로 대피시키는 게 좋지 않을까요?"

'대피'라는 말을 듣자 설은 저도 모르게 키보드에서 손을 떼고 주먹을 불끈 쥐었다.

"아니, 같은 사람끼리 그럴 수가 있어요? 자기도 사람이고 나도 사람인데?"

혁진이 영문을 모르겠다는 듯 멀뚱멀뚱 설을 보았다.

"곰이 피하지 않고 쫓아오면 당연히 안전한 곳으로 대피해야죠. 기자님 곰 마주치신 적 있으세요? 누가 기자님 놔두고 다친 곰부터 구했습니까?"

혁진의 눈빛이 당황스러움에서 호기심으로 바뀌었다.

"아, 만약에요. 만약에 그런 일이 있다면요."

설이 얼버무렸다.

"혁진 님은 구례가 고향은 아니신 거죠?"

설은 다시 키보드에 손을 올려놓으며 물었다.

"네. 태어나고 자란 곳은 삼천포예요. 대학은 부산에서 다녔고, 대학 졸업하고 구례로 왔어요."

"근데 사투리를 많이 안 쓰시는 것 같은데요."

"많이 노력하고 있습니다. 서울 사람한테 칭찬 들었다고 자랑해야겠는데요."

"구례군 인구가 이만 사천 명 정도고, 청년 인구는 오천육백 명이라고 하거든요. 원래 살던 환경과는 꽤 다르다고 느끼실 것 같은데 어떠세요?"

"구례에는 예쁜 카페도 꽤 있고 맛있는 밥집도 많아서 대체로 만족합니다. 근데 극장이나 늦게까지 하는 술집은 잘 없어요. 저녁 8시만 되어도 절간처럼 조용하고요.

저는 열흘 중 엿새는 대피소에서 근무하니까 저녁에 술 한잔하고 영화 보고 놀고 그럴 수는 없지만요. 만약 다른 일을 하면서 구례에 있다면 같은 또래 사람들이 고플 것 같고, 밤에 엄청 심심할 것 같습니다."

설은 가만히 키보드를 두드리면서 생각했다. 혁진은 설의 또래였다. 설은 구례에 오면서 사람을 사귀고 어울리고 싶다는 생각은 해보지 않았다. 저녁에 술 한잔하고 영화 보고 노는 것도 상상해본 적 없었다. 그런데 3년 먼저 구례에 온 혁진의 말을 들으니 설도 3년 후에는 그런 마음이 들지 궁금했다.

"아까 제가 섬진강책사랑방에서 책을 고친다고 말씀드렸잖아요. 청년이구례 인터뷰하시는 분께는 제가 선물로 책을 고쳐드릴 건데요. 그 얘기 혹시 들으셨나요?"

"네, 섭외 전화 받았을 때 들었어요. 그래서 일부러 삼천포 집에 다녀왔습니다."

혁진이 배낭에서 책을 꺼냈다.

"『검은 고독 흰 고독』[9], 어떤 이야기가 있는 책인지 좀 들려주세요."

"전설적인 산악인 라인홀트 메스너의 책이고요. 히말라야 낭가파르바트 8,000미터 고지를 셰르파도 산소통

---

9) 라인홀트 메스너 저, 김영도 역, 이레, 2007. 2013년에는 필로소픽에서 다시 출간됐고, 2019년에 같은 출판사에서 개정판이 나왔다.

도 없이 혼자 오른 이야기예요. 제가 대학 때 산악부였거든요. 입학해서 내내 술만 퍼마시다가 여름방학 때 산에 갔는데 죽을 뻔했어요. 그때 한 선배가 저를 끝까지 책임졌는데 저 같은 애가 2학기에 쪽팔려서 안 나온다면서 이 책을 빌려줬어요. 책을 돌려주러 나와야 한다고요."

"그런데 책을 못 돌려주셨나 봐요. 아직 갖고 계시네요."

"네. 2학기에 그만두려고 산악부 부실에 가서 그 선배를 찾았더니 조기졸업 했대요. 히말라야에 갔다는 말만 있고 어디서 어떻게 지내는지 아무도 모른대요. 사실 그때까진 이 책을 안 읽었는데 그 선배가 히말라야로 떠났다고 해서 읽었어요. 책을 읽다 보니까 낭가파르바트가 엄청난 곳인 거예요. 메스너가 동생을 잃은 운명의 산이었거든요. 메스너는 에베레스트 무산소 등정 성공한 지 6주 만에 낭가파르바트랑 맞짱 뜨러 간 거죠. 그 과정이 진짜 처절해요. 그 선배가 저한테 그랬어요. '니 같은 놈은 산을 좀 타야 된다.' 저는 인생을 그냥 편하게 살고 싶었거든요. 근데 이 책을 읽고 나서 내가 인생에서 끝까지 싸워야 하는 대상이 뭘까 생각해보게 됐어요. 어, 근데 대피소에서 전화가 와서 좀 받을게요."

설은 『검은 고독 흰 고독』의 파손 상태를 살펴보며 어떻게 고치면 좋을지를 생각해보았다. 그런데 돌아온 혁진이 급히 짐을 챙겼다.

"저 가봐야 할 것 같습니다. 고로쇠 채취하는 주민이 이틀째 연락이 안 된다네요. 화엄사 쪽을 수색하면서 올라가야 할 것 같아요."

"근데 아직 왜 레인저가 되셨는지 그 얘긴 하지도 않으셨는데."

설이 엉거주춤 일어나며 말했다.

"그럼 좀 빨리 말할게요. 그래서 방학마다 국립공원을 뻔질나게 올랐어요. 산을 오르다 보면 사람이 진지해지는 것 같아서요. 제가 오지랖이 넓어서 오다가다 등산객들을 도와드린 일이 몇 번 있었는데, 유니폼 입고 일하는 분들이 계시더라고요. 저한테 레인저인 줄 알았다고 하셔서 레인저가 뭐지 하고 정보를 찾아봤어요. 생각보다 분야도 다양하고 자격증도 많이 필요하고, 준비를 많이 해야 하더라고요. 그래도 매일 산에서 일할 수 있다는 게 좋아 보여서 열심히 준비해서 레인저가 되었습니다."

혁진이 속사포처럼 말하면서도 기분 좋은 웃음을 지었다.

"그럼 그 선배는 계속 연락이 안 되나요?"

"네. 한번 찾고 싶은데 연락이 안 돼요. 이 인터뷰 보고 연락 주시면 좋을 텐데. 저 이제 진짜 가봐야겠습니다."

혁진이 다급하게 인사하고 차실을 나섰다.

"보충 질문 있으면 이메일로 드릴게요!"

설이 따라 나가며 외치자 혁진이 손으로 알겠다는 표

시를 한 뒤 차에 올라탔다. 설은 혁진의 차가 멀어지는 모습을 물끄러미 보다가 다시 실내로 들어왔다. 사용한 다기를 씻어 물기를 닦은 다음 찬장 문을 열었다. 아래 칸에 더 이상 다기를 넣을 공간이 없어 스툴을 밟고 올라갔는데 맨 위 칸에 한눈에 보기에도 예쁜 매화무늬 다완 두 개와 잔 받침이 나란히 놓여 있었다. 아래 칸에 공간이 부족한데도 제일 예쁜 다완 두 개만 빼서 일부러 올려둔 것이다. 다정하고 곰살맞은 한샘이 무엇 때문에 저렇게 예쁜 다완을 남겨놓은 건지 궁금했다.

설은 강을 따라 자전거를 타고 책방으로 돌아왔다. 힘든 하루가 저물었다. 냉장고에 있는 음식으로 대충 저녁을 때운 뒤 노트북을 챙겨 2층 창가로 갔다.

책방에 온 첫날부터 앉아서 일하고 싶은 자리가 있었다. 강물에 햇살이 닿아 부서지며 반짝이는 모습이 통창을 통해 보이는 자리였다. 이런 풍경을 매일 볼 수 있다면 좋을 것 같다고 생각해서 섬진강에 온 건데, 그 자리에 앉아 일할 수 있다니 꿈만 같았다. 설이 테이블 위에 노트북을 올려놓다가 모서리에 '자리 있음'이라고 적힌 노란 포스트잇을 발견했다.

"스터디 카페도 아닌데 누가 자리를 찜해?"

설은 의아한 표정으로 포스트잇 위에 노트북을 올려놓고 혁진의 인터뷰 원고를 정리하기 시작했다.

04

"**책**을 고칠 때 중요한 건 연장, 그러니까 도구입니다. 바지 밑단을 집에서 꿰맬 수도 있지만 굳이 수선집에 맡기는 이유가 있잖아요. 전문가의 솜씨로 감쪽같이. 그러려면 좋은 연장과 도구들이 필요한 거죠. 도서관에도 예산을 잡으셔서 필요한 범위 내에서 구매하시는 것이 좋습니다."

설은 사람들과 한 명 한 명 눈 맞추며 말을 이어 나갔다. 매천도서관 강의실에 모인 사람들의 시선이 모두 설을 향해 있었다. 책방에서는 간편한 원피스를 입고 지내지만 오늘처럼 외부 일정이 있는 날이면 회사 다닐 때 입던 옷을 꺼내 입었다. 오늘은 단정한 하늘색 셔츠를 입고, 머리카락을 귀 아래로 내려 묶었다. 기분 탓인지 며칠 새 슬랙스가 더 헐렁헐렁해진 것 같았다.

 책 보수 동아리는 설이 구례에 내려오며 가장 먼저 하고 싶었던 일이었다. 도서관은 책이 빠르게 낡아가는 장소였다. 대학 도서관이나 연구 기관의 책들은 희귀본일 때가 많아 오래 보존하기 위해 고치곤 했다. 개인이 소장한 책은 추억을 간직하거나 책의 소장 가치를 높이기 위해 고칠 때가 많았다. 그에 반해 비교적 최근에 나온 책들을 여러 사람이 돌려 읽는 도서관의 책을 고치는 것은 많은 사람들이 읽기에 불편함이 없도록 하는 게 가장 큰 목적이었다. 그러다 보니 연구용 도서나 개인 소장 도서보다는 수리가 간단한 편이었다.

 설이 PPT를 띄워놓고 설명하고 있는데 강의실 뒤 통창 너머로 누군가가 자신을 빤히 쳐다보는 느낌이 들었다. 신경이 쓰여 그쪽을 쳐다보자 그 느낌이 금세 사라졌다. 수업이 끝날 때까지 몇 번이나 그런 일이 반복되었다. 설은 꼭 누가 장난치는 것 같아 신경 쓰지 않으려 애써 눈을 돌렸다.

 "다음 시간엔 책 보수용 테이프를 사용하는 방법을 알려드릴게요. 아픈 책 두 권씩 가져오시고요. 오늘은 돌아가셔서 제가 설명해드린 접착제 사용하는 방법 꼭 복습해보세요."

 수업이 끝나자 강의실에 모여 있던 사서와 자원봉사자

들이 뿔뿔이 흩어졌다. 설은 천천히 자료와 도구들을 챙겨 강의실 밖으로 나왔다. 문 앞에서 팀장이 기다리고 있었다.

"황설 선생님, 고생하셨습니다. 차 한 잔 드시고 가시지요."

설이 엉겁결에 팀장을 따라 도서관 2층의 통창이 올려다보이는 소파에 앉았다. 지리산을 형상화한 뾰족한 삼각 지붕의 격자창으로 네모난 햇살이 칸칸이 나뉘어 공간을 비췄다. 탁 트인 공간에 꽂힌 책과 사람들이 한눈에 보였다. 팀장이 뜨거운 물에 티백을 넣은 녹차 두 잔을 가져와서 설에게 건넸다.

"여기가 저희 매천도서관에서 제일 예쁜 공간입니다. 책 보수 동아리에 책 좋아하는 분들이 많이 모이긴 한 것 같습니다만 저희도 처음 해보는 사업이라 잘 될지 모르겠습니다."

"다들 열의가 대단하시던데요. 아주 잘하고 계세요."

설이 따뜻한 김이 나는 잔을 들어 올렸다.

"책사랑방에 책 복원 전문가가 오셨다고 해서 저희 쪽에서도 장서 보수 얘기가 나왔는데 도서관에 고칠 책이 좀 많아야죠. 그런데 자원봉사 동아리를 만들면 수업을 해주시겠다고 하셔서 놀랐습니다."

팀장이 티백을 몇 번 우린 뒤 챙겨온 작은 접시에 내려놓았다.

"헌책방에서 책을 고치다 보면 주로 오래되고 값나가는 책들을 고치게 돼요. 그런데 제가 책 고치는 걸 배워야겠다고 처음 마음먹은 건 도서관의 책을 보고 나서였어요. 책을 여러 사람이 보는 건 좋은 일인데, 책 입장에선 왠지 서글프더라고요. 그래서 이 일을 하게 되면 지역 도서관에 꼭 도움을 드리고 싶었어요."

"그러셨군요. 많은 사람이 도서관의 낡은 책을 보면서 안타까워하지만 황설 선생님처럼 실천력이 있지는 않죠. 아주 멋지십니다."

팀장이 웃으며 엄지를 치켜세웠다. 설이 민망해하며 고개를 돌렸다. 그런데 로비 구석의 커다란 몬스테라잎이 파들파들 떨렸다. 창문을 열어둔 것도 아닌데 가만히 있던 몬스테라잎이 저 혼자 흔들리는 게 신기해서 뚫어져라 쳐다보았다. 그러자 그 뒤에서 누군가 고개를 푹 숙이고 나왔다. 쭉 뻗은 몬스테라만큼 키가 큰 사람이었다.

"안녕하세요, 팀장님. 인사드리려고 기다렸습니다."

팀장이 고개를 돌렸다.

"어머, 정유건 선생님이 왜 거기서 나오세요? 아, 멸종 위기 동물 특강 때문에 오셨구나. 어린이실 사서 선생님이 오늘이라고 했는데 책 보수 강의 듣느라 못 가봤네요."

팀장이 설을 가리키며 말했다.

"아닙니다. 도서관에서는 반달가슴곰이 당연히 책 보수에 밀리죠. 이해합니다."

정유건이 고개를 끄덕였다.

"아참, 정유건 선생님, 황설 선생님 모르시죠? 이쪽은 야생생물보전원 수의사 정유건 선생님, 이쪽은 섬진강책사랑방에 오신 책 복원 전문가 황설 선생님이에요."

팀장이 테이블에서 일어서며 두 사람을 소개했다.

"인사는 처음 하네요. 정유건입니다."

유건이 설을 향해 천연덕스럽게 고개를 숙였다. 유건을 쳐다보던 설의 고개가 삐딱하게 기울었다. '인사는 처음'이라는 말에 저도 모르게 눈에 힘이 들어갔다. 그럼 지난주에 센터에서 있었던 일들은 전생이냐는 말이 목구멍에서 간질거렸다. 설이 눈을 내리깔고 유건을 향해 고개만 까딱이는데 스마트폰 진동이 울렸다.

"저 전화가 와서 먼저 일어나보겠습니다. 두 분 말씀 나누세요. 다음 주에 뵙겠습니다. 팀장님."

설이 남은 차를 재빨리 마시고 자리에서 일어났다.

"태양?"

유건이 혼잣말을 중얼거렸다. 설은 스마트폰 액정을 황급히 가리고 밖으로 나왔다. 남의 스마트폰 화면이 보인다고 그걸 그대로 읽는 무례함에 또 한 번 화가 났다. 그렇지만 그런 인간 때문에 오랜만에 걸려 온 태양의 전화를 놓칠 수는 없었다. 설은 매천도서관 마당 벤치에 앉아 목소리를 가다듬고 전화를 받았다.

"나 무슨 일 생겨? 왜 전화했어?"

툴툴거리면서도 자꾸 입꼬리가 올라갔다.

— 일? 글쎄 한 번 볼까? 귀인이 나타날 것 같은데. 서쪽인가 동쪽인가.

"장난치지 말고. 무슨 일 있는 건 아니지?"

— 무슨 일은 너한테 있지. 너 시골 갔더라?

"아, 인스타 봤구나. 나 퇴사했어. 지난주에 구례 내려왔어."

— 퇴사? 왜 말 안 했냐? 이직을 안 하고 왜 구례를 갔어?

"구례로 이직한 거야. 책 고치는 거 배웠다고 했잖아. 구례에 되게 되게 큰 헌책방이 있거든. 거기서 일해. 나 간판도 달았어. '황설의 책 병원'이라고."

— 의사 면허는 있고? 근데, 구례는 살만해? 너 벌레 싫어하잖아. 놀이터에서 그네 타다가 정수리에 매미 허물 떨어졌다고 손 놓는 바람에 굴러떨어진 거 기억 안 나?

"야, 그게 언제 적인데? 여기는 되게 좋아. 풍경도 예쁘고, 사람들도 친절하고······."

그때 설의 등 뒤에서 인기척이 들렸다. 뒤돌아보니 정

유건이 자신을 향해 걸어오고 있었다. 설은 발딱 일어나 주차장 쪽으로 걸음을 옮겼다.

"물론 이상한 사람도 있지만. 그런 사람은 어딜 가나 있으니까. 아무튼. 너는 내가 무슨 말 할 건지 알지? 절대 한국에 들어오지 말고, 공부는 끝까지, 교수 할 수 있으면 남고. 혹시 공부 못 끝낼 것 같으면 빈에 모차르트 민박이라도 차려. 내가 매니저 하러 갈게."

— 또 그 소리 하면 끊을 거야.

"응. 진심이야. 끊어."

태양이 너털웃음을 짓는 소리와 함께 전화가 끊겼다. 저도 모르게 입가에 미소가 걸린 설이 자전거에 올라타려는데 유건이 설 옆으로 바짝 다가왔다. 설은 서둘러 헬멧을 썼다. 유건이 옆에서 뭐라 웅얼거리는 것 같았지만 못 들은 척 고개를 돌리고 출발해버렸다.

섬진강을 따라 달리는 길에 몽글몽글한 벚꽃이 탐스럽게 피어 있었다. 밭에는 보리가 연둣빛 싹을 틔웠고 멀리 눈을 돌리면 산기슭에 연노랑 산수유꽃이 아직 남아 있었다. 때 이른 축제 같은 풍경이었다. 습기를 머금은 축축한 바람도, 적당히 따가운 봄 햇살도 모두 기분 좋은 응원처럼 느껴졌다. 매일 사람 많은 지하철에 이리저리 실려 다니던 때를 생각하면 이 시간 꽃들을 감상하며 강변을 달릴 수 있는 건 기적 같은 일이었다.

설은 조금 전 통화 내용을 떠올렸다. 태양의 비음 섞인 목소리는 언제 들어도 놀리는 것처럼 들렸다. 그리고 기억을 더듬어보았다. 머리에 매미 허물이 떨어져 그네에서 굴렀던 게 언제였더라. 중학교 1학년 여름이었나.

예중에 간 뒤로 통 만날 수 없던 태양이 어느 날 설을 놀이터로 불러냈다. 그네에 앉아 모래를 발뒤꿈치로 파던 태양이 한참 만에 입을 열었다.

"나 피아노 관둘까 봐."

"왜?"

"잘하는 애들이 너무 많아. 걔들보다 잘할 자신이 없어."

태양의 목소리가 잔뜩 풀 죽어 있었다.

"왜? 너 줄리아드피아노 최고의 실력자잖아. 너도 다른 애들처럼 교수님 레슨 받기 시작했다며? 금방 따라잡을 거야."

설의 위로에도 태양은 의미를 알 수 없는 미소만 지었다.

"왜 웃어? 민아가 그러던데 너 작년에 필 받아서 음악 이론 문제집 한 권 하루 만에 다 풀었다며? 우리 아빠 고3 담임인 거 알지? 너 아빠가 맨날 말하는 될성부른 떡잎 스타일이야."

설은 그넷줄 너머로 태양의 표정을 살폈다. 태양은 계속 웃기만 했다.

"그 문제집 왜 다 풀었는지 알아?"

태양이 입을 열었다. 설이 고개를 저었다.

"작년에, 너 학원에서 펑펑 운 날."

태양이 조심스럽게 다음 말을 꺼냈다.

설이 학원에서 펑펑 울었던 일이라면 엄마가 증발하고 한 달쯤 뒤였다. 설의 표정이 굳었다.

"그날 네가 슈만 방에 있어서 내가 일부러 이론 공부를 슈만 방 앞에서 하고 있었거든. 근데 아무리 기다려도 네가 안 나오더라. 그래서 너 나올 때까지 기다리면서 계속 풀다 보니 문제집 마지막 장이었어."

설은 갑자기 목이 꽉 조여서 말이 잘 나오지 않았다.

늘 설보다 훨씬 빨리 할 일을 끝내고 설에게 느림보라고 놀리며 가버리던 태양이 그날따라 늦게까지 남아 있었다. 한참 만에 발갛게 짓무른 눈으로 나온 설을 태양은 아무것도 묻지 않고 집까지 바래다주었다. 현관문 사이로 설 아빠의 목소리가 들리는 걸 확인하고서야 돌아서서 엘리베이터 버튼을 눌렀다.

"사실 나 그날 네가 왜 울었는지 알아. 어른들이 얘기하는 거 들었거든."

"어른들이 뭐랬는데?"

"그냥, 너희 엄마가 갑자기 안 보인다고."

설은 한숨을 폭 내쉬었다.

"그래서 나 우는 거 그치길 기다리면서 문제집을 끝까

지 풀었다고?"

"응."

"될성부른 떡잎."

"놀리냐?"

"문 열고 들어와서 그만 울라고 하면 되잖아. 그걸 왜 기다려?"

"그럼 거짓말해야 하잖아. 너희 엄마 금방 올 거라고, 별일 아니라고 말할 수도 없고. 그렇다고 엄마 없는 게 괜찮다고 할 수도 없고. 해줄 말이 없는데 어떡하냐?"

태양이 억울하고 답답하다는 투로 말했다. 설은 피식 웃음이 났다.

그날 설은 태양이 슈만 방 바로 앞에 의자를 쭉 빼고 앉아 유리문 너머로 자신을 흘끔거리는 것을 보았다. 인제 그만 집에 가라고 하는 선생님과 버티던 태양이 실랑이를 벌이는 소리도 들었다. 결국 선생님이 포기했다. 설이 울음을 그치고 나오자 선생님은 지친 표정으로 오늘 못 나간 진도는 내일 나가자고 했다.

"근데 왜 갑자기 울음이 터진 거야? 한 달이나 지났었잖아."

태양이 문득 생각난 듯 물었다.

"말하기 싫어."

설이 입을 앙다물었다.

"아무한테도 말 안 할게. 나만 알고 있을게."

태양이 은근한 목소리로 말했다. 설은 잠깐 고민하다 입을 열었다.

"소곡집에 엄마가 맨날 불러주던 노래가 나왔어."

"뭐야, 난 또."

태양이 김빠진 표정을 지었다. 설의 눈가가 또 제멋대로 촉촉해졌다.

"그럴 때 안 울 수 있는 방법이 있어."

"뭔데?"

"그 페이지를 찢어버리면 돼."

"야, 그런다고 책을 찢냐?"

"못 찢을 건 뭐야. 난 많이 찢었어. 콩쿠르에서 틀린 악보 같은 거."

"진짜? 다음엔 대상 타고 말 거야! 그러면서 악보 씹어 삼킨 거 아니야?"

설이 일부러 장난꾸러기 같은 표정을 지었다. 태양이 갑자기 시선을 피하며 눈을 내리깔았다.

"맞네. 역시 될성부른 떡잎."

"그만해라."

설은 태양의 약 오른 표정을 보고 킥킥대며 웃었다.

어린 시절 추억을 되짚어보면 그날로 돌아가고 싶다는 생각을 하곤 했다. 태양이 누구보다 큰 위로를 주었던 날. 하지만 태양도 추억 속에서야 이렇게 완벽하지, 정작 태양에게 설은 그만큼 중요한 사람이 아닐 수도 있었다.

설은 책방에 도착해서 곧장 2층 창가 자리로 갔다. '자리 있음' 포스트잇이 또 눈에 들어왔다. 누가 이런 짓을 한 걸까. 다시 생각해도 유치했다. 설은 펜을 꺼내 그 아래에다 '혼자 보지 말고 같이 봐요'라고 썼다. 킥킥대며 노트북을 여는데 아래층에서 책방 문소리가 들렸다.

"2층으로 오세요!"

설은 화면 비밀번호도 풀지 않은 채 노트북을 다시 덮고 일어났다. 레인저 혁진이 오늘 책을 찾으러 오겠다고 한 것이 떠올랐다. 앞치마를 두르고 작업대 앞에 섰다. 작업대는 2층 맨 안쪽에 있었다. 가로 180센티미터, 세로 120센티미터의 큼지막한 책상을 벽 앞에 놓고 그 위에 책 복원에 필요한 도구들을 갖춰놓았다. 책상 밑이 가리개로 반쯤 막혀 있어 가리개에 바짝 붙여 종이를 보관할 수 있는 큼직한 함을 놓았다. 책상 위 오른쪽에는 다섯 칸짜리 서랍에 수선용 테이프들과 길쭉한 수선 도구들을 분류하여 넣었다. 액체로 된 접착제는 서랍에 눕혀서 보관할 수 없어 서랍 옆에 한 줄로 세워놓았다. 책상 위 왼쪽에는 큰 바퀴 모양 핸들이 달린 북 프레스[10]를 놓

---

10) 주로 책 제본이나 북아트 작업 시 책을 압착하는 기구로, 낱장 종이나 앨범, 사진, 도서 등을 압축하여 튼튼하게 고정하고 잉크의 건조를 돕는 역할을 한다.

앉다. 설은 북 프레스 핸들을 반대 방향으로 돌려 그 안에 든 책을 꺼냈다.

『검은 고독 흰 고독』이 새 책같이 말쑥했다. 누렇게 바랬던 책배와 책머리, 책발[11]은 사포로 긁어냈고, 면지[12]와 표지가 떨어져 너덜거리는 부분은 제본용 중성 풀을 스패튤러[13]로 얇게 펴 발라 고정했다. 찢어진 페이지는 책 테이프로 붙였고, 구겨진 페이지는 다리미로 일일이 폈다. 전체적으로 종이와 종이 사이가 붕 뜬 것을 잡으려고 이틀 전부터 북 프레스에 끼워 공기를 빼두었다. 이 정도면 10년은 더 책꽂이에 꽂혀 있어도 새 책과 위화감 없이 어울릴 것이다.

설이 오른팔을 뻗어 책을 작업대 앞쪽에 놓으려다가 실수로 서랍 옆에 세워놓은 접착제 병을 건드렸다. 접착제가 쓰러지면서 데굴데굴 굴러떨어졌다. 바닥에 병이 떨어진 위치를 짐작해서 손을 뻗었는데 병이 손가락 끝에 걸려 튕겨 나가며 작업대 안쪽으로 더 깊숙이 들어갔다. 설은 허리를 숙이고 작업대 밑에 들어가 쭈그려 앉았

---

11) 책등의 반대편, 속지의 앞부분을 책배, 윗부분을 책머리, 아랫부분을 책발이라고 한다.

12) 책의 앞뒤 표지의 바로 안쪽에 있는 종이. 양장본의 경우 한쪽은 표지 뒤에 붙어 있다.

13) 주걱 모양의 기구. 얇은 틈에 기구를 집어넣어 종이를 섬세하게 뜯어내거나 풀을 바를 때 사용한다.

다. 그런데 책상 다리 사이로 운동화를 신은 커다란 발이 보였다.

"잠시만요. 이것만 꺼내고요."

설이 팔을 뻗어 접착제를 겨우 손에 쥐고 숨을 골랐다. 허리를 펴고 고개를 들자 조금 전 봤던 운동화의 주인은 보이지 않았고 대신 작업대 위에 책 한 권이 놓여 있었다.

"『돌리틀 선생의 항해기』[14]?"

설은 책을 집어 들어 책장을 빠르게 넘겼다. 종이가 누렇게 바랬고 면지는 반쯤 찢어졌으며, 표지와 내지가 거의 다 떨어져 덜렁거렸다. 낱장이 뜯겨 사라진 쪽수도 있었다. 페이지 모서리에 얼룩이 묻은 곳도 여럿이었다. 한마디로 처참한 몰골이었다.

"되게 사랑받은 책인가 보네."

설은 책을 제자리에 조심스레 내려놓았다. 책을 고치며 배운 첫 번째 사실은 낡고 파손이 심한 책일수록 험해 보이는 외양과 달리 따뜻한 사연이 있을 때가 많다는 것이었다. 책이라는 건 주인이 아끼는 만큼 손때가 묻고 낡는 물건이니까. 설은 재활용 분리수거함에 들어가 있을 법한 이 책의 주인을 궁금해하며 주위를 두리번거렸다.

갑자기 작업대 뒤에서 사람이 불쑥 튀어나왔다.

---

[14] 휴 로프팅 저, 김상진 역, 서선미 그림, 한국헤르만헤세, 2014. 1922년 뉴베리상 수상작. 의사였던 돌리틀 박사가 동물을 너무 좋아해 수의사가 되면서 일어나는 이야기를 다뤘다.

"어, 안녕하세요. 황설 씨."

머리를 긁적이며 알은체하는 얼굴이 낯익었다.

"이 책 정유건 선생님 거예요?"

유건이 고개를 끄덕였다.

"설마, 고치러 오신 거예요?"

유건이 한 번 더 고개를 끄덕이며 손에 쥔 누런 종이 묶음을 내밀었다.

"책이 오래되어서 그런지 낱장이 자꾸 빠지는데. 아까 보니까 접착제 얇게 발라서 끼워 넣는 방법이 있어서……."

도서관 강의실 문밖에서 어른거리던 그림자의 정체가 명확해졌다. 설은 시선을 내리고 책을 다시 들춰보며 말했다.

"이 책은 그 케이스와 달라요. 낱장 빠지는 것만 문제가 아니고, 커버랑 내지가 분리됐고, 접착력이 약해진 거라 몇 장 접착제로 붙여도 계속 빠질 거예요. 접히고 찢어진 데도 수십 군데고요. 제대로 고치려면 커버를 아예 분리해서 면지를 교체하고 내지는 분해해서 새로 제본해야 해요."

유건이 입을 떡 벌리고 설을 바라보았다. 설이 최대한 감정을 섞지 않으려 애쓰며 건조하게 말했다.

"그러니까 그 견적이면 이 책 최신 개정판 열 권 사시는 게 나을 수도 있어요. 청년이구례 인터뷰하셨으면 제가 선물로 고쳐드렸을 텐데, 아쉽지만 어쩔 수 없죠."

진단을 끝낸 설이 어깨를 으쓱하며 유건에게 책을 되돌려주었다.

"고쳐주세요."

유건이 망설임 없이 책을 다시 설에게 건넸다.

"그럴 가치가 있는 책인지 잘 생각해보세요."

설이 책을 밀어냈다. 그러자 유건이 말없이 다시 한번 책을 설에게 건넸다. 잠시 침묵이 흘렀다. 설은 못 이기는 척 책을 받아 들었다.

"전 다 설명했어요. 후회하지 마세요."

유건이 비장한 얼굴로 고개를 끄덕였다. 설이 서랍에서 스패튤러를 꺼내 들었다. 그리고 하드보드 커버를 펼쳐 붕 뜬 면지 아래로 스패튤러를 찔러 넣어 면지를 분리하기 시작했다. 순식간에 하드커버가 떨어져 나갔다. 표지가 벗겨진 내지는 꼭 벌거벗은 것처럼 애처로웠다. 10초 전까지만 해도 의연했던 유건의 눈동자가 사정없이 흔들렸다.

"아니, 그렇다고 눈앞에서 이렇게 해체 쇼를 하면……."

유건이 목이 메는 듯 침을 삼킨 뒤 말을 이었다.

"가슴이 아프죠. 아끼는 책인데."

설이 스멀스멀 올라가는 입꼬리를 억지로 내렸다.

"남이 보기엔 해체 쇼라도 전 제 할 일 하는 거예요. 보기 싫으면 1층 내려가 계시든가."

이번엔 라벨 제거기로 책등에 붙은 머리띠[15]와 세양사[16]를 긁어내기 시작했다. 종이를 묶고 있던 실을 커터칼로 몇 번 끊어내자 책장이 순식간에 흩어졌다.

"아참, 그거 주고 가세요."

"뭘요?"

"낱장이요. 지금 끼워 넣어야 해요."

유건이 손에 들고 있던 누런 종이 뭉치를 내밀었다. 설이 낚아채어 앞뒤로 쪽수를 확인한 뒤 한 장씩 내지 사이에 끼워 넣었다. 그런 다음 다시 여러 장 뭉쳐 있는 내지를 한 장 한 장 뜯어내기 시작했다. 유건이 가만히 있지 못하고 입을 뗐다.

"살살 좀 다룹시다. 이거 어릴 때 내 보물 1호였어요. 매일 끌어안고 잤다고."

설은 유건을 힐끗 본 뒤 무심히 중얼거렸다.

"보물 1호가 책이라니, 참 바람직하셨네요."

그래서 세상 혼자 사나 보지, 하는 말은 속으로 삼켰다.

"책을 좋아했던 게 아니고, 이 책이라서 좋아한 겁니다."

유건이 단호하게 말했다. 설은 페이지를 몇 장 뜯어내어

---

15) 양장본의 등 쪽 위와 아래 끝에 붙인 천. 책등과 속장 사이에 끼워 책을 보호하는 기능을 한다. '꽃천'이라고도 한다.

16) 책등과 표지를 연결하는 부분에 사용하는 천 또는 유사한 재료. 제본 시 풀이나 접착제를 사용하여 부착한다.

나무판자 위에 올린 뒤 그 위에 또 다른 판자를 얹었다.

"이 책, 동물 이름 두 번씩 반복되는 게 재밌긴 하죠. 거브거브, 대브대브, 근데 왜 앵무새는 폴리네시아인지 모르겠어요."

설이 가만가만히 말했다.

"폴리네시아가 제일 똑똑하니까요. 동물의 말을 돌리틀 선생님에게 가르쳐주잖아요. 난 요즘 돌리틀 선생님이 너무 부럽습니다. 처음 이 책 읽고 수의사가 되겠다고 결심했을 때만 해도 어른이 되면 당연히 동물 언어 번역기가 나올 줄 알았는데. 근데 책을 꼭 그렇게 다 뜯어서 눌러야 해요?"

유건이 애달픈 표정을 지었다. 설은 판자로 누르는 동작을 멈추지 않고 입을 열었다.

"종이는 공기를 잘 머금어서 약간씩 부풀어 있어요. 두껍고 거친 종이일수록 더 많이 부풀어 오르는 경향이 있고요. 그 공기를 빼주는 거예요. 그래야 선생님이 처음 이 책을 손에 쥐었던 날처럼 굉장한 비밀을 품고도 입을 꾹 닫고 있는 과묵한 책이 되거든요."

유건은 잠시 말이 없었다. 설은 계속해서 낱장을 뜯어내 판자 사이에 끼웠다.

"그날은 정말 미안합니다."

설이 유건을 힐긋 쳐다본 뒤 다시 손을 움직였다.

"입이 열 개라도 할 말 없어요."

유건이 벌받는 아이 같은 표정으로 설을 보았다. 설이 입술을 깨물며 손에 들고 있던 종이를 내려놓았다.

"그렇게 바쁜 척 도망가더니 왜 제 발로 오셨어요? 오현 대표님은 1호 인터뷰이가 대차게 인터뷰 깐 거 모르시는데. 퇴원은 다음 주니까 며칠 더 버티셔도 돼요. 물론 이 책 견적은 따로 드릴 거고요."

설이 단호하게 말한 뒤 다시 종이를 몇 장 집어 올렸다.

"그날 갖다준 책도 잘 읽었고, 두고 간 질문지와 자료들도 잘 봤습니다. 책 복원하는 분인 줄은 몰랐어요. 알았으면 진작 잘 보았을 텐데. 책 고치는 비용은 당연히 청구해야죠. 근데 이 책이 특별히 중환자인가요, 아니면 보호자가 밉보인 건가요?"

"원래 책 고치는 과정이 이래요."

"정말이죠? 저 믿습니다."

"근데 안 바쁘세요? 그렇게 바쁘다고 인터뷰도 안 하고 사람도 쫓아내신 분이 왜 여기서 저랑 말을 섞고 계세요?"

설이 마지막 한 장까지 판자를 올린 다음 프레스기 사이에 넣고 바퀴처럼 생긴 손잡이를 돌리기 시작했다.

"책은 겸사겸사 가져온 거고, 사실은 사과하려고 왔어요. 그날 무례하게 굴어서 미안합니다."

유건이 낮은 목소리로 말했다.

"인터뷰 다시 하죠. 황설 씨 가능한 시간에 제가 맞추겠습니다."

설이 뻑뻑해진 프레스기 손잡이를 한 바퀴 더 돌렸다. 잘 돌아가지 않는 휠을 억지로 돌리고 있자니 안간힘을 썼던 그날이 떠올랐다. 무슨 말을 해도 그날은 잊히지 않을 것 같았다.

"오이는 올무에 걸려 앞발이 망가져 제대로 먹지도 못한 지 꽤 됐는데 며칠째 잡히지 않고 있었어요. 만약 그날도 놓쳤으면 오이는 폐사했을 겁니다. 사흘 내내 쫓아다녔고, 그날은 안개가 껴서 더 안 보였는데 사정거리에 들어온 녀석을 포기할 수가 없었습니다."

"그러셨군요."

설이 감정 없는 목소리로 말했다.

"오이 수술을 하고 경과를 지켜보느라 밤새 한숨도 못 잤는데 갑자기 아침에 오삼까지 교통사고가 나서 들어왔습니다. 그냥 국도도 아니고 고속도로였어요. 속도를 줄이긴 했다지만 관광버스와 부딪혀서 부상이 심했고요. 백업해줄 다른 직원들도 각자 일이 있는데 개인적인 인터뷰를 하자고 피해를 줄 수가 없었어요. 급하게 회의가 잡혀서 준비를 해야 했고. 그래서 본의 아니게 피하게 된 겁니다."

설이 커버 안쪽에 남은 접착제를 라벨 제거기로 긁어

내기 시작했다.

"그래서 오이랑 오삼은 이제 괜찮아요?"

"아뇨. 아직도 불안하긴 합니다. 근데 여기도 응급이라서."

유건이 손가락으로 책과 설을 애매하게 가리켰다. 설이 유건을 흘깃 보고는 다시 접착제를 긁어냈다.

"갑자기 웬 뒷북이냐 싶겠지만. 청년이구례 인터뷰는 오현 누나가 그냥 편하게 수다 떨자고 해서 알겠다고 한 거예요. 낯선 사람과는 못 하는 진솔한 얘기들을 하자고 했거든요. 그런데 연이어 대형 사고가 터지고 낯선 분이 오셔서 인터뷰를 하자고 하니 도망가고 싶었던 것도 사실입니다."

"그런데 그렇게 불편하신 분이 여기까지 왜 오셨어요?"

설이 긁어낸 종잇조각을 쓰레기통에 버리며 예민한 목소리로 물었다.

"그날 회의 끝나고 회의실에 두고 온 폰을 가지러 갔다가 황설 씨가 두고 간 질문지를 읽었습니다. 사실 황설 씨가 메모해놓은 자료들에 더 눈길이 갔어요. 급하게 맡은 일일 텐데 최선을 다해 준비했더군요. 그래서 뒤늦게 황설 씨한테 미안한 마음이 들었고, 인터뷰를 하겠다고 마음먹었습니다."

유건은 스마트폰의 녹음 앱을 켠 뒤 작업대 위에 내려

놓았다.

"이렇게 하는 거 어떻습니까? 황설 씨는 하던 대로 책을 고치고, 제가 앞에 앉아서 질문을 읽고 답하는 겁니다. 중간에 말을 얹거나 추가 질문을 해도 괜찮고. 끝나면 녹음 파일은 황설 씨한테 보내고. 어때요?"

유건의 태도는 꽤 진지해 보였다.

"뭐. 그러시든지요."

설이 못 이기는 척 고개를 끄덕였다.

"좋습니다. 그럼 시작하죠."

유건이 옆 테이블에서 의자를 가져와 작업대 앞에 놓고 걸터앉았다.

"정유건 선생님이 처음 일을 시작했을 때는 야생동물 수의사가 흔치 않았을 것 같습니다. 어떻게 하다가 야생동물을 돌보게 되셨나요?"

설이 표지에 남아 있는 면지 조각을 스패튤러로 살살 떼어내며 유건의 목소리에 귀를 기울였다. 질문을 읽어 내려가는 유건의 목소리가 평소보다 더 낮고 차분했다.

"수의대를 졸업한 뒤 국가고시에 합격한 것까지는 평범했어요. 그 후에 선택할 수 있는 군복무로 수의 장교나 공중방역수의사가 되는 일반적인 방법 외에도, 국제기구에서 해외 봉사로 대체복무를 할 수 있는 방법이 있었어요. 지금은 없어졌고, 제가 그 제도의 마지막 수혜자였죠. 수의사가 되기로 처음 결심한 게 돌리틀 선생님 때문이었는데 막상 대학에 와서는 야생동물을 공부할 기회가 거의 없었거든요. 친구들은 임상의가 될지, 연구의가 될지 진로를 정하고 거기 맞춰 스펙을 쌓는데, 전 그런 것도 없었고. 해외 봉사 포스터를 보는 순간 처음 수의사가 되기로 결심했을 때의 기억이 떠올랐고, 일단 갔다 와서 생각하기로 했어요. 그래서 아프리카에 갔습니다."

"잠깐만, 아프리카에 갔다고요?"

설이 깜짝 놀라며 되물었다.

"네. 나미비아의 에토샤국립공원에 있었습니다."

"설마 사자, 침팬지, 기린, 악어…… 이런 동물들을 직접 진료했다는 거예요?"

설의 눈이 휘둥그레졌다.

"네. 그랬죠. 아, 침팬지는 빼고요."

유건이 고개를 끄덕였다. 설이 신기한 듯 유건을 빤히 쳐다보았다.

"그럼, 질문지에 없는 질문을 좀 해야겠는데요. 우선, 아프리카에서 얼마나 일하신 거예요? 그리고 거기서만 할 수 있었던 특별한 경험이 있는지도 말씀해주시면 좋을 것 같아요."

설이 손에 들고 있던 책과 수선 도구들을 내려놓았다. 그리고 메모지와 펜을 꺼내 들며 유건을 보았다. 그런데 유건의 얼굴이 어딘가 불편해 보였다.

"제가 곤란한 질문을 드렸나요?"

유건이 씁쓸하게 웃었다. 그러다 작업대 끝에 팔꿈치를 얹으며 말했다.

"다른 사람에게 말한 적 없는 일이라서요. 이제 꽤 오래전 일이 됐으니, 편하게 얘기할 수 있을지도 모르겠네요."

"얘기하기 곤란하면 안 하셔도 돼요."

"아뇨. 해볼게요. 나미비아는 아프리카의 남서쪽에 있고, 에토샤는 그중에서도 북쪽에 있습니다. 사막화가 많이 진행된 곳이고 유인원은 없어요. 대신 코뿔소, 사자, 기린, 오릭스 같은 동물들이 있죠. 처음 직접 봤을 땐 정말 신기했어요. 야생 그대로의 모습인 데다 세계적인 멸종위기종도 많았으니까요."

"그러셨을 것 같아요. 직접 가보니 어떠셨어요? 기대한 만큼 좋으셨어요?"

"멸종위기종들을 원 없이 봤죠. 그리고 새로운 사실을 알았어요. 아니, 새롭지는 않은데 내가 늦게 깨달은 거지."

"그게 뭐예요?"

"멸종위기종이 있는 곳에는, 멸종을 시키는 인간도 있다는 거요."

"밀렵꾼을 만나신 거예요?"

유건이 말없이 고개를 끄덕였다.

"아니, 어쩌다가? 그래서 싸웠어요?"

유건이 또 한 번 서글픈 웃음을 지었다.

"싸우긴요. 바보같이 혼자 당하고 끝났는데."

"혹시, 그 얘기 좀 더 들려주실 수 있어요?"

설이 작업대 밑에 놓인 둥근 삼각의자를 당겨 유건과 눈높이를 맞춰 앉았다. 그리고 펜을 들어 메모하기 시작했다.

"국립공원 내에 연구소가 있고, 숙소 마을에 허름한 펍이 있었어요. 가끔 일 끝나고 가서 맥주도 마시고, 모르는 사람과 어울렸죠. 어느 날 여름방학이라 야생동물 봉사활동을 하러 왔다는 미국인 대학원생을 만났어요. 나는 한국에서 군대 대신 온 거지만, 미국인이 뭐가 아쉬워서 이 깡시골에 봉사활동을 하러 왔을까 하는 생각에 묻는 말에 친절하게 대답해줬죠. 내가 경계심이 좀 없다고 느꼈는지 검은 코뿔소를 본 적이 있냐고 묻더라고요."

"그래서 대답해줬어요?"

"마침 그날 아침 고아 코뿔소를 구조해서 검진하고 하루 종일 돌보다 나온 길이었어요. 그래서 무심코 그 얘길 하고 무리가 근처에 있는데 혼자 떨어진 것 같다고 기력을 찾으면 다시 데려다 놓을 거라고 했죠."

"왠지 그 말을 해주면 안 됐을 것 같은데."

"맞아요. 아프리카에서 코뿔소의 위치를 발설하는 건 금기예요. 그래서 처음엔 정확히 말을 안 했죠. 그런데 사람을 자극하는 겁니다. 자기는 사실 저널리스트고 멸종위기종을 취재한대요. 지난겨울엔 인도네시아 수마트라에서 타파눌리오랑우탄을 봤다면서. 은근히 그곳 사람들이 취재를 얼마나 잘 도와줬는지를 흘리더라고요. 자기가 올해 퓰리처상의 저널리즘 분야 후보인데 아마 받으면 최연소일 거라고 하면서."

"와, 사기꾼 냄새 진하게 나네요. 근데 그런 사람 만난 게 선생님 잘못은 아니잖아요."

"내 잘못이 아니라고 해주니 고맙네요. 지금은 말도 안 되는 소리인데, 그때는 그 말을 의심 없이 믿었어요. 어렸고, 대단한 일을 하고 싶은 마음도 있었으니까. 그건 내 잘못이 맞죠. 최악은, 거기서 정말로 퓰리처상 수상자가 나왔다는 겁니다."

"그 사람 사기꾼이 아니었어요? 진짜 저널리스트였어요?"

"아뇨. 그 사람은 사기꾼이었죠. 그 사람이 죽인 코뿔소 사진을 찍은 포토그래퍼가 퓰리처상을 받았어요. 뿔을 잃고 피 흘리며 땅바닥에 무릎 꿇은 코뿔소 사진이 전 세계 신문 1면에 대문짝만하게 나왔어요. 연구소가 발칵 뒤집혔죠."

유건이 텅 빈 눈빛으로 희미하게 웃었다. 그때의 충격이 얼마나 컸을지 짐작할 만했다.

"선생님은 괜찮으셨어요? 바로 떠날 수도 없는 상황이었을 텐데."

설이 안타까운 눈빛으로 유건을 바라보았다.

"원래는 3년 근무고, 2년 더 연장할 수 있었어요. 그전까진 1년쯤 더 연장할 생각도 했죠. 워낙 인력이 부족하고 계속 바뀌니까 중심 잡고 일할 사람들이 필요했거든요. 남은 의무 기간이 10개월이었는데 계속 악몽을 꿨어요. 어느 날은 공항에서 비행기가 결항하고, 또 어느 날은 비행기가 하늘에서 폭파되고, 어느 날은 비행기에서 내렸는데 세상이 망해 있고. 매일 그런 꿈을 꾸면서 겨우 의무 기간만 채우고 도망치듯 한국으로 돌아왔어요."

유건의 얼굴이 한없이 어두워졌다. 지난주에 올무에 걸린 오이를 봤을 때와 같은 얼굴이었다. 그만큼 고통스러운 기억을 되살렸다는 뜻이었다.

"제가 철없이 들떠서 물어본걸, 힘들 줄 알면서도 얘기해주셔서 고맙습니다."

설이 어깨를 늘어뜨리며 말했다. 유건이 희미하게 웃었다.

"그런 얘긴 저처럼 그냥 지나가는 사람에게 다 얘기하지 않아도 되잖아요."

설의 눈이 글썽글썽해졌다. 유건이 머쓱한 표정을 지었다.

"그러게요. 내가 이 얘길 왜 꺼냈지."

"센터에서 인터뷰하기로 한 날 아침에 왜 정신없었고 얼마나 마음이 힘들었는지 설명하다가 그리로 넘어갔어요. 아프리카 얘기를 제가 물어봐서."

"음. 좋네요."

"네? 뭐가 좋아요?"

"연결이 자연스럽다고요. 억지로 불쌍한 척하면서 한 번만 봐달라고 꺼낸 얘기 같게는 안 느껴지잖아요."

설이 피식 웃음을 터뜨렸다.

"이런 분이셨어요?"

금방 반달눈을 하고 웃는 설을 보며 유건도 덩달아 옅게 웃었다.

"그런데 지리산으로 오셨네요."

설의 말끝에 여운이 길었다. 어쩌다 보니 오이와 오삼이 이송되는 것을 코앞에서 보았다. 그때마다 유건의 얼굴이 굳어진 것도 보았다. 설은 쉽게 다음 말을 꺼낼 수가 없었다. 침묵을 깨고 유건이 먼저 입을 열었다.

"돌아왔을 때 두 가지 선택지가 있었어요. 일단 우리나라에서 사자, 기린, 코끼리, 코뿔소를 다뤄본 수의사들이 가는 곳은 거의 정해져 있어요."

"그런 곳이 우리나라에 있어요?"

설이 궁금하다는 표정을 지었다.

"동물원이요. 대기업이나 공공에서 운영하는 동물원."

"동물원에 야생동물 수의사가 있군요. 하긴, 우리나라에서 사자, 기린 같은 동물들 볼 수 있는 곳은 동물원뿐이긴 하네요."

"그렇죠. 그런데 저는 그게 진짜 같진 않았어요. 야생동물이 진짜 자기 삶을 살고 처절하게 싸우고 죽는 걸 보다가 왔는데 철창에 갇혀 평생 누군가에게 보이기 위한 삶을 꾸역꾸역 사는 걸 볼 자신이 없었어요. 그러다 보니 야생생물보전원밖에 안 남더라고요. 여우, 산양, 곰 중에서 제 덩치와 어울리는 곰을 따라 구례로 오게 된 거죠."

설이 메모하다 말고 고개를 들었다.

"슬픈 이야기일 줄 알았는데, 해피 엔딩인데요?"

"그래 보여요?"

"네. 선생님이 야생동물을 포기하지 않은 게요."

유건의 얼굴에 잠깐 웃음이 스쳤다.

"그래서 어떠세요? 지금은 이 일 하면서 만족스러우세요?"

유건이 등을 쭉 펴고 앉은 자세를 고쳤다.

"흠. 평소에는 진진히게 잘 살고 있지만, 가끔 태풍이 몰아치는 날이 있죠. 황설 씨가 본 것처럼, 1년에 한두 번은 그래요. 언제쯤 인간과 동물이 공존하는 게 사람들의 상식이 될지 내내 생각해보게 되는 날이요."

설이 작업대 너머로 유건을 물끄러미 바라보았다.

"그날 아침에도 그 생각을 하셨던 거고요?"

"그런 날은 그냥 인간이 싫어져요. 나 자신을 포함해서요. 이러다가 다 같이 망해도 할 말이 없지. 그러다 다시 마음을 다잡아요. 지금 눈앞의 생명에만 최선을 다하자. 너무 많은 걸 한꺼번에 생각하지 말자. 그렇게."

설이 벌떡 일어나서 프레스기의 손잡이를 잡았다. 갑자기 눈물이 쏟아지려고 해서 고개를 돌렸다. 당황스러웠다. 구례에 온 뒤로 처음 감정의 동요를 느꼈다. 낯선 사람 앞에서 갑작스러운 눈물을 보이고 싶지 않았다. 설이 한참 동안 고개를 숙이고 있자 유건이 답답한 듯 벌떡 일어났다.

"저기, 제가 잘못한 건 알겠는데 이제 책 좀 그만 괴롭히면 안 되나요?"

"잠깐만요, 저도 지금 제 앞의 책에 최선을 다하는 중이라서."

설이 목이 꽉 잠긴 목소리로 말했다.

"벌써 시간이 이렇게 됐네. 저 센터 들어가 봐야 합니다. 책은 언제 찾으러 오면 되나요?"

"일주일 뒤에 오세요."

설이 마음을 추스른 뒤 고개를 돌려 앞을 보았다. 유건이 의자를 제자리에 갖다 놓으며 설을 보곤 고개를 숙여 인사했다. 유건이 돌아서서 몇 걸음 가다 다시 설을 쳐다 보았다. 설이 빙긋이 웃었다. 유건은 피식 웃고는 천천히 계단을 내려갔다. 설이 유건을 따라 계단 앞에까지 가서 섰다. 그리고 유건의 뒷모습과 정수리를 난간 틈으로 내려다보았다. 곧 주차장에서 차가 빠져나가는 소리가 들렸다.

설은 스스로 사람을 잘 파악하는 편은 아니라고 생각했다. 하지만 상대방의 마음이 진심인지 아닌지는 대화하다 보면 느낄 수 있었다. 물론 상대방이 마음을 열고 상식적인 선에서 말하고 행동할 때만 가능했지만.

유건은 분명 상식을 벗어난 지점이 있는 사람이었다. 처음 마주쳤을 때 곰을 포획하는 데 설이 방해될까 봐 쫓아내고, 그물 덫에 걸린 것을 보고도 그냥 두었던 건 상식적인 행동은 아니었다. 설은 유건이 자기 일만 중요하게 생각하는 거만한 사람이라고 생각했다. 그런데 유건과 인터뷰를 하고 나니, 설에게 했던 모든 말과 행동이 자신의 실수로 또다시 야생동물을 잃고 싶지 않았던 간절함에서 비롯된 것이지, 설에게 모멸감을 주거나 수치심을 주려는 게 아니었다는 걸 분명히 알게 되었다. 누군가 자신을 함부로 대했을 때, 그래도 동의할 수 있는 이유가 있어서 다행이었다. 설은 아주 잠깐 유건을 원망했다. 이렇게 제 발로 걸어와서 사과할 거였으면 조금이라도 덜 미워하게 빨리 오지, 라고 중얼거리며.

05

"네? 고서 경매에 다녀오라고요?"

설이 놀란 표정으로 오현을 보았다. 아침부터 오현이 급하게 찾는다는 얘기를 듣고 병원으로 갔더니 대뜸 서울에 다녀오라고 했다.

"응. 전부터 내가 찾던 물건이 있는데 이번에 경매에 나온다고 인사동 헌책방 주인이 언질을 준 거야. 이 다리만 성해도 내가 갈 텐데."

오현이 깁스한 다리를 가리키더니 링거 꽂은 손으로 환자복을 추슬렀다. 경매 장소는 종로의 수운회관. 일시는 오늘 오후 3시. 지금 시각은 10시. 당장 출발하라는 소리였다.

"대표님, 책방 문까지 닫고 꼭 가야 해요? 서울이 산 너머 남원도 아니고, 자그마치 왕복 8시간인데."

"책방은 한샘이가 오늘 별일 없다고 봐준대. 기사도 구했어. 설이 씨는 손도 까딱 안 해도 돼. 그냥 경매장까지 가서 팻말만 들고 책만 사 오면 돼. 어, 기사 지금 이리로 온단다."

오현이 스마트폰 메시지를 확인한 뒤 리모컨으로 침대를 조정해 편한 자세로 누웠다.

"출장이라 생각해. 아니, 출장이지 뭐. 원래 헌책방은 자기네 책방에만 있는 물건들 컬렉션이 있어야 입소문이 나는 법이거든. 우리 책방이 섬진강 보이는 거랑 책 많은 걸로 벌써 유명하지만, 희귀한 책들 많다고 입소문 나면 더 유명해지지 않겠어? 내가 이러려고 설이 씨도 직원으로 채용한 건데. 고오현 컬렉션이라니, 얼마나 좋아?"

오현은 깁스한 다리의 발가락을 꼼지락거리며 행복한 미소를 지었다. 설이 입술을 깨물며 돌아섰다.

"기사는 내가 억지로 시킨 거 아니다? 자기도 서울에 볼일 있다고 했어."

설은 오현에게 고개를 꾸벅 숙인 뒤 병원 주차장으로 내려갔다. 때맞춰 은색 SUV가 미끄러지듯 들어왔다. 운전석 창문이 내려가고 유건이 고개를 내밀었다.

"타세요. 시간 빠듯하니까."

"선생님이 기사였어요?"

유건이 고개를 끄덕이며 조수석을 툭툭 쳤다.

"아니, 저는 대중교통 타도 돼요. 기차 타도 되고, 버스 타도 되고."

설이 한 걸음 뒤로 물러섰다.

"황설 씨, 기차고 버스고 전부 2시간 후 출발이에요. 경매는 오후 3시부터인데. 어떻게 도착할 수 있겠어요?"

유건이 장난스러운 표정을 지었다. 설이 입을 비죽이며 말없이 차에 올라탔다.

"원래 오현 누나가 좀 즉흥적이에요. 제가 오늘 연차라 시간 있다고 해준다고 하니까 바로 황설 씨 부르겠다고. 그래도 차도 없이 다녀오라고 하는 것보단 낫지 않아요? 동행도 있고."

유건은 설이 앉은 의자의 등받이 각도와 좌석 위치를 조절해주고는 핸들을 잡고 출발했다. 구례읍 읍내를 통과하여 10분쯤 달리자 두 사람이 탄 차가 인터체인지를 지나 고속도로로 들어섰다.

"황설 씨 여기 오기 전에 언론사에 있었다고 했죠? 수경신문이라고 했나?"

유건이 문득 생각난 듯이 물었다.

"네. 어, 수경신문요."

"다니기에 괜찮았어요?"

유건이 곁눈질로 슬쩍 설을 보았다.

"대학 학보사 선배 중에 수경신문 데스크가 있었어요. 1년에 한 번 밥 사주시는 선배였는데 아빠가 갑자기 돌아가셨단 얘길 들었는지 졸업했는데도 연락하셨더라고요. 일단 다니면서 취업 준비를 하기로 마음먹고 들어갔어요. 거긴 5년 차에 노르웨이 수산인 연수 취재를 한 달 보내줘요. 사수가 다녀와서 어찌나 자랑하는지. 그래서 5년만 다니자고 하고 참고 다녔죠."

유건은 질문을 던져놓고는 핸들을 움켜쥔 채 굳은 표정으로 앞만 보았다. 골똘히 무언가를 생각하는 것 같았다. 갑작스러운 침묵에 어색해진 설이 괜히 헛기침했다.

"아, 노르웨이. 노르웨이는 어땠어요? 진짜 아렌델 왕국[17] 같나?"

유건이 다시 밝은 목소리로 말했다.

"모르죠. 가봤어야 알지."

"아니, 왜 못 갔어요?"

"기자들한테 갑질하던 수산 조합장이 뇌물 수수 정황이 있어서 기사를 썼는데, 데스크에서 잘렸어요. 알고 보니까 선배가 그 조합장 사위였대요. 계속 바쁘게 사람 만나러 다니길래 취재하는 줄 알았는데, 그게 다 로비였던 거죠. 제 책상이 창고로 치워졌어요. 그리고 창고에서 6

---

17) 디즈니 애니메이션 〈겨울왕국〉에 나오는 가상의 왕국. 노르웨이를 모티브로 만들어졌다.

개월 버티다 지난달에 퇴사하고 지리산으로 온 거예요."

"아, 그 기사 봤는데. 조합장 또 바뀌었죠? 어차피 다 알려질 건데 애먼 기자는 왜 잘라요? 조합장 선거를 인기투표로 하니까 당연히 부정이 나오지. 황설 씨 거기서 나오길 백번 잘했어요. 그런 조직에 있으면 나쁜 물만 들어요."

유건이 앞에서 얼쩡거리는 중형 세단을 피해 차선을 옮겼다.

설은 유건의 옆모습을 물끄러미 보았다. 회사 사람들은 전부 설에게 말했다. 누가 몰라서 가만히 있냐고. 나가서 뭐 해 먹고 살려고 그러냐고. 다들 설에게 대책 없다고만 했다. 퇴사하길 잘했다고 말해준 사람은 유건이 처음이었다.

"동물을 숫자로 바꾸고 돈으로 환산하는 시스템은 인간이 발명한 많은 것 중에서도 최악이에요. 그런 태도가 인간 자신조차 물질로만 환산하게 만드는 거지. 빨리 그만둔 게 잘한 겁니다."

유건이 느릿한 중형 세단과 트럭 세 대를 추월한 뒤 다시 차선을 옮겼다.

"그런 말 들어봤어요? 지리산에는 산이 허락해줘야 살 수 있다는 말? 가끔 내가 여기서 뭐 하고 있나 싶을 때 그 말 떠올리면 또 살아져요. 황설 씨도 지리산이 허락한 거라고 그렇게 생각해요. 하하."

유건이 애써 크게 웃었다. 설은 그 웃음이 왠지 거슬렸다. 내 편 들어줘 고맙고 마음이 놓인다고 하고 싶은데 애써 숨겨둔 피부밑의 가시가 자꾸 뾰족하게 튀어나왔다.

"모두가 다 선생님 같은 삶을 살 수 있는 건 아니죠. 그럼, 사회에 필요한데 힘들고 욕먹는 일은 누가 하겠어요?"

유건의 표정이 금방 당혹스러움으로 바뀌었다. 설은 말해놓고 곧바로 후회했다. 설을 편들어주려고 일부러 더 과장되게 얘기했을 수도 있는데, 순식간에 되갚아버린 게 되었다.

"뭐 그렇죠. 제가 잘 모르고 주제넘게 길게 이야기했네요. 미안합니다."

유건이 무뚝뚝하게 말하고 입을 꾹 닫았다. 둘 사이에는 어색한 침묵만 맴돌았다. 설은 말을 꺼내보려 몇 번이나 시도했지만, 유건의 눈치를 보며 다시 삼키고 말았다. 결국 서울에 도착할 때까지 누구도 먼저 말을 꺼내지 않았다.

경매가 열리는 수운회관에 도착해서야 설은 마음이 좀 펴졌다. 수운회관 앞을 버스 타고 지나쳐본 적은 있었지만, 안에 들어가본 건 처음이었다. 설은 경매 입찰 신청서를 써내고, 입찰 번호판을 받았다. 그리고 오현에게 전화를 걸었다. 오현은 전화를 받지 않았다. 경매 시간이 가까워지는데 오현과는 계속 통화가 되지 않았다. 설이 어쩔 수 없이 유건에게 말을 붙였다.

"저, 오현 대표님이 전화를 안 받는데, 혹시 뭘 사라고 하셨는지 아세요?"

유건이 심각한 표정으로 듣고 있다가 튀어나오는 웃음을 억지로 참았다.

"아니, 뭘 사야 하는지도 모르고 여기까지 왔다고요?"

유건의 목소리가 놀리는 것처럼 들렸다.

"사야 하는 게 있으니까 왔죠."

"그래서 그게 무슨 책인데요?"

유건이 실실대며 웃었다.

"그러는 정유건 선생님은 뭘 살 건데요?"

"난 다 봐뒀죠. 전략을 착착 세워뒀고."

설은 유건에게 물어보는 걸 포기하고 다시 오현에게 전화를 걸었다.

경매가 시작되고 나서야 오현이 전화를 받았다. 설은 목소리를 잔뜩 낮추고 속삭였다.

"대표님, 전화를 왜이렇게 안 받아요?"

— 물리치료실에 다녀왔지. 서울 도착했어?

"벌써 경매 시작했어요. 출장 가서 무슨 책 사야 되는지 왜 말을 안 해주셨어요?"

― 내가 말 안 했어? 『고의성』[18] 초판. 소설이야.

오현에게 책 제목을 듣자마자 근현대 문학 소설 경매가 시작된다는 안내 방송이 나왔다.

"알겠어요. 끊어요!"

설이 목소리를 낮추어 속삭인 뒤 전화를 끊었다.

"다음 물품은 근현대 문학 300번 대부터 시작하겠습니다. 301번. 1912년 대창서관에서 발행했고, 초기 추리소설 형식의 신소설 『고의성』입니다. 1,000만 원부터 시작합니다."

스마트폰 메모장을 열어 오현이 말한 책 제목을 받아 적는데 바로 그 책 제목이 귀에 들렸다. 설이 반사적으로 입찰 번호판을 움켜쥐었다가 가격을 듣고는 깜짝 놀라 벌떡 일어났다. 사람들이 설을 힐끗거렸다. 그러자 유건이 설의 어깨를 잡아당겨 앉혔다.

"정신 똑바로 차려요. 여기까지 와서 헛걸음할 수는 없잖아요."

설이 유건의 말을 듣고 고개를 세차게 흔든 뒤 입찰 번호판을 번쩍 들었다.

"35번, 1,050만."

---

18) 1912년 번역가이자 출판업자였던 현공렴이 출간한 개화기 추리소설. 조선조 송사소설에 뿌리를 두고 있으면서 서구 추리소설의 영향을 받은 정탐소설계 추리소설의 특성을 골고루 갖추고 있는 작품이다.

"네. 1,050만 나왔습니다. 1,050만."

"19번, 1,100만!"

"네. 1,100만 나왔습니다. 다음 분 없으신가요? 그럼 카운트다운 들어갑니다. 10, 9, 8, 7······."

경매사가 카운트다운에 들어가자, 설이 눈을 질끈 감고 번호판을 들어 올렸다.

"1,200만!"

경매사가 1,100만을 불렀던 사람을 쳐다보았다.

"네. 1,200만 나왔습니다. 다음 분 없으신가요? 카운트다운 들어갑니다. 10, 9, 8, 7, 6, 5, 4, 3, 2, 1. 네. 35번에게 낙찰되었습니다."

설은 다리를 후들거리며 가슴을 쓸어내렸다.

"지금 1분 사이에 200만 원 뛴 거 맞죠? 1,150을 한 번 불러야 했나? 오현 대표님이 비싸게 샀다고 뭐라고 하면 어떡해요?"

겨우 정신을 차린 설이 유건에게 속삭였다.

"어떡하긴. 대표님이 와서 사지 그랬냐고 해요."

"어휴. 심장 떨려서 두 번은 못 하겠네. 이제 나가요. 우리."

설이 일어나려는데 유건이 설을 붙들었다.

"기다려요. 내가 사려는 책은 아직 안 나왔으니까."

"저 여기 숨 막혀서 못 있겠어요. 나가서 기다릴게요."

유건은 경매사에게서 눈을 떼지 않고 고개만 끄덕였다.

설은 혼자 경매장 밖으로 나왔다. 창밖으로 낙원상가와 경운궁이 보였다. 멀리 인사동의 빽빽한 건물들도 보였다. 설은 경매로 산 책을 직접 수령한 뒤 비닐에 둘둘 싸매어 가방 깊숙이 넣었다. 이 조그만 책이 뭐 그렇게 비싼지 들여다보고 싶었지만 그래서 더욱 오현에게 줄 때까지 열어보면 안 될 것 같았다.

설이 창문 밖으로 지나가는 차와 사람들을 한창 쳐다보고 있을 때 유건이 나왔다. 손에는 비닐로 싼 고서 한 권을 들고 있었다.

"그건 얼마예요?"

"450만 원."

"힉, 진짜? 제목이 뭔데요?"

"『정호기』[19]."

"『고의성』도 1,200만 원으로는 안 보이지만, 그 책도 450만 원으로는 절대 안 보이네요."

---

[19] 1917년 11월 일본인 사업가 야마모토 다다사부로가 조선에서 만든 호랑이 사냥 부대 '정호군'의 활동을 사진과 글로 기록한 책. 한반도의 호랑이와 표범 등의 대형 포유류들이 어떤 식으로 포획, 멸절되었는지를 보여준다. 1917년 출간 당시에는 비매품으로 제작되었으나, 2009년 서울대학교 수의과대학 이항 교수팀이 교토의 한 고등학교 표본관에서 당시 정호군이 잡은 호랑이 박제를 발견하면서 다시 주목을 받았다. 이후 이 기록물은 한국어로 번역되어 2014년 에이도스출판사에서 출간되었다. 야마모토 다다사부로 저, 이은옥 역, 에이도스, 2014.

"심지어 이 책은 비매품이에요."

"그럼, 왜 돈 주고 사요?"

"그럴 만한 이유가 있으니까."

"그 이유가 뭔데요?"

"말하자면 긴데, 우리 빨리 구례 가야 하니까 일단 차에 타죠."

설이 유리창 너머를 아쉬운 듯 쳐다보았다.

"어, 제가 맛있는 거 사드리려고 했는데요. 이 건너편에 해물찜 정말 맛있는 집도 있고, 닭한마리도 있고……."

유건이 피식 웃었다.

"수도권 퇴근길 교통체증에 끼고 싶은 거 아니라면 일단 출발해요."

"그럼, 베이글 몇 개만 사 가면 안 돼요? 제가 진짜 좋아하는 베이글 집이 인사동에도 생겼는데."

"이보세요, 구례에 빵집이 열일곱 개 있어요. 빵은 구례 가서 실컷 먹고, 일단 출발 좀 하자고요. 네?"

설은 길 건너 인사동 쪽을 아쉬운 눈길로 바라보며 유건의 차에 올라탔다. 유건은 금방 서울 시내를 통과해서 고속도로에 차를 올렸다.

"그 비매품 책은 왜 샀어요?"

설이 문득 생각난 듯 물었다.

"궁금해요?"

"네. 궁금하죠. 그 책 복원하는 거 저한테 맡기실 거잖아요."

"어? 어떻게 알았지? 뭐, 설명하는 데 돈 드는 거 아니니까. 일제가 1900년대 초에 조선에 와서 사냥을 정말 많이 했는데, 그중에 야마모토 다다사부로라는 사업가가 자기 돈 들여서 원정대를 꾸려 다닌 기록을 책으로 냈어요. 이 사람이 조선인 포수들을 섭외해서 늑대와 호랑이, 표범을 대량으로 사냥했거든. 마지막엔 잡은 동물들로 만찬을 준비해서 기자와 주요 인사들을 불러 도쿄의 제국호텔에서 연회를 베풀었어요. 메뉴는 이런 식이에요. 압록강 기러기로 만든 수프와 차가운 호랑이고기 타르타르."

"윽."

설이 인상을 찌푸렸다.

"이상한가요?"

"당연히 이상하죠. 타르타르는 생고기를 다져서 먹는 요리 아니에요? 호랑이를 그렇게 먹다니……. 역시……."

"왜? 일본 사람들이 이상하고 나쁘다고 생각해요?"

유건의 목소리가 한층 높아졌다.

"그럼 안 나빠요?"

설의 목소리도 덩달아 커졌다.

"인간은 자기가 마음대로 할 수 있다고 생각하는 존재에겐 얼마든지 잔혹해질 수 있어요. 호랑이 타르타르가 잔인하면, 곰 쓸개는 괜찮나? 반달가슴곰은 한국 사람들 손에 멸종된 거나 다름없어요. 아직도 쓸개 먹겠다고 해외에서 일부러 사들여 와서 철창에 가둬놓은 사육 곰이 삼백 마리 남아 있어요."

유건이 흥분해서 얘기하다가 뒤늦게 말을 멈췄다. 설은 왠지 혼난 것 같은 느낌에 입을 꾹 다물었다. '저 대목에서 급발진하다니, 누가 야생동물 수의사 아니랄까 봐' 하고 속으로 구시렁댔다. 그런데 손에 든 스마트폰에서 진동이 울렸다. 설은 전화를 받지 않고 스마트폰을 뒤집어 내려놓았다.

"참, 황설 씨 서울 왔는데 가족들도 못 보고 내려가서 어떡해요?"

유건이 넌지시 물었다.

"괜찮아요."

설이 잘라 말했다.

"그래도, 연락이라도 해보지 그래요?"

유건은 조금 전 갑자기 날카롭게 군 것이 마음에 걸려서 부러 설에게 따뜻하게 말했다.

"가족이 없어서요. 괜찮습니다."

설은 혼자 냉탕과 온탕을 오가는 유건의 태도에 신경질이 나서 또박또박 말했다.

"가족 없는 사람이 어딨어요?"

유건이 반사적으로 물었다. 설이 유건을 빤히 쳐다보았다.

"아니, 말이 헛나왔어요. 미안해요."

유건이 머리를 벅벅 긁은 뒤 핸들을 움켜쥐었다.

"전 외동이고요, 아빠는 7년 전에 돌아가셨고, 엄마는 17년 전에 증발했어요."

설이 또박또박 말했다.

"아니, 사람이 어떻게 증발해요?"

유건이 또 한 번 반사적으로 물었다.

"그게 아니라, 내 말은 증발이라는 말은 액체가 기체가 될 때 쓰는 거고 사람한테 쓰는 건 물리법칙에 어긋나니까. 아니, 그런 뜻이 아니라……. 미안합니다."

유건이 머리를 벅벅 긁으며 설의 눈치를 살폈다. 그러자 뜻밖에도 설이 소리 없이 웃었다.

"뭐, 나쁘지 않네요."

유건이 설을 빤히 보았다.

"사람들이 제 얘기를 들으면 되게 안됐다고 생각해요. 엄마는 왜 증발했는지, 아빠는 몇 살 때 돌아가셨는지, 여자애 혼자 이 험한 세상을 어떻게 살아왔는지 궁금해하거든요. 근데 정유건 선생님 반응은 나쁘지 않다고요. 그러게, 왜 엄마는 물리법칙도 어기고 사라졌을까요. 말이 안 되죠. 너무했어요."

설이 대수롭지 않게 말했다.

"정말 미안합니다. 내가 요즘 당황하면 아무 말이나 하는 버릇이 생겨서."

유건이 운전석 옆 컵 홀더에 꽂아놓은 생수병을 열어 물을 벌컥벌컥 들이켰다.

"서울 왔다 가면서 가족들한테 연락 안 해도 되냐고 걱정하다가 그렇게 된 거잖아요. 의도가 좋았으니까 그만 미안해하셔도 돼요."

유건이 입술을 잘근잘근 씹다가 설을 흘끔 보았다.

"근데 뭐 하나만 더 물어봐도 돼요?"

"네. 물어보세요."

"왜 서울에 있지 않고 구례로 왔어요? 서울에서 직장 구하는 편이 훨씬 쉬웠을 텐데."

유건이 설의 얼굴과 앞차를 번갈아 가며 쳐다보았다.

"말하자면 복잡한데요."

설이 한참 동안 뜸 들이다 대답했다.

"나 복잡한 이야기 되게 좋아합니다. 혹시 알아요? 내가 또 황설 씨 마음에 드는 반응을 보일지."

유건이 곁눈질로 설의 표정을 살폈다.

"사실 결혼하기로 한 남자 친구가 있었어요."

설의 목소리가 덤덤했다. 유건은 태연한 척하려 애쓰며 고개를 끄덕였다.

"그 친구 어머니가 찾아와서 우리 엄마가 죽은 것도 아니고 사라진 게 너무 찜찜하대요. 갑자기 나타나서 돈 해 달라고 할 수도 있지 않냐며, 이 결혼 안 하면 안 되냐고 했어요."

"뭐라고요?"

유건이 갑자기 브레이크를 밟으며 오른팔을 내밀어 설을 붙잡았다. 정체 구간에 들어섰는지 앞차들의 빨간 브레이크등에 눈이 부셨다.

"아니, 앞차가 갑자기 속도를 줄여서. 그렇게 밟았는데도 결국 차가 밀리네. 그래서? 어떻게 됐어요?"

"저도 우리 엄마에 대해 그런 생각을 갖고 표현까지 하는 분의 아들과는 결혼할 수 없을 것 같았어요. 아마 제가 마음에 안 드니까 일부러 더 미운 말을 해서 떼어내려고 했겠죠."

"그래서 구례에 내려온 거예요?"

"그때쯤 회사에서도 그 일이 있었고, 우연히 책 복원 수업을 듣게 됐는데 6개월 코스라서 그거 끝날 때까지만 버티자고 마음먹었어요. 그러다 인스타에서 오현 대표님이 헌책방에서 헌책 고칠 수 있는 사람을 찾는다는 거예요. 그래서 디엠을 보냈고 답장받자마자 사직서 던지고 내려온 거죠."

유건이 답답한 듯 깜빡이를 켜고 차선을 바꾸며 물었다.

"그 남자랑은 그게 끝이에요?"

"네. 뭐. 술 먹고 '설아, 자니?' 같은 문자도 보낸 적 없으니까 끝인 거 맞겠죠."

"근데 왜 결혼을 하려고 한 거예요? 엄마 말 한마디에 헤어질 거면?"

"저도 상대가 얼마나 마음의 준비가 됐는지는 몰랐어요. 당연히 심각하게 고민했을 줄 알았죠. 인생에서 중요한 결정에 나를 캐스팅해줘서 고맙다고만 생각했고."

"그래도 황설 씨도 그 남자랑 결혼해도 괜찮겠다고 생각한 구석이 있을 거 아녜요."

"있죠. 추석날 만나서 달 보며 산책할 때 어머니가 토란탕이랑 더덕구이를 너무 많이 줘서 배가 부르다며 배를 두드리는데, 그게 되게 행복해 보였어요. 결혼하면 명절 음식 잔뜩 해서 온 가족이 포슬포슬 살찌게 먹는 풍경이 그려져서요. 전 결혼은 새로운 가족이 많이 생기는 거라고 생각했나 봐요. 근데 그 사람 어머니가 그렇게 말하는 걸 들으니 나는 결코 그 가족이 될 수 없겠다는 생각이 들었어요."

"그래서, 괜찮았어요?"

"어머니가 그렇게 나온 건 쓸쓸했지만 받아들였어요. 그런데 그 남자가 너무 순순히 헤어져서, 그래서 슬펐어요. 사실 회사 일도 쉽진 않았고, 아빠 돌아가신 뒤로 공허할 때마다 애써 그 남자가 나를 세상에 붙들어주는 이유라고 생각했거든요. 마치 중력처럼."

"무슨 그런 표현을……. 그런 놈한테 너무 과분한 거 아닌가?"

유건이 한쪽 눈썹을 치켜올렸다.

"그런 것 같아요. 근데 제가 만든 표현 아니고, 노래 가사에 나오는 말이에요."

"무슨 노랜데?"

"세라 바렐리스의 〈Gravity〉[20]요."

"다행이네. 주인이 따로 있어서. 나는 황설 씨가 그 말 만들었다고 하면 진짜 화내려고 했어요. 엄마 말에 휘둘리는 순 마마보이 같은데."

"마마보이죠. 노래는 더 좋아요. 들어보면 더 화날걸요."

설이 스마트폰의 음악 앱을 열어 노래를 틀었다. 맑은 피아노 소리가 배경음으로 깔리면서 부드러운 스트링 선율이 흘러나왔다.

"이 여자분 헤어져서 많이 힘든가 보네요."

노래가 끝나자 침묵을 깨고 유건이 입을 열었다.

"여자분이요? 아, 세라 바렐리스요."

설이 킥킥대며 웃었다.

---

20) 미국의 싱어송라이터 세라 바렐리스(Sara Bareilles)의 정규앨범 〈Little Voice〉(2007)에 수록된 발라드. 벗어나기 힘든 관계와 내면의 갈등을 서정적으로 표현한 곡이다.

"막상 헤어지고 나선 많이 힘들진 않았어요. 중력인 줄 알았는데 헤어지고 나니 금방 무중력이 되더라고요."

"헤어지길 잘했어요. 결혼하고 헤어지는 사람도 있는데 사귈 때 헤어지는 게 백번 낫지."

"아까 저 회사 그만둔 것도 백번 잘했다고 하지 않았어요?"

"그러니까. 지리산 오길 이백 번 잘했다니까. 이럴 줄 알았으면 인사동에서 20첩 반상을 사줄걸. 결국 천안에서 이렇게 막히는데 괜히 서둘렀네. 미안해요."

"아니에요. 저 휴게소 음식도 좋아해요. 그럼, 이제 선생님이 사는 건가요?"

설이 장난스럽게 웃었다. 유건이 따라 웃었다.

"뭐 좋아해요?"

"저는 우선, 호떡은 꼭 먹어야 하고요."

설이 왼손 엄지를 접었다.

"감자랑 맥반석 오징어를 같이 먹는 게 간이 딱 좋아요."

검지와 중지까지 접는 순간 오른쪽 맨 끝 차선에 휴게소 방향 유도선이 나타났다. 유건이 깜빡이를 켜고 순식간에 2차선에서 5차선까지 끼어든 다음 휴게소로 들어갔다.

차를 주차한 유건이 화장실부터 다녀오겠다며 인파 속으로 사라졌다. 평일 저녁인데도 휴게소에는 사람이 꽤 많았다. 설은 부지런히 음식 판매대를 돌며 호떡 두 개와 통감자구이를 샀다. 그런 다음 반대편에 있는 맥반석 오징어 코너로 달려갔는데 점원이 오징어 진열대의 불을 끄고 있었다.

"저 혹시 식은 오징어라도 살 수 있어요?"

설이 종이봉투에 담긴 마지막 오징어를 가리켰다.

"이것도 누가 계산하신 거예요."

점원이 설에게 대꾸한 뒤 옆 매대로 가버렸다. 설은 아쉬워하며 돌아섰다. 그런데 유건이 화장실에서 나오더니 오징어 코너에서 종이봉투를 집어 들며 소리쳤다.

"오징어 가져갑니다!"

점원이 옆 매대에서 유건을 쳐다보며 고개를 끄덕였다. 설이 반색하며 유건의 옆에 다가섰다.

"선생님이었어요?"

"뭐가요?"

"마지막 오징어 산 사람."

"아, 화장실 가려고 하는데 점원이 한 마리만 더 팔면 없다고 하길래, 계산부터 하고 다녀왔죠."

설의 얼굴이 환해졌다.

"제가 선생님을 크게 오해했네요. 누구나 선생님처럼 살 수는 없는 것 같아요. 정말로."

설이 고개를 숙였다.

"뭐 이런 걸 가지고. 근데 황설 씨 얼굴 지금 되게 밝은 거 알아요?"

설이 황급히 입꼬리를 아래로 내렸다.

"다 봤어요. 나보다 오징어 더 반가워하는 거."

유건이 정색했다.

"아니에요. 마지막 오징어를 놓치지 않은 선생님의 현명함이 반가웠던 거죠."

설이 싱글거리며 대꾸했다.

"그럼, 이거 나 혼자 다 먹을게요. 현명하니까."

유건이 종이봉투를 부스럭거리며 말했다.

"아, 그러는 게 어딨어요? 나도 호떡이랑 감자 확보하느라 애썼어요."

설이 불평하며 손에 든 음식들을 유건 앞에 내밀다가 그만 점퍼 주머니에 넣어둔 지갑을 떨어뜨렸다. 설이 양손에 음식을 들고 지갑을 주우려고 애쓰자 유건이 말렸다.

"내가 주울게요."

유건이 허리를 숙이고 지갑을 줍다가 멈칫했다. 지갑에서 사진 한 장이 삐져나와 있었다. 설이 어떤 남자와 다정하게 찍은 사진이었다. 유건이 태연한 척 지갑을 내밀며 물었다.

"결혼하려고 했다는 남자?"

"아뇨. 그 남자 사진은 다 버렸어요."

"그럼?"

"그냥, 친구예요."

설은 괜히 불편한 마음에 서둘러 지갑을 가져가려고 했다. 그런데 손이 없었다. 접시 두 개를 겹쳐 들고 지갑을 받으려 손을 내미는 설을 뒤로하고 유건이 앞장섰다.

"됐어요. 차에 가서 줄게요."

설은 주춤거리며 유건을 따라갔다. 유건은 서둘러 조수석 문을 열고 설에게서 음식을 받아 들었다. 설이 고개를 살짝 숙이며 차에 타자 다시 설에게 음식 접시를 내밀었다. 그런 뒤 조수석 문을 닫고 빙 돌아와 운전석에 앉았다.

"뭐부터 먹을까? 아무래도 감자와 오징어를 먼저 먹고 호떡을 후식으로 먹는 게 낫겠죠?"

유건이 이쑤시개로 감자를 찔러 입에 넣은 뒤 무심하게 지갑을 건넸다. 그러고는 천천히 감자를 씹어 삼킨 뒤 물을 한 모금 마셨다.

"궁금한 거 있는데."

"아, 네. 물어보세요."

설이 감자를 베어 물다가 입을 가리며 고개를 끄덕였다.

"사진 속 그 친구, 둘 중 한쪽이 좋아했다거나, 썸 탄 적 없어요?"

갑작스러운 물음에 설이 놀라서 캑캑거렸다. 그러자

유건이 새 물병을 따서 설에게 내밀었다. 설이 급하게 물을 들이켠 뒤 가슴께를 쓸어내렸다.

"밑도 끝도 없이 왜 그런 걸 물어요?"

설이 이해할 수 없다는 표정을 지었다.

"황설 씨가 물어보라면서요. 그런 거 물어보면 안 되나? 친구라고 하기엔 너무 다정해 보이는데."

유건이 맥반석 오징어를 고추장에 찍어 입으로 가져갔다.

"뭐, 아니면 말고요."

질겅질겅 오징어를 씹는 유건의 모습이 출싹거려 보였다. 조금 전에 휴게소에서 오징어를 사수했던 믿음직한 남자는 사라지고 없었다. 다시 어색한 침묵이 두 사람 사이를 감돌았다.

"우리 올라올 때도 이러지 않았어요? 잘 얘기하다가 갑자기 분위기 팍 깨졌었는데."

유건이 침묵을 깨고 입을 열었다.

"그때 어떻게 분위기 다시 좋아졌죠?"

"안 좋아졌어요. 서울까지 그대로 왔잖아요. 말 한마디도 안 하고 아주 어색하게."

설이 대답했다.

"맞네. 나도 기껏 편 들어줬는데 좋은 소리 못 들었다고 감정 상했었네. 지금은 감정이 상한 것도 아닌데 왜 기분이 나쁘지?"

유건이 앞차와 설을 번갈아 가며 쳐다보았다.

"제가 선생님 기분이 왜 나쁜지를 어떻게 알아요? 자기 마음은 자기가 알아야지."

설이 어이없다는 듯 말했다.

"내가 그걸 알면 지금 황설 씨한테 물어보겠어요? 이상하게 보일 거 뻔히 아는데. 아, 아까 노래 들을 땐 분위기 괜찮았죠? 노래나 들읍시다. 황설 씨 듣고 싶은 노래 있으면 여기서 찾아서 틀어줘요."

유건이 스마트폰으로 음악 앱을 열어 설에게 건넸다. 설이 노래를 골라 틀었다. 두 사람은 말없이 노래를 들으며 한참을 달렸다. 천안을 지나자 도로 옆으로 보이는 건물이 드물어지고 산이 깊어지면서 차가 눈에 띄게 줄었다. 5톤 트럭들만 쌩쌩 지나갈 뿐 승용차는 거의 보이지 않았다. 유건이 갑자기 설의 어깨를 툭툭 쳤다. 창밖을 보던 설이 고개를 돌렸다.

"이 앞 노래 좀 다시 틀어줄래요?"

설이 스마트폰 액정을 보고 왼쪽 화살표 모양의 버튼을 두 번 눌렀다. 짧은 드럼 필인이 나오고 곧 신시사이저의 사이키델릭한 사운드가 잔향을 길게 남기며 다채로운 소리를 내다가 뚝 끊겼다. 곧이어 중성적인 보컬이 흘러나왔다. 담백하기도 하고, 조금은 건조한 것 같기도 한 목소리가 몽환적인 느낌을 주었다.

"이 노래 제목이 뭐예요?"

식은 호떡을 한입 베어 문 유건이 물었다.

"새소년의 〈난춘〉[21]이에요."

"되게 어색하고 이상하면서 듣기가 좋네. 황설 씨는 이 노래를 왜 틀었어요?"

"그냥. 쓸쓸해서요."

설이 남은 호떡을 집어 들었다. 유건이 피식 웃었다.

"아니, 맥반석 오징어랑 감자 조합에 호떡 후식 먹으면서 세상에서 제일 행복한 표정인 사람이 쓸쓸하다고?"

유건이 어이없다는 듯 말했다.

"이런 즐거움이라도 없으면 이 시기를 못 지나가겠죠."

설이 풀죽은 목소리로 중얼거리자 유건이 손을 내저었다.

"아, 그렇게 심각하게 반응하지 말아요. 무서워진다고."

유건이 앞차와 설을 번갈아 가며 쳐다보았다.

"그냥 사실이 그래요. 봄은 추우면 안 되는 것 같은 계절인데 춥고, 청춘은 우울한 거랑 안 어울리는 것 같은데 우울하고. 꽃 피면 즐겁고 행복해야 할 것 같은데, 나만

---

21) 2016년 결성된 인디밴드 새소년의 데뷔 EP 〈여름깃〉(2017)에 수록된 곡. 제목은 '어지러운 봄'이라는 뜻을 지닌 한자어에서 따왔다. 서정적인 멜로디와 격정적인 기타 사운드가 교차하며 불안하고 혼란스러운 청춘 시기를 그려낸 곡이다.

우중충한 것 같고. 그래서 오늘을 살아내고 내일로 가자고 하는 황소윤 목소리를 들으면 손을 잡고 끌어주는 느낌이 들어요."

"그런 내용이었어요? 나는 입맞춤 어쩌고 하길래 좋아한다는 내용인 줄 알았는데. 한국말을 왜 못 알아들었지? 한 번 더 들어요."

설이 왼쪽 화살표 모양의 버튼을 한 번 눌렀다. 유건이 리듬에 맞춰 손가락을 핸들에 톡 톡 두드렸다.

"한 번 더 들으니까 그러네. 진짜 우울하다."

"선생님이 왜 우울해요?"

"내가 이 감성을 이해 못 하는 게 억울해서. 나한테 봄은 곰 쫓아다니는 계절이거든요. 가파른 산길 뛰어다니면서 마취총 쏘고, 무거운 곰 나르고, 곰 놓친 날은 몰래 사격 연습하고. 그러느라 추운지, 우울한지, 우중충한지도 모르고 지나가요. 그래서 그 계절에 대한 감각이 없어요. 그냥, 어느 날 산에 오르다가 더우면 봄이 지나간 거지."

유건이 푸념했다. 그러는 동안 차가 톨게이트를 지나 고속도로를 빠져나왔다. 국도가 시작되자 도로 양쪽에 빽빽이 심긴 벚나무에서 연한 분홍빛 꽃비가 내렸다. 설이 탄성을 지르며 조수석 창문을 내리고 창밖으로 고개를 내밀었다. 바람에 머리가 제멋대로 흩날리고 눈이 감겼다.

"그럼, 지금 느끼면 되죠. 창밖에 지천이 봄인데 억울할 게 뭐 있어요?"

설이 창밖으로 고개를 내민 채 말했다. 그 소리가 바람에 묻혀 훨씬 작게 들렸다. 유건은 열린 창으로 들어오는 바람 때문에 인상을 찌푸리며 눈을 가늘게 떴다. 그때 창밖에서 꽃잎이 날아들어와 유건의 손등에 달라붙었다. 그러자 설이 손바닥으로 유건의 손을 덮었다. 유건이 깜짝 놀라 핸들 잡은 손을 흔들자 차가 휘청였다.

"뭐예요? 왜 남의 손을 덮쳐요?"

"잠깐만요, 지금 제 손바닥 밑에 꽃잎 있어요."

신호에 걸려 차가 멈췄다. 그제야 설이 손을 뗐다. 그러곤 손바닥에서 작은 꽃잎을 떼어 유건의 눈앞에 흔들어 보였다.

"떨어지는 꽃잎 잡으면 무슨 일 생기는지 알아요?"

"그런 말 언제 들어본 것 같은데. 뭐, 로또라도 되나?"

"세 가지 설이 있는데, 하나는 행운이 오는 거예요. 다른 하나는 소원이 이뤄지는 거고."

"다른 하나는?"

"사랑이 이뤄지는 거래요."

설이 민망한 듯 웃었다. 유건이 그 모습을 힐끗 보고는 중얼거렸다.

"그거 내 손등에 떨어진 거예요. 황설 씨 것 아니고."

그러자 설이 발끈했다.

"제가 안 잡았으면 붙어 있다가 날아갈 수도 있었잖아요. 가치를 아는 사람한테 밀어주지 그래요?"

"아니, 들어본 적 있다니까. 내가 기억이 안 난 거지, 모르는 게 아니에요."

"거짓말하지 마요. 로또 같은 소리나 했으면서."

"그래서 가져가면, 빌 소원은 있고?"

유건이 퉁명스럽게 말했다. 설은 갑자기 말문이 막혔다.

"그, 그럼요!"

"그럼, 뭐 할 건지 알려주면 양보할게요. 행운? 소원인가? 아님 연애하려고?"

"그, 그건 내가 알아서 해요!"

설의 얼굴이 빨갛게 달아올랐다. 유건이 갑작스럽게 우회전하자 바퀴 밑에서 자갈 튕기는 소리가 들렸다.

"뭐, 할 거 있는 황설 씨가 가져요."

"누가 있대요? 사람 이상하게 몰아가네."

"근데 왜 그렇게 악착같이 잡았어요?"

유건이 어깨를 으쓱해 보이더니 말을 이었다.

"다 왔어요. 책사랑방. 오늘 먼 길 다녀오느라 고생했어요."

유건이 차에서 내려 조수석 문을 열었다. 설은 대꾸할 타이밍을 놓쳐 씩씩대며 책방 앞으로 걸어갔다. 고맙다는 말을 해야 할 것 같았지만 왠지 그 말이 입에서 나오지 않았다. 설이 뒤돌아서자 이미 유건은 차에 올라타 후진으로 주차장을 벗어나고 있었다.

06

비타민이 인간으로 태어난다면 고오현일 것이다. 오현은 어디에서든 처음 입을 연 순간부터 쉬지 않고 떠드는 재주가 있었다. 누가 무슨 얘기를 해도 곧장 까르르 웃어대서 오현이 있는 곳은 분위기가 달랐다. 타고난 매력으로 구례병원 정형외과 병동 할머니들을 무장해제 시킨 오현은 통원 치료하러 올 때 꼭 병실에 놀러 오겠다고 다짐하고서야 퇴원할 수 있었다.

오현이 돌아온 책시랑방은 눈에 띄게 활기가 돌았다.

"오……. 인터뷰 답변을 엄청 성의 있게 받아냈네. 이 사람들이 내가 물어볼 때는 순 농담 따먹기만 해대더니. 역시 모르는 여자 효과가 직방이야. 설이 씨 기자 경력 어디 안 갔어."

오현이 청년 인터뷰 기사를 쓱 훑어보며 만족스러운 웃음을 지었다.

"정유건 선생님 엄청 좋은 사람이라면서요? 대표님 그 말만 믿고 갔다가……."

"오타니가 엄청 바쁜 척하지? 그 사람이 좀 그래. 바쁜 건 맞지 뭐. 그렇다고 까칠하니까 각오하라고 하면 설이 씨가 갔겠어?"

"아니, 그래도 사실은 제대로 알려주셨어야죠."

설이 오현을 향해 입을 비죽였다.

"바쁘고 까칠하지만 좋은 사람은 맞아. 설이 씨도 동의하잖아. 그래도 오타니가 꽤 마음을 열었네. 나도 아프리카 얘긴 못 들었거든. 구례 오기 전 얘긴 어지간해서는 안 하던데 설이 씨랑 가까워진 거 맞네."

"아뇨, 하나도 안 가까워요. 아주 멀고 험한 사이에요."

"에이, 오타니는 자기 없었으면 설이 씨가 『고의성』 절대 못 샀다고 엄청나게 생색내던데 뭐. 그날 재밌었다며? 오타니 좀 이따 일 끝나면 온다고 했으니 물어보자. 설이 씨랑 가까운지 안 가까운지."

"그런 걸 왜 물어봐요."

설이 오현과 얘기하다 문득 아까부터 오현이 유건을 다른 이름으로 부르고 있다는 것을 깨달았다.

"근데 왜 아까부터 오타니라고 부르세요? 그 선생님

야구 좋아해요?"

"야구? 아니. 왜? 아, 오타니 료헤이? 아하하하. 완전 잘못 짚었어."

"그럼 왜 그렇게 불러요?"

"유건 샘이 여유 있을 때는 저녁마다 책방에 와서 책 읽고 가거든. 근데 그렇게 오타를 찾아 와. 새 책이면 출판사에 문의라도 하겠는데 헌책을 뭘 어쩌라고. 근데도 맨날 오늘 두 시간 만에 오타 몇 개, 오늘 세 시간 만에 오타 몇 개, 그런 걸 와서 말하는 거야. 그래서 유건 샘이 오면 '왜? 또 오타니?' 하게 됐지."

"그것 봐요. 그 선생님 특이하다니까요."

설이 오늘 아침에 들어온 헌책 더미를 테이블 위에 부려놓았다. 오현이 어깨를 으쓱하곤 헌책 상태를 확인하고 가격을 매기기 시작했다.

오현은 인생 제3막을 시작하며 구례로 내려왔다. 영화 일을 20년간 하며 전국을 돌아다니는 동안 제일 마음에 들었던 곳이 구례였다. 사실 아예 내려올 생각은 없었는데 섬진강 코앞에 있는 책방이 새 주인을 찾고 있다는 이야기를 들었다. 오현은 막연히 은퇴하면 책방 주인이 되고 싶었고, 앞에 '헌'자가 붙으면 더 좋을 것 같았다. 일사천리로 이주를 진행한 게 5년 전 봄이었다.

이전 사장님이 넘겨준 책은 십오만 권이 넘었다. 몇 년 운영해보니 책을 빠짐없이 골고루 갖춰놓는 것도 필요하지만 귀하고 오래된 책들이 쏠쏠하게 수익을 낸다는 걸 알았다. 오현은 귀하고 오래된 책들을 속아내 말끔하게 고친 다음 컬렉션을 만들기로 마음먹었다. 설을 책사랑방에 직원으로 고용한 이유였다.

저녁이 되자 한샘이 낯선 사람들 무리와 같이 들어왔다.
"언니, 우리 왔어요!"
"이 나이 먹고 인대 끊어진 것도 창피한데 뭘 동네방네 알리고 파티를 연대?"
오현이 투덜대면서도 반가운 얼굴로 사람들을 맞이했다.
"설이 씨 잠깐 와봐. 여기는 책사랑방 책 복원가이자 청년이구례 인터뷰 담당자이자……."
"직원이요. 황설이에요."
설이 고개를 꾸벅 숙였다. 그러자 모여 있던 사람들이 인사했다.
"안녕하세요. 저는 박주원이고 초등학교 선생님이어요."
"진현민이에요. 구례 오일장에서 등산용품 샵 해요."
"전 임미지, 산에서 농사지어요."
"요렇게 한나 두리 서이에다 한샘 누나, 오현 누나까지 해서 독수리 5남매."
주원이 장난스럽게 인사를 마무리했다. 사람들은 설과

인사를 나눈 뒤 각자 가져온 음식을 꺼내 테이블 위에 펼쳐놓았다.

"웜마, 우리 오늘 독서 모임 하는 날 아니었어?"

한샘이 눈을 동그랗게 떴다.

"누나는 모임장님이 일주일 동안 병원에서 얼마나 적적하셨으까 생각 안 허냐?"

"나는 책 얘기 다 허고 한잔할 줄 알았제."

한샘이 가져온 막걸리를 테이블 위에 올려놓았다. 주원이 싱글거리며 막걸리를 따서 잔에 따랐다.

"잠깐만. 이따 오타니도 온다고 했어. 한 병 남겨놔."

오현이 깁스한 다리를 절룩거리며 의자에 앉았다.

"아까 산에서 마주쳤는데 유건 씨 부글부글하드라."

미지가 거들었다.

"또 엄청 마시겠네."

한샘이 혼잣말로 중얼거렸다.

"설이 씨, 그거 다 고쳤어?"

"네. 지금 프레스기에 들어 있는데 꺼내드려요?"

"응. 자랑해야지."

설이 2층으로 올라가 『고의성』을 가져왔다.

"언니, 이게 그 책이요?"

한샘이 눈을 동그랗게 뜨며 책을 받아 들었다.

"응. 이게 바로 우리나라 초기 추리소설 『고의성』 초판

본이래. 엄청 비싸게 줬다."

오현이 방울토마토를 입안에 넣고 터프렸다.

"근데 무슨 내용이에요?"

"며느리가 탁발승한테 살해당해서 시아버지가 범인을 찾는 얘기."

사람들이 동시에 푸하 하고 웃었다.

"누나, 추리소설 좋아했대요? 우리 모임에서 추리소설 읽은 적은 없지 않나?"

주원이 고개를 갸웃거렸다.

"당연하지. 난 사람 죽는 얘기가 제일 싫어."

"근데 그 책을 왜 샀어요? 1,200만 원이나 줬다면서."

한샘이 혀를 끌끌 찼다.

"추리소설이 마니아가 많잖아. 요즘 우리나라도 장르소설 부흥기가 온 것 같거든. 지금 사놓으면 한 30년 뒤에 엄청나게 귀해지지 않을까? 그럼 그때 한 열 배 받아야지."

오현이 싱글거리며 대답했다.

"언니 영화감독이었다면서요? 왜 갑자기 안 어울리게 돈독이 올랐어요?"

미지가 눈을 동그랗게 떴다.

"아니, 병원에 누워 있는데 오가며 별의별 환자를 다 보니까 갑자기 노후 걱정이 되더라고. 덜컥 큰 병에 걸리기라도 하면 어떡해."

오현이 걱정스러운 표정을 지었다.

"황설 씨는 어떻게 생각해요? 대표님의 노후 대책에 대해서?"

현민이 설에게 말을 붙였다.

"아, 네. 준비하시는 자세는 좋은 것 같아요. 근데 책으로 노후가 해결되는지에 대해서는 노코멘트 할게요."

설이 곤란한 듯 배시시 웃었다.

사람들이 저마다 잔을 채우고 막걸리를 홀짝였다. 보쌈과 잡채, 골뱅이 소면을 먹고, 말린 홍어포를 고추장에 찍어 먹었다. 일주일 만에 본다는데 서로 그렇게 할 말이 많은지 둘이 얘기하다 셋이 얘기하고 하는 통에 설은 정신이 혼미해졌다. 그때 유건이 책방 문을 열고 들어섰다.

사람들이 유건에게 몰려가 알은체하는 동안 설이 혼자 빠져나와 2층으로 올라갔다. 유건은 사람들과 인사하며 눈으로는 설의 뒷모습을 쫓았다.

"오타니 못 본 새 얼굴이 영 안 좋아졌네. 요즘 바빠? 무슨 일 있어?"

오현이 물었다.

"바쁜 건 똑같은데 며칠 잠을 못 자서 그래요."

유건이 머리를 쓸어 올리며 쓸쓸하게 웃었다. 설이 2층에서 내려오다가 유건과 눈이 마주쳤다.

"유건 샘 낮에 산에서도 엄청 힘들어 보이던데. 가서 쉬어야 하는데 언니 때문에 일부러 얼굴 비추러 온 거 아녜요?"

미지가 걱정스럽게 말했다.

"오타니를 모르고 하는 소리네. 이 사람 자기가 볼일 있어 온 거지, 절대 나 때문에 온 거 아니거든?"

"볼일이 뭔데요?"

"저기 설이 씨가 가지고 온다. 얼른 와봐."

설이 말끔히 고친 책 두 권을 내밀었다. 그러자 유건이 『돌리틀 선생의 항해기』를 먼저 집어 들었다. 그러고는 큰 눈으로 책을 이리저리 살피더니 이내 아이처럼 환하게 웃었다. 그 책을 처음으로 읽은 어떤 소년을 상상하게 하는 웃음이었다. 설이 저도 모르게 스마트폰을 꺼내 들며 말했다.

"제가 고객 포트폴리오를 만들고 있는데요. 책 들고 기념사진 좀 찍어주실 수 있어요?"

"그래, 오타니 사진 한 장 찍어줘라. 지금 표정 너무 좋다."

오현이 싱글거리며 참견했다. 유건은 말없이 책을 들고 포즈를 취했다.

설이 카메라 앱을 켜고 스마트폰 액정을 들여다보자 유건이 조금 어색한 듯 웃음을 지었다. 처음 책을 받아

든 순간만큼은 아니었지만 여전히 행복의 여진이 남아 있었다.

"오타니 샘 저렇게 환하게 웃는 거 처음 본다. 누나. 안 그냐?"

주원이 한샘을 쿡쿡 찔렀다.

"산에서는 세상 근심 다 짊어진 사람처럼 다니더마."

미지가 거들었다.

"내가 언제 그랬어요?"

유건이 포즈를 풀며 수줍은 듯 눈을 내리깔았다. 아주 잠깐이었지만 유건의 시선이 설을 지나쳤다.

설은 얼른 스마트폰을 내려놓았다. 유건의 얼굴을 보면 조금 전 그 소년 같은 웃음이 겹쳐 보였다. 그래서 애써 유건을 보지 않으려고 했다. 그런데 유건이 흘끔, 설을 보았다. 설은 그 시선을 피해 두 번째 책을 꺼내놓았다.

"여기, 『정호기』도 다 고쳤어요."

유건이 책을 받아 들어 표지를 넘겨보았다. 설은 고친 책을 확인하는 유건의 반응을 흘끔거리며 살폈다.

또다시 책방 문 열리는 소리가 들렸다.

"유건 샘까지 왔으면 올 사람 다 온 거 아니야?"

현민이 중얼거렸다.

"그러게. 책방 영업 끝났습니다!"

오현이 문 쪽을 향해 큰 소리로 말했다. 설과 오현은

문을 등지고 서 있어 누가 왔는지 알지 못했다. 그런데 문을 쳐다보던 유건의 눈이 커졌다. 꼭 아는 사람을 본 것 같은 표정이었다.

"저, 황설 씨 만나러 왔습니다."

그 목소리를 듣고 설이 깜짝 놀라며 뒤를 보았다.

"어머, 야! 네가 여기 왜 있어?"

설이 너무 놀라자 다른 사람들이 영문을 모르겠다는 표정을 지었다. 유건의 표정이 미묘하게 일그러졌다.

"얘가 유럽에서 유학 중이거든요. 뭐야? 부활절 방학이야? 오면 온다고 말하지. 근데 방학 며칠 되지도 않는데 지리산까지 어떻게 왔어?"

설이 횡설수설하자 태양이 씩 웃으며 사람들에게 인사했다.

"안녕하세요. 저는 설이 친구 강태양입니다. 지리산에는 비행기 타고, 버스 타고, 그러고 왔어요. 뭐, 연주회가 있기도 하고."

그는 설의 지갑 속 사진에 있던 남자였다.

사람들이 태양의 말을 듣더니 테이블로 오라고 손짓했다. 주원이 의자를 하나 더 가져와 빈자리에 놓았다. 태양의 잔이 채워지자 모두 잔을 부딪치고 입으로 가져갔다. 설이 손바닥으로 이마를 짚었다.

"설이 씨 진짜 놀랐나 보다. 온다고 미리 말 안 했어요?"

오현이 태양에게 말했다. 태양이 머쓱한 표정을 지었다.

"제가 두 달 전에 귀국했거든요. 그래서 설이한테 전화했는데……."

"절대 오지 말라고 하던데. 한국에."

유건이 중얼거렸다.

"오, 어떻게 아셨어요? 서울에서 강사 자리 구하고 정리 좀 한 뒤에 연락했더니 설이가 지리산에 내려갔대요. 보자는 말도 못 꺼내고 전화를 끊었는데 마침 어떤 더블베이시스트가 올린 지리산 재즈 페스티벌 피아노 세션을 구한다는 글을 인스타에서 봤어요. 그래서 바로 휴강하고 내려왔죠."

"이야, 그 수업 듣는 학생들 진짜 좋겠다. 그 시간에 꽃구경 가면 되겠네."

현민이 보쌈을 상추에 싸서 입에 욱여넣었다.

"보강해야 하니 좋기만 한 건 아닐 겁니다."

태양이 진지하게 되받았다.

"그냥 한국이라고 말하지. 내 얘길 왜 끝까지 듣고 있어?"

설이 부루퉁한 표성을 지었다.

"네가 한국에 오지 말라고 말하고 있는데 지금 한국이라고 어떻게 그래?"

설과 태양이 팽팽하게 말을 주고받았다. 대화가 길어

질 것 같은 낌새가 보이자 오현이 태양의 막걸릿잔을 채우며 말했다.

"아휴, 그게 뭐가 중요해. 지금 지리산에 우리가 모인 게 중요하지. 태양 씨 한잔해요."

"근데 지리산 재즈 페스티벌이 유명해요? 얘 동호 영재예요. 왜, 동호 그룹에서 후원하는 영재들 있잖아요. 유명한 연주 홀에서만 하는 애들."

"엄마야, 설이 씨. 아직 몰랐나? 지리산 페스티벌 유명한 거?"

미지가 눈을 빠르게 깜빡였다.

"저 누나가 서울 사람이라 모르는 것 같은디 어째야쓰까. 일단 하동, 산청, 함양, 구례, 남원까지 여서는 겁나 유명혀요."

주원이 놀리듯 받아쳤다.

"핑계가 필요한 거지."

한샘이 무심코 말하다가 움찔했다. 미지가 한샘을 팔꿈치로 쿡 찔렀다. 유건이 혼자서 잔을 채우더니 한 번에 다 비웠다.

"여기까지 오는 거 보면 특별한 사이 아냐? 핑계가 필요한 사이야?"

오현이 설과 태양을 번갈아 가며 보았다.

"맞아요. 특별한 사이."

태양이 수긍했다.

"아, 남사친 여사친이에요. 20년 다 된."

설이 다급하게 끼어들었다.

"뭐라고요? 20년 다 된 남사친 여사친? 그거 완전 DBSG 아냐?"

주원이 과장되게 놀라며 말했다.

"그게 뭔데? 새로 나온 엠지 세대 용어야? 디비에스지?"

오현이 주원에게 물었다.

"대박 사건. 20년을 서로 연락 안 끊기고, 이렇게 불쑥 찾아온 게!"

주원이 어깨를 으쓱해 보였다.

"주원이 혼자 이러고 못 놀게 좀 해라. 현민아."

오현이 눈을 흘겼다.

"그냥, 동네 피아노학원 같이 다녔던 친구예요."

설이 대수롭지 않게 말했다.

"난 우리가 운명적인 사이라고 생각했는데, 넌 그냥이야?"

태양이 설의 어깨를 툭 건드렸다.

"왜 운명적이라고 생각했는데요?"

현민이 막걸릿잔을 입에 가져다 대며 물었다.

"피아노학원에, 한날한시에, 엄마한테 끌려왔거든요."

태양의 대답을 듣고 아무도 말이 없었다. 유건은 잔을

한 번 더 비웠다.

"여러분 이거 대단한 거여요. 동호 영재라면서 동네 피아노학원 다닌 건 피아노를 오살나게 잘 친다는 말이제. 지금 솔찬히 놀랄 타이밍인디."

주원이 너스레를 떨었다.

"아, 예중 준비하면서부터 레슨해주시는 교수님이 있었어요. 피아노학원은 연습할 겸 그냥 계속 다닌 거고."

"야, 너 나한테 그런 말 한 번도 한 적 없잖아. 콩쿠르 때만 특별 준비반 수업한 거라며?"

설이 하얗게 눈을 흘겼다.

"난 진짜 동네 피아노학원만 다녀도 되는 애는 된다고 생각했는데, 역시……. 사다리를 걷어찼네."

"설이 씨. 그건 좀 아니다. 안 되는 애는 서초동 레슨 선생님 열 명을 붙여도 안 돼. 그냥 태양 씨가 재능이 출중한 거지. 누가 동네 피아노학원만 다닌다는 말을 믿겠어?"

설은 '제가 믿었거든요'라고 대답하고 싶은 걸 참으며 잡채에 젓가락을 가져갔다. 태양이 옆에서 소면을 말아 입에 넣다가 스마트폰을 보더니 그대로 일어났다.

"어, 나 가야겠다. 베이스가 찾아."

태양이 벌떡 일어났다. 한창 재미있어지려던 참에 태양이 일어나자 다들 어리둥절한 듯한 표정을 지었다.

"늦게 합류해서 맞춰봐야 할 게 많네요. 주말에 '지리산 재즈 페스티벌' 꼭 오세요. 아셨죠?"

태양이 사람들에게 인사한 뒤 책방을 나섰다. 설은 태양을 배웅하러 따라 나가고, 독서 모임 멤버들만 남았다. 문이 닫히자마자 멤버들이 수군거리기 시작했다.

"그냥 친구 사이는 아닌 것 같죠? 서울에서 여기가 어디라고."

현민이 잡채에서 목이버섯만 골라 오독오독 씹으며 말했다.

"난 남녀가 둘이 친구라고 주장해도 진짜 순수하게 친구인 경우는 한 번도 못 봤다. 그건 그냥 드래곤 같은 거 아이겠나. 전설 속의 존재."

미지가 팔짱을 꼈다.

"딱 울 반 애덜 같던디. 그냥 해본 말은 귀담아듣고, 정작 진짜 중요한 말은 빙빙 돌려 해서 못 알아듣고. 맨날 해찰해 쌌다가 싸우는디 표정은 좋아 죽겄고. 전 서로 좋아한다에 500원."

주원이 눈을 찡긋한 다음 막걸릿잔을 깨끗이 비웠다. 사람들은 다시 잔을 채우고 건배를 한 뒤 남녀 사이에 친구가 될 수 있는지를 안주 삼아 한참을 떠들었다.

"다른 건 모르겠고 저렇게 잘생겼는데 이름도 강태양이라니, 부담시럽다. 난 너무 잘생긴 사람은 별로."

미지가 잔에 남은 막걸리를 입에 털어 넣으며 인상을

찌푸렸다.

"그냥 귄 있는 정도제, 잘생긴 건 아닌디? 내 스타일도 아니여. 근데 홍어포 왜 이르케 뻐시냐?"

한샘이 손사래를 쳤다.

"누가 너희랑 사귄대? 이 문제의 핵심은 저 둘이 오래된 친구 사이라는 거야. 그것만큼 위험한 관계가 없다니까. 추억이라는 게 다 마른 장작이야. 불씨만 있으면 초가삼간 다 태워."

오현이 이마에 손을 짚으며 말했다.

"다 큰 어른들이 알아서 하겠죠, 뭐. 애도 아니고. 근데 지리산 페스티벌 날짜가 언제예요?"

유건이 벌떡 일어나며 물었다.

"아니, 유건 샘. 홍보 포스터 사방에 붙어 있는 거 못 봤어요? 현수막도 걸렸던데. 사흘 뒤잖아요."

현민이 말했다.

"어, 맞다. 우리도 보러 가자. 응? 오현 언니야?"

미지가 오현을 툭툭 건드렸다. 오현이 검지를 관자놀이에 갖다 대고 있는데 설이 책방으로 돌아왔다. 갑자기 어색한 공기가 맴돌았다. 설은 들어오자마자 테이블에서 메이플 호두 스콘을 집어서 반으로 가른 다음 버터를 꼼꼼히 발라 입으로 가져갔다. 한 입 야무지게 깨문 순간 모두가 자신을 보고 있다는 걸 깨달았다.

"저 없을 때 누가 제 욕했어요?"

설이 스콘을 내려놓고 입에 붙은 빵부스러기를 털어내며 불길한 표정으로 물었다. 미지가 손사래를 쳤다.

"아니, 그런 거 아이다. 그냥, 설이 씨는 지금 빵이 입에 들어가나 싶어서. 그 빵 맘에 드나? 요 고르곤졸라 치즈 바게트도 같은 데서 사 온 기다. 먹어. 응. 많이 먹어."

미지가 빵 접시를 설이 앉은 쪽으로 밀었다. 갑자기 오현이 손가락을 튕기며 설을 불렀다.

"설이 씨. 내가 지금 막 생각한 건데, 강태양 씨를 인터뷰하면 어때? 리허설이랑 본 공연에 동행하는 거야. 내가 청년이구례 인터뷰를 하는 이유가 청년을 위한 것도 있지만 구례와 연결고리가 있는 사람들의 다양한 일을 보여주고 싶어서거든. 마침, 온 김에 인터뷰하고 사진이랑 기록 남기면 강태양 씨한테도 좋지 않겠어?"

"한 번 물어볼게요."

설이 고르곤졸라 치즈 바게트를 떼어내 꿀에 찍은 다음 입에 넣으며 대답했다.

"근데 그 청년 인터뷰 예산 구례에서 받은 거 아니에요? 유럽에서 공부한 시울 사람 인터뷰를 그 돈으로 해도 되나?"

유건이 슬며시 딴죽을 걸었다.

"네가 군청 담당자냐? 강태양 씨 같은 비주얼이 대응

전 꽃살문 앞에 피아노 놓고 45도 각도로 앉아 있으면, 그게 예산의 올바른 쓰임인 거야. 군청 홍보과에서 유튜브도 찍을 텐데 인터뷰 링크 걸면 조회 수 대박 나겠다."

오현이 유건을 향해 눈을 흘기다 말고 기대에 찬 눈빛으로 설을 보았다.

"저도 좋은 것 같아요. 뉴스에서도 원래 인터뷰할 때 지역 주민이랑 관광객 비율을 맞춰서 하잖아요. 외지인이 느끼는 구례도 인터뷰 의도에 크게 어긋나진 않는 것 같아요."

설이 대답하자 모두 유건의 눈치를 보았다. 갑자기 분위기가 가라앉았다.

"이 과자 못 먹겠네. 습기 차서 겁내 눅눅해져브러. 책사랑방은 다 좋은데 이게 문제여."

한샘이 쓰레기통을 가져와 눅눅해진 과자를 쏟아버렸다. 그러자 약속한 것처럼 다들 일어나 테이블을 정리하기 시작했다. 파티는 끝났다.

07

"유건 선배 논문 쓰나? 데이터 필요한가?"

"아니. 선배 학계 쪽엔 관심 없는 걸로 아는데. 완전 현장 체질이잖아."

"근데 왜 일주일 동안 센터 당직을 자기가 다 하겠대? 이번 주 주중 주말 당직에 다 자기 이름 적었어. 완전 정유건 빙고야. 오이랑 오삼이 들어와 있는 동안 데이터 모으려는 거 아니면 대체 왜?"

"그래도 흑계는 아닐길. 차라리 센터장 쪽이 현실적이지."

"차기 센터장은 내정된 사람 있잖아. 개국공신."

"몰라. 그럼, 차차기 정도 되겠지. 차차차기나."

"근데 환기 다 됐으면 문 빨리 닫자. 누가 우리 얘기 들겠다."

"별 얘기한 것도 없는데 뭐."

여직원 휴게실 문이 닫히자, 유건이 그 앞을 조심스럽게 지나쳤다.

월초라 다행이었다. 당직 스케줄표에다 첫 줄을 자기 이름으로만 채운 뒤 다음 사람에게 넘겼다. 치료 회의에서도 개체 포획과 운반 칸에 자기 이름을 빽빽하게 넣었다. 다들 대놓고 물어보진 않았지만 수군거렸다. 오삼이 교통사고로 충격을 받아서 그런다는 둥, 오이 앞발 절단할 때 유건이 우는 걸 봤다는 둥, 근거 없는 소문이 돌았다. 어느 쪽이든 상관없었다. 어떤 이상한 여자랑 썸이라고 혼자 착각하다 헛물켠 것만 들키지 않는다면, 유건은 천왕봉을 열 번도 더 올라갈 수 있었다.

어젯밤 설이 톡으로 보내준 사진을 보며 유건은 베개를 쥐어짰다. 『돌리틀 선생의 항해기』를 들고 있는 유건은 바보같이 환하게 웃고 있었다. 사실 그동안 그 책이 낡은 것을 볼 때마다 자신이 너무 빨리 어른이 되어버린 것 같다는 생각에 울적했다. 그런데 설이 헌책을 새 책으로 만들어버렸다. 마법 같은 게 존재하지 않는 걸 알면서도, 마법 같았다. 다시 열한 살 소년으로 돌아가서 조금 더 철없이 꿈꾸며 살아도 된다고 허락받은 느낌이었다. 그런 기분은 처음이었다. 입 밖에 꺼내진 않았지만, 꼭 설이 그렇게 해도 된다고 말하는 듯했다. 심장박동이 마음대로 빨라졌다.

어쩌면 지금보다 더 가까워질 수도 있겠다고 생각했다. 진짜 맛있는 걸 못 사줬으니 내일 점심때 시간 있냐고 말이라도 붙여보려고 했다. 그런데 사진 속 남자가 현실로 걸어 나왔다. 그 둘을 보고 나니 유건은 썸의 축에도 못 낀다는 걸 깨달아서 더 비참했다. 휴게소 맥반석 오징어를 사수해주고, 손등에 떨어진 꽃잎을 양보하는 걸로 빈에서 날아온 사람과 견줄 수나 있겠냔 말이다.

유건은 당분간 책사랑방에도, 재즈 페스티벌이 열린다는 천은사에도 얼씬하지 않을 생각이었다. 황설과 관련된 것은 절대 떠올리지 않을 거라 굳게 마음먹었다. 그리고 새로운 스케줄표를 책상 앞에 붙여놓았다. 여유시간에도 딴생각하지 않으려고 비장하게 야생동물 수의학 책을 꺼내서 펼쳤다. 그런데 후배 수의사 시훈이 점심을 나가서 먹자고 했다. 지난주에 유건이 고생해서 이번 주에 자신이 당직을 할 줄 알았는데, 또 유건이 당직을 맡아준다고 하니 밥이라도 사겠다는 거였다.

주차장에 차를 대고 식당에 들어서자 시훈이 먼저 자리를 잡고 앉아 컵에 물을 따른 후 수저를 놓고 있었다. 그런데 반대편 창가 자리에 어디서 많이 본 사람들이 앉아 있었다. 태양과 설이었다. 구례에 식당이 여기밖에 없는 것도 아닌데 하필 여기서 만나다니 운이 없었다. 유건은 돌아 나가고 싶은 마음이 굴뚝같았지만 유건을 알아본 주인이 환하게 웃으며 인사하는 바람에 마지못해 테이블에 가 앉았다.

"선배님, 무슨 일 있으세요?"

"아니, 없는데."

"맞는데? 걱정 있어요?"

"걱정? 아, 나오기 전에 이 주임한테 들었는데, 한봉 농가에서 민원 들어왔대."

"어딘데요?"

"산청."

"또? 하여간 곰팅이들 꿀 되게 좋아해. 거기 전기울타리 보강 안 했나?"

"했는데, 어제 비 와서 방전됐나 봐. 민원 전화를 20분째 받고 있더라고."

"그래서, 지금 그 걱정을 선배님이 왜 해요? 보험사가 알아서 하겠지."

"내 생각도 그래."

"근데 여기 맛집인데 오늘 사람 별로 없다. 그쵸? 운 좋은 날이네요."

"응? 응. 그렇지."

유건은 시훈의 말에 건성으로 대답하면서도 모든 집중

력을 동원해 건너편 창가 테이블의 정보를 수집했다. 태양의 말투에 특유의 앵앵거리면서 점잔 빼는 느낌이 있어 크게 애쓰지 않아도 대화가 귀에 쏙쏙 들어왔다.

"왜 지리산까지 온 건데? 너 각 잡고 메이저 언론사 준비해도 되는 상황 아니었어? 수경신문이랑 비슷한 사이즈는 갈 데 많았잖아."

"나 이번엔 충격이 좀 컸나 봐. 같은 공기 마시며 살기가 싫더라."

"뭐, 회사 사람들? 아니면 전 남친?"

"둘 다. 근데 전 남친이 좀 더. 이제 얼굴 볼 이유도 없다며 커플링을 택배로 부쳐달라는 거야. 그래서 그냥 알아서 처리하겠다고 했어. 결혼 예물도 안 했고 달랑 커플링 하나 했는데 그걸 돌려달라니, 라디오에 사연 보내면 실연 배틀에서 3등은 하지 않겠어?"

음식이 나오길 기다리며 더덕무침을 집어 먹던 유건이 젓가락을 탁 소리 나게 내려놓았다.

건너편 테이블에서 들려오는 대화는 신경을 안 쓰려고 해도 너무 잘 들렸다. 약점이 될 만한 건 적당히 감추고, 숨기고, 그랬으면 좋겠는데 그런 말을 왜 동네 식당에서 큰 소리로 하는 건지 이유를 알 수가 없었다. 애초에 그런 사람을 왜 만난 건지는 더 알 수가 없었다. 그런 싹퉁바가지를 골라낼 눈도 없이 어떻게 이 험한 세상을 살아온 건지 가슴이 답답했다.

유건이 물잔을 들어 벌컥대며 마셨다.

"책 고치는 건 언제부터 배운 거야? 너 뭐 만드는 거 본 적이 없는데."

이번에도 태양이었다.

"그날, 헤어지고 도서관에 갔거든. 사실 머리가 하얘져서 아무 데나 발길 닿는 대로 간 거야. 근데 표지가 나달나달한 두 권짜리 연두색 소설책이 눈에 들어왔어. 도서관 책 중에서도 유난히 낡은 책이었거든. 뭐에 홀린 듯 책을 뽑아서 넘겨보는데 얘도 나랑 똑같구나 싶은 거야."

"뭐가 똑같은데?"

"난 누구에게나 잘 맞출 수 있고, 누구한테서든 매력을 찾을 수 있고, 그래서 누구든 사랑할 수 있다고 생각했어. 운명은 만드는 거고, 내가 선택하는 사람이 운명이라고. 근데 그런 자신감으로 마음을 함부로 굴린 꼴이 결국 너덜너덜해진 도서관 책 같은 거지. 아무나 빌려 가서 아무렇게나 굴리는. 그러니까 커플링 같은 걸 택배로 보내라는 인간을 만난 거고."

한참 풀이 죽은 목소리였는데도 역시 잘 들렸다.

"나는 네가 연락도 잘 안되는데, 결혼한다길래 그 남자랑 되게 잘 지내는 줄 알았지. 그런 일 있었으면 진작 얘길 했어야지. 왜 말 안 했어?"

태양의 목소리 톤이 조금 더 높아졌다.

"남친 생겼다고 연락도 안 받다가 갑자기 연락해서 나 슬픈 얘기 들어달라고 하면 얼마나 얄밉냐?"

"그러게, 연락을 왜 안 받아?"

"전 남친이 남자랑 연락하는 걸 안 좋아하니까."

"그 자식 진짜, 쓸데없이 질투도 많고, 믿고 걸러야 하는 놈이었네. 대체 왜 그런 놈이랑 결혼하려고 했던 건데?"

"나를 좋아하니까. 그리고 나는 그 남자의 말을 통해 듣는 그의 가족이 마음에 들었고."

설이 테이블에 전골냄비 놓을 자리를 만들며 나지막이 말했다.

"근데 완전 망했지."

순간 유건은 가슴이 아렸다. 그때 종업원이 와서 돌솥밥 두 개를 테이블에 두고 갔다. 유건이 멍하니 뚜껑을 열고 숟가락으로 밥을 퍼서 입으로 가져갔다.

"학, 이거 왜 이렇게 뜨거워? 학학."

유건이 입에 손부채질하며 냉수를 들이켜는데 뜨거운 물이 든 주전자를 들고 있던 시훈이 유건을 어이없다는 듯 쳐다보았다.

"선배님, 돌솥밥 처음 먹어봐요? 돌솥 채로 퍼먹는 사람이 어디 있어요?"

시훈이 유건 앞에 빈 대접을 밀며 핀잔을 주었다. 유건은 머쓱하게 웃으며 솥에서 밥을 퍼 대접에 옮겼다.

"그런 상황이면 말하지. 나 한두 달 일찍 들어올 수 있었단 말이야. 왜 이런 얘기를 다 지나서 해?"

유건은 태양이 자기 할 말을 대신 하는 것 같은 기분마저 들었다. 이런 이야기를 다 지나서 듣는 것도 화가 나는데, 심지어 건너편 테이블 이야기를 엿듣고 있는 상황이 한없이 서글프게 느껴졌다.

"시차도 안 맞고, 힘들게 유학하는 애한테 그런 이야기를 어떻게 다 해? 나한테나 힘든 거지, 남들한텐 그냥 사귀다 헤어진 흔한 얘기야. 야, 송이버섯 되게 향긋하다."

설이 송이전골 국물을 천천히 떠먹으며 딴청을 피웠다.

"또 그런다. 또. 너는 남의 일은 듣기만 해도 네 일처럼 울컥하면서, 네 일에 자기 객관화를 왜 해? 네 인생이잖아. 그냥 화내고, 울어."

태양이 설을 타박하더니 조기 한 마리를 앞접시에 옮기고 대가리를 떼어냈다.

"내 인생이라고 내가 감정을 이입하면 그땐 진짜 살기 싫어져."

유건이 솥에 물을 붓던 손을 멈추었다. '살기 싫어져'라는 설의 말이 귀에 꽂혔다. 절대 그런 생각 하면 안 된다고 단단히 말해줘야 할 것 같은데, 태양은 그 말을 듣지 못했는지 대꾸도 없이 조기만 발라먹었다. 두 사람 다

식사에 집중하기 시작했는지 더 이상 설의 목소리는 들리지 않았다.

유건도 건너편 송이전골에 신경을 끄고 눈앞의 송이돌솥밥을 퍼먹기 시작했다.

"선배님, 별로 안 중요한 TMI 하나 알려드릴까요?"

숭늉을 뜨던 시훈이 싱글거리며 말했다.

"뭔데?"

"오늘 여자 친구랑 1주년이에요. 이따 저녁에 여자 친구 집에 가서 파티하기로 했어요."

"벌써 1년이나 됐냐? 처음에 너무 멀다고 사귀느니 마느니 했었잖아. 거제였나?"

"여기서 안 먼 데가 어디 있어요? 다 똑같지. 그리고 저보다는 여자 친구가 더 먼 걸 못 견뎌 했죠. 그래도 1년이나 사귀었어요. 장하죠?"

"그래, 장하다."

"근데 선배님은 연애 안 해요?"

"나?"

유건이 숭늉을 떠먹다 말고 손가락으로 자신을 가리켰다.

"연애, 해야지."

유건이 천천히 고개를 숙여 숭늉 그릇에 코를 박았다.

"어, 어제 책방에서 뵌 분 같은데 맞죠? 안녕하세요."

앵앵거리는 목소리가 코앞에서 들렸다. 고개를 들자

어느새 식사를 끝낸 태양이 유건 앞에 서 있었다.

"안녕하세요."

태양의 뒤를 따라 나오던 설이 유건을 향해 눈을 내리깔고 고개를 숙였다.

"아, 안녕하세요. 여기서 보네요."

유건이 일어나서 태양을 향해 손을 내밀었다. 태양이 손을 맞잡았다. 저절로 손에 힘이 들어갔다. 그러자 시훈이 누구냐는 듯 유건을 보며 눈을 동그랗게 떴다.

"아, 여기는 지리산 재즈 페스티벌에 피아노 연주하러 오신 피아니스트시고, 이분은 이것저것 하시는 분."

설이 눈을 흡떴다.

"아니, 책방에서 일하는데 인터뷰도 하러 다니고, 원래는 기자고, 책 고치는 사람이라고 하는 게 제일 무난하겠다. 너도 아끼는 책 있으면 이분한테 맡겨. 완전 새 책처럼 고쳐주신다."

그러자 시훈이 해사하게 웃으며 일어나서 인사했다.

"안녕하세요. 야생동물 수의사 이시훈입니다."

이번엔 태양이 눈을 동그랗게 떴다.

"구례는 신기한 동네네요. 어제 태어나 처음으로 야생동물 수의사를 봤는데, 우연히 두 명을 한꺼번에 보고. 산에 가면 반달가슴곰도 보는 거 아니에요?"

태양이 어색하게 너스레를 떨었다.

"그건 아닙니다. 생각보다 곰 보기 힘들어요."

유건이 정색했다.

"정유건 선생님, 혹시 근처에 조용히 차 마실 곳 아세요?"

설이 물었다. 유건이 머릿속으로 구례의 카페를 훑기 시작했다. 갑자기 시훈이 끼어들었다.

"이 선배는 맨날 센터에만 박혀 있어서 잘 몰라요. '다가오다' 혹시 가보셨어요? 핸드드립커피도 맛있고 우전이나 발효차도 맛있어요. 차를 직접 만드는 데거든요."

"그래요? 고맙습니다, 선생님."

설이 인사하자 시훈이 빙긋 웃으며 고개를 끄덕였다.

"그럼 저희는 가볼게요."

설이 고개를 숙인 뒤 태양과 같이 식당을 나섰다.

"더 크고 으리으리한 데도 많은데 왜?"

유건이 시훈에게 핀잔을 줬다.

"요즘 대형 카페 만들어서 증여하는 게 유행이라잖아요. 보태줄 일 있어요?"

시훈이 눈을 동그랗게 떴다.

"내가 갈 데가 없을까 봐 그러지."

유건이 구시렁거렸다.

"선배님 그 카페 좋아하셨어요? 언제부터?"

시훈은 숟가락을 내려놓고 유건을 쳐다보았다. 시훈이 호기심 가득한 눈으로 쳐다보는 바람에 유건은 남은 숭

능을 포기하고 일어났다.

센터로 돌아오니 방음벽에 부딪혀 날갯죽지를 다친 황조롱이와 교통사고로 앞다리가 부러진 담비가 유건을 기다리고 있었다. 황조롱이는 부러진 날개 뼈를 맞추고 금속 핀을 박는 수술을 하고, 담비 환자는 앞다리 뼈를 맞춘 후 깁스를 했다. 그러는 중에 금세 오후가 다 갔다.

유건은 센터의 동물들을 마지막으로 확인하고 숙소로 올라가다가 다시 내려왔다. 저녁으로 먹은 컵라면이 소화가 잘 되지 않아 속이 더부룩했다.

문득 책사랑방 생각이 났다. 퇴근 후에 저녁을 먹고 나면 책사랑방에 가서 정유건 전용 책상에서 책을 읽다 오는 게 루틴이었다. 한동안 일이 바쁘고 오현도 없어서 계속 못 간 데다, 너의 태양인지 뭔지가 돌아가기 전까진 절대 책사랑방에 가지 않겠다고 마음먹었다. 그런데 다시 생각해보니 처음부터 있던 사람이 유건이고, 굴러온 돌은 설인데 굳이 피할 이유가 없었다. 유건은 책사랑방으로 차를 몰았다.

오현이 1층 컴퓨터 앞에 앉아 장서 목록을 정리하고 있었다. 유건은 평소처럼 오현에게 인사한 뒤 2층으로 올라갔다. 정유건 전용석에 앉으려는데 유건이 한 달 전 테이블에 붙여놓은 노란 포스트잇에 새로운 말이 쓰여 있었다.

'혼자 보지 말고 같이 봐요.'

유건은 그 문장을 속으로 곱씹었다. 오현이 쓴 건 아닌

듯했다. 평소 오현이 쓰던 말투와 전혀 달랐으니까. 그리고 오현은 포스트잇 같은 게 보이면 바로 떼어낼 사람이었다. 오현을 제외하면 후보로 새롭게 책방 직원이 된 황설과 독서 모임 멤버들이 남았다. 유건은 솔직히 한샘이 의심스러웠다.

한샘은 유건에게 늘 뭔가를 같이하자고 했다. '천개의 향나무숲'에 피크닉을 가자고 하거나, 구례 주조장에 막걸리를 만들러 가자고 하는 식이었다. 유건은 한샘이 그런 제안을 할 때마다 '다음에'라고 말했다. 진짜 '다음에'를 만들 생각은 없었지만, 그냥 그렇게 말했다. '싫어요'보다는 친절해 보이기 때문이었다.

이번에도 같은 대답이 적당할 것 같았다. 유건은 포스트잇 끄트머리에 '다음에'라고 썼다. 그런 다음 책장에 보관해놓은 『제인 구달의 생명 사랑 십계명』[22]을 펼쳐 들었다. 첫 번째 계명이 눈에 들어왔다.

'우리가 동물사회의 일원이라는 것을 기뻐하자.'

---

22) 침팬지 연구자이자 환경·평화운동가인 제인 구달이 자신의 삶과 연구 경험, 환경 위기 속에서 인류가 지켜야 할 가치들을 '십계명'의 형식으로 제시한 책이다. 제인 구달/마크 베코프 저, 최재천/이상임 역, 바다출판사, 2003. 2016년에 개정판이 나왔고, 2021년에 『제인 구달 생명의 시대』라는 제목으로 재출간되었다.

'동물사회의 일원'이라는 말이 갑자기 볼드체로 적힌 것처럼 눈에 들어왔다. 말이 통하지 않는 동물들과도 우정을 나누는데, 같은 인간끼리는 더 가깝게 연대해야 하는 것 아닌가? 낮에 송이버섯 식당에서 우연히 들은 대화 내용은 '동물사회의 일원'으로서 어디까지 신경 써야 할까? 오래된 친구끼리 궁금해하고, 알려줄 수도 있는 영역인가? 두 사람이 특별한 관계라는 뜻인가? 만약 그렇다면 설이 이야기를 할 때 태양은 조기를 왜 그렇게 열심히 발라먹었나? 빈 한식당에는 조기를 안 파나? 책 내용과는 상관없이 유치한 질문들이 꼬리에 꼬리를 물고 이어졌다. 유건은 책을 내려놓고 두 손으로 눈을 비볐다.

아래층에서 얼핏 설의 목소리가 들리는 것 같았다. 이어 오현의 크고 밝은 목소리가 들렸다. 유건은 비록 기분은 상했지만 '동물사회의 일원'으로서 인사는 하기로 마음먹었다. 그래서 책을 책장에 꽂아놓고 1층으로 내려갔다. 그런데 설의 뒤에 태양이 들어오고 있었다.

"태양 씨, 리허설은 잘했어요? 설이 씨는? 태양 씨 따라다녀보니 어때?"

오현이 절뚝거리며 두 사람을 환하게 맞았다.

"계속 맞추고 또 맞추더라고요. 사진은 좀 찍었는데 인터뷰는 할 시간이 아예 없었어요."

"맞아. 너랑 인터뷰해야 했는데. 연습하느라 신경을 못

썼네. 지금 할까?"

태양이 다정한 눈빛으로 설을 바라보았다.

"책방 닫는 시간 지났어. 내일도 있고 모레도 있는데 뭐. 늦었으니까 그만 가서 쉬어들."

오현이 교통 정리를 했다.

"그래. 그럼, 내일 만나서 다시 얘기해. 숙소로 데려다줄까? 너 쌍산재에 묵는다고 했지?"

설이 자전거 헬멧을 챙기며 말했다.

"제 차 타시죠. 어차피 가는 길인데."

유건이 둘 사이를 가로질러 걸어가며 말했다.

"그래, 그게 좋겠다. 설이 씨도 괜히 밤에 돌아다니지 않는 게 좋아. 오타니가 잘 모셔다드려."

오현이 또 한 번 상황을 정리하고는 책방 문 앞에 서서 배웅할 준비를 했다. 태양이 설에게 손을 흔들고 오현에게 꾸벅 인사했다.

유건은 태양을 조수석에 태우고 주차장을 빠져나갔다.

"숙소가 어디라고 했죠?"

"쌍산재요. 한옥스테이."

태양이 말하자 유건이 위아래로 쳐다보았다.

"예쁜 데 묵으시네."

"네. 제가 예쁜 걸 워낙 좋아해서요."

"예쁘기만 하고 불편하지 않나? 키 큰 사람은 문틀에

머리도 많이 박고."

"며칠 묵으니까 불편한 것도 익숙해져서요. 불편한 것까지 좋아할 수 있어야 진짜 좋아하는 거잖아요."

태양이 또박또박 말했다.

갑자기 차가 사정없이 흔들렸다. 태양이 천장에 달린 손잡이를 두 손으로 잡았다.

"어이쿠, 길에 사마귀가 있어서요."

차가 또 한 번 꿀렁 하고 심하게 흔들렸다.

"4월 초에 사마귀요?"

태양의 눈썹이 심하게 일그러졌다.

"어이쿠, 이번엔 뱀이 다 있네."

유건이 또 한 번 핸들을 꺾었다.

"거참, 생명 되게 사랑하시네."

태양이 목덜미를 잡은 채 주절거렸다.

유건이 쌍산재 앞에서 급하게 꺾어 들어가서는 주차장에 거칠게 차를 댔다. 그러자 태양이 입술을 질끈 깨물며 내렸다.

"덕분에 자알 왔습니다."

태양이 고개를 꾸벅 숙이고는 차 문을 세게 닫았다. 유건이 피식 웃었다.

다시 센터로 돌아가자 시훈에게 톡이 와 있었다.

[선배님, 저 오늘 못 들어가요.♥]

유건에게까지 하트 이모티콘을 보낸 걸로 보아 1주년을 무사히 넘긴 모양이었다.

"하트가 남아도나보지. 좋겠다."

동료 중에는 장거리 연애를 하는 이들이 많았다. 센터로 오기 전부터 사귀었거나, 원래 살던 지역의 사람을 소개받게 되면 그 관계를 유지하기 위해 각고의 노력이 필요했다. 기념일이나 생일, 크리스마스나 밸런타인데이 같은 특별한 날이 고비였다. 시훈은 1년간 허들을 넘듯 각종 기념일과 서로의 생일을 잘 넘겼고 1주년을 무사히 통과했으니 당분간 솔로로 지낼 걱정은 하지 않아도 될 것이다. 1년을 넘기면 그렇게 자주 만나지 않아도 장기 연애로 접어들어 그럭저럭 굴러갔다.

유건은 가까워지면 멀어지는 것도 자연스러운 일이라고 생각했다. 각자 인생의 궤도가 서로의 것에 점점 가까워져서 잠깐 닿았다가 또 각자의 방향대로 가다 보면 멀어지는 게 연애였다. 그래서 누군가와 만날 때에도, 헤어진 뒤에도 크게 흔들림이 없었다.

그런데 태양과 설의 관계는 유건이 알고 있는 범위 내에서는 가능하지도, 이해되지도 않았다. 마치 새로운 인류를 만난 것처럼. 아무리 애써도 그게 뭔지 직접 경험해

보기 전엔 알 수 없을 것 같았다. 그래서 더 우울했다.

유건은 숙사 소파에 걸터앉아 무심코 TV를 틀었다. 뮤지션들이 여행지에서 연주하는 프로그램이 나왔다. 한 밴드가 연주할 준비를 하고 있었다. 멍하게 TV 화면을 보고 있자 노래가 시작되었다. 지금 나오는 노래가 데이먼스 이어의 〈Salty〉[23]라는 자막이 지나갔다.

어쿠스틱한 피아노 사운드만으로 이루어진 인트로가 지나가고 곧 겨울 새벽처럼 맑고도 차가운 보컬의 목소리가 들려왔다. 원망도 못 하고 슬픔에 잠겨 아파한다는 노랫말에 정곡을 찔린 듯 가슴이 욱신거렸다. 대체 왜 이런 기분이 드는 것인지 이해할 수 없었다.

유건은 TV를 끄고 침대에 벌러덩 누웠다. 눈을 감자 LED 불빛이 잔상에 남아 휴식을 방해했다. 오늘은 어쩐지 나달나달한 책이 나오는 꿈을 꿀 것 같았다. 아무리 애써도 고칠 기회조차 주어지지 않는 책. 기껏해야 오타나 찾아내면 다행일 책이었다.

유건은 벌떡 일어나 욕실로 갔다.

---

[23] 인디밴드 데이먼스 이어가 2019년 발표한 곡. 슬프고 코끝이 시렸던 순간을 절제된 사운드와 쓸쓸한 목소리로 노래한다.

08

"**진**짜 온 거가? 만다꼬? 그냥 책방에서 보자니까."

미지가 장바구니를 덜렁 들고 산비탈에 서 있다가 설을 맞았다.

"헉헉, 산 농부가 뭘 하는지 알아야 인터뷰하죠. 근데 매일 이렇게 산으로 출근하는 거예요?"

설이 거친 숨을 몰아쉬며 말했다. 이마에서 땀이 주르륵 흘렀다.

"겨울엔 매일은 안 가지. 산 농사는 봄이 좀 바쁘그든. 요즘은 두릅 철인데 주말에 비 오기 시작하면 두릅이 억세져서 맛이 없어져가 지금 따야 된다. 설이 씨도 한번 따볼래?"

미지가 목장갑을 설에게 내민 뒤 시범을 보였다. 미지

는 부지깽이 같은 나뭇가지를 휘어잡은 뒤 그 끝에 올라온 순을 꺾었다. 똑 하는 소리가 났다.

"이건 민두릅. 저 밑에 참두릅, 개두릅도 있는데 그늘에 있어서 아직 이만큼 안 자랐고."

미지가 두릅을 보여준 뒤 장바구니에 넣었다. 설도 미지를 따라 나뭇가지를 구부려 꼭대기에 있는 순을 땄다. 가지가 부러질까 겁이 나서 눈을 질끈 감았는데 막상 똑 소리를 들으니 시원한 기분이 들었다.

"재밌죠? 은근히 재밌다니까."

미지는 비탈을 다니며 두릅을 수십 개 땄다. 설도 미지를 따라다니며 몇 개를 더 땄다. 겨울 추위를 이기고 살아보겠다고 새순을 내밀었는데 그걸 인간이 똑 따가면 나무는 얼마나 슬플까 하는 생각은 하지 않기로 했다. 장바구니에 수북하게 두릅이 담기자 미지가 그늘에 앉아 쉬자며 설을 이끌었다.

"언니는 산 농부 되기 전에 뭐 했어요?"

설이 무심하게 말을 건넸다.

"나? 나 원래 부산에서 은행 다녔다이가."

미지가 캠핑 의자에 걸터앉아 보온병에서 커피를 따라 설에게 내밀었다.

"은행이요? 전혀 짐작도 못 했어요. 가만, 다시 보니 은행원 이미지가 남아 있는 것 같기도 하고."

설이 뒤로 한 뼘 물러나 미지를 아래위로 살펴보았다. 커다란 박스 티에 헐렁한 바지, 챙 넓은 모자를 쓰고 있는 지금 모습으로는 은행원이었을 때가 잘 상상되지 않았다. 미지가 풋, 웃음을 터뜨렸다.

"나 메이크업하면 완전히 딴 사람인데. 보면 놀랄걸? 그런데 그게 다 소용이 없더라. 고등학교 졸업하고 곧바로 은행 취업 성공해서 다들 부러워했는데 막상 가보니 완전히 다른 세계더라고."

"근데 어쩌다가 지리산으로 오게 됐어요?"

"외할머니가 구례 사람이거든. 할머니가 편찮으신데 구례를 안 떠나겠다고 하시고, 엄마랑 이모들은 갈 형편이 안 돼서 서로 미루고. 난 은행에 오만 정이 떨어졌을 때라 그냥 내가 가겠다고 했지."

"외할머니를 돌보려고 구례에 들어오셨다고요? 은행을 그만두고요?"

설이 눈을 동그랗게 떴다.

"부모님은 할머니가 어차피 돌아가실 텐데 내가 잘 다니는 직장까지 그만두면서 그럴 이유가 뭐 있냐고 하대. 근데 나는 방학마다 시골 할머니 집에서 지낸 시간이 너무 행복했거든. 그리고 살다 보니까 시골은 생활비가 안 들더라. 시간 날 때 이 집 저 집 일 도와주면서 용돈 버는 것도 재밌고. 그래서 여기 아예 살면 어떨까 하는 생각을 했지."

"여태 은행에서 일한 경력은 아깝지 않았어요?"

"뭐. 그렇게 생각할 수도 있지. 근데 똑같은 일 하면서 연봉은 반이고, 올라가는 길은 바늘구멍 같을 게 뻔히 보이니까. 은행 생활이 아주 재미없었던 건 아닌데, 10년 뒤에도 이렇게 살 수 있을까? 그런 생각을 해보니 답은 의외로 쉽더라. 한 살이라도 젊을 때 다른 일을 하는 게 훨 낫겠다 생각했지."

"중요한 결정을 하셨네요. 농사가 생각보다 종류도 많고 계절마다 할 일이 달라서 처음 할 때 되게 어려웠을 것 같은데요."

"그래서 농사를 지어야겠다고 마음먹은 다음에는 귀촌 학교에 다녔지. 1년 코스를 끝낼 때쯤 할머니가 돌아가셨는데, 할머니가 돌아가시면서 나한테 산을 주라고 하셨대. 그래서 본격적으로 일을 벌였지. 원래 있던 산수유를 뽑고, 고로쇠나무랑 두릅, 엄나무, 초피나무, 꾸지뽕도 조금씩 심고, 음지에서는 고사리도 키우고. 그렇게 10년 했더니 이만큼 자란 거지."

"와, 추진력이 대단해요. 이렇게 자리 잡기까지도 남들 모르는 어려움이 많았을 것 같아요."

"처음에 할머니 돌아가시고 나서 멀쩡한 나무를 뽑으니까 마을 사람들이 이래라저래라 참견 많이 했다. 한 3년째부터 수확이 좀 나오니까 그제야 안심하시더라고.

그리고 처음 내려왔을 땐 할머니 친구들밖에 아는 사람들이 없었는데, 오현 언니가 책사랑방 열고부터 친구가 많아졌지. 독서 모임은 설이 씨도 봤겠지만 다들 실없이 떠드는데 그게 정신 건강에 되게 좋다니까."

설은 독서 모임 사람들을 생각하며 피식 웃었다.

"이제 인터뷰 마지막 순서인데요. 고치고 싶은 소중한 책이 있으세요?"

설이 묻자, 미지가 『나는 어디서 살았으며 무엇을 위해 살았는가』[24]라는 책을 건넸다.

"어? 오래된 책은 아닌데 많이 낡았네요."

설이 책을 넘겨보며 말했다.

"산비탈 밭에 의자를 두고 앉아서 몇 번이고 읽은 책이라 많이 낡았지. 퇴사하고 서점 가서 농촌 생활에 대한 책을 찾다가 보이는 대로 집어온 건데, 아주 마음에 들었거든. 읽다가 비 맞아서 우글우글해진 자국도 있고. 근데 비 맞은 책도 살릴 수 있나?"

"스팀다리미 쓰면 어느 정도는 살릴 수 있어요. 근데 언니는 이 책 어디가 그렇게 좋았어요?"

---

24) 미국의 자연주의자 헨리 데이비드 소로(Henry David Thoreau)의 명문장을 엮은 책으로 책 제목은 『월든』(헨리 데이비드 소로 저, 강승영 역, 은행나무, 2011) 중 가장 널리 인용되는 장(章)의 제목이기도 하다. 헨리 데이비드 소로 저, 캐럴 스피너드 라루소 엮, 이지형 역, 흐름출판, 2014.

"이 책에 '누구나 자기 삶의 아주 사소한 부분까지 음미해볼 의무가 있다'라는 구절이 나오거든. 바쁘게 사는 요즘 사람들한텐 꿈같은 얘기 아닌가 싶은데, 그 구절을 처음 읽고 산 아래를 내려다보는데, 내가 지금 그러고 있는 거야. 그게 얼마나 감동적이었는지. 부산에서 은행 다닐 때는 내 삶뿐만 아니라 나라는 사람조차 지워야 하는 순간이 많았는데, 여기서는 내가 주인이니까. 그 당당함이 늘 새롭게 마음에 들죠."

설은 책을 봉투에 넣었다. 그러자 미지가 두릅이 든 장바구니를 건네주었다.

"여기 품삯. 오늘 고생 많았어요."

"어, 이러려고 온 게 아닌데, 고마워요. 언니."

설은 떨떠름한 표정으로 장바구니를 건네받았다. 안을 들여다보니 두릅 열 가닥이 들어 있었다.

두릅은 제철 음식이다. 봄에 한 달 남짓, 향이 남아 있을 때 데쳐서 강회[25]로 먹는다. 두릅을 먹는다는 건 철마다 음식을 각별하게 챙기는 가족이 있거나, 두릅을 정말 좋아한다는 뜻이다. 설은 두릅을 챙겨주는 사람도 없었고, 좋아하지도 않았다. 그렇지만 귀한 건 알았다. 직접 따보니까 더 알 것 같았다. 두릅나무가 겨우내 응축시

---

[25] 미나리나 파 따위를 데쳐 엄지 정도의 굵기와 길이로 돌돌 감아 초고추장에 찍어 먹는 음식.

킨 특별한 에너지를 담아 세상으로 밀어 올린 새순은 그 자체로 보약이라는 말이 절로 나왔다. 그 귀한 걸 받아서 잘 요리해 먹을 자신이 없는 게 문제였다.

장바구니를 달랑달랑 흔들며 산에서 내려오는데 반대편 골짜기에서 공단 유니폼을 입은 사람들이 내려오고 있었다. 멀리서도 유건의 모습이 한눈에 보였다. 반가움이 밀려왔다. 그런데 터덜터덜 내려오는 유건의 모습이 평소와 달리 좀 지쳐 보였다. 설은 멀리 보이는 유건과 속도를 맞추며 천천히 내려갔다. 둘의 거리가 점점 가까워지고 있는데도 유건은 설이 가까이 있는 걸 알아채지 못하는 듯했다.

"선배님, 무슨 일 있으세요? 땅 꺼지겠네."

시훈이 유건의 옆에 다가서며 말을 붙였다. 설은 서른 발짝 정도의 거리를 두고 속도를 더 늦췄다.

"어? 아니. 아무 일 없어. 어제 잠을 좀 설쳐서."

"저 없어서 더 푹 주무신 거 아니에요? 언제는 제가 코 골아서 못 자겠다고 했으면서."

"그게 익숙해졌나 봐. 코 고는 소리 안 들리니까 못 자겠어."

"에이 선배님, 뻥 치지 마요."

시훈이 유건을 슬쩍 건드렸다.

"그냥. 갑자기 생각이 많아져서 잠이 안 오더라고."

유건이 한숨을 푹 내쉬었다. 시훈은 뭔가를 곰곰이 생각하는 듯하더니 고개를 갸웃거렸다.

"예전에 오오가 올무에 걸려서 폐사했을 때, 선배님이 딱 그 표정으로 그렇게 얘기했어요. 어제 심각한 케이스 들어왔어요?"

"보기에 따라서는?"

"담비랑 황조롱이랑 회복하는 데는 큰 문제 없겠던데요."

"담비가 멸종위기 야생생물 2급인데 앞다리 골절로 입원했으니 심각하지."

"에이……. 선배님, 솔직히 말해요. 환자님 때문에 그런 거 아니죠?"

시훈이 물었다. 유건은 말할까 말까 입을 달싹였다.

"아닌데? 아니, 맞는데?"

"뭔데요? 말해봐요."

시훈이 다 들어주겠다는 듯한 표정으로 유건을 보았다.

"진짜 별거 아닌데. 어떤 사람이 결혼 약속을 했는데 상대 쪽 부모 반대로 결혼을 못 하게 됐대. 근데 상대방이 커플링을 택배로 보내라고 했대. 그건 좀 아니지 않냐?"

"진짜 아니죠. 그런 인간이랑 어떻게 결혼까지 할 생각을 했지? 근데 그거 선배님 얘기예요?"

"나? 아니지."

"그럼, 남의 결혼 깨진 것 때문에 잠을 못 잤다고요?

혹시 선배님 옛날 여친 얘기예요? 미련 있었어요?"

"아니, 그런 거 아니라니까. 그냥 좀 아는 사람 얘기야. 너무 심하지 않냐?"

"그건 그냥 인간이 덜된 거죠. 그런데 선배님이 언제부터 그렇게 남의 일에 관심이 많았어요?"

시훈이 고개를 갸웃거렸다. 둘이 투덕거리며 내려가는 것을 본 팀장이 유건의 옆에 슬쩍 와서 섰다.

"정유건 씨, 요즘 연애해?"

"아, 아니요."

"그래. 행색을 보아하니 연애는 아닌데, 그럼 짝사랑?"

"무슨 짝사랑이에요?"

유건이 펄쩍 뛰었다.

"제자리뛰기 하는 거 보니까 맞네. 뭐가 있긴 있다."

"아, 무슨 소리 하시는 거예요? 저 진짜 억울합니다. 저 구례 내려와서 7년째 솔로예요. 하려면 그냥 연애를 하지. 무슨 짝사랑을 해요?"

"내가 비결을 좀 알려줄까?"

"무슨 비결요?"

"구례에서 연애하는 비결."

"그게 뭔데요?"

유건이 팀장 옆에 바짝 다가섰다.

"일단 역이나 터미널을 자주 들락거려봐. 내가 15년

전에 서울에서 막차 타고 구례에 도착했는데 택시가 한 대밖에 없는 거야. 옆에 있던 여자한테 어디 가냐고 물었더니 화엄사 템플스테이 하러 간대. 같은 방향이라고 합승 좀 하자고 해서 같이 탔는데 할 말이 도통 생각이 안 나. 그냥 어색하게 앉아 있다 내렸지. 근데 사흘 뒤에 구례 오일장에서 옥수수빵 사다가 그 여자를 또 마주친 거야. 그때도 어색하게 인사하고 지나쳤는데 글쎄, 저녁에 서시천에서 달리기하다가 어떤 사람이랑 진짜 아프게 부딪혀서 돌아보니까 또 그 여자였어. 그 여자가 넘어져서 무릎이 까진 걸 보고 내가 약국에 뛰어가서 연고와 밴드를 사 왔지. 그리고 밥이나 한 번 사겠다고 했는데 정신 차려보니 내가 그 여자 손 잡고 예식장을 나오고 있더라."

팀장이 유건의 어깨를 툭툭 두드렸다.

"어려울 거 없어. 하다 보면 돼."

유건이 발끈했다.

"팀장님 같은 케이스는 딱 하나뿐이잖아요. 동네에서 세 번 마주치고 결혼했으면 이 동네 사람들이 전부 커플이고 부부게요?"

유건이 잔뜩 흥분해서 열변을 토하고 있는데 '곰 주의' 포스터 뒤에서 설이 불쑥 튀어나왔다.

"힉, 그쪽이 여기서 왜 나와요?"

유건이 숨을 들이마시며 그 자리에 우뚝 섰다. 그러자

시훈과 팀장이 서로 눈짓을 주고받으며 유건을 앞질러 갔다.

"미지 언니 인터뷰하러 갔다 오는 길이에요. 산 능선만 따라가면 동네로 내려갈 수 있을 줄 알았는데 방향을 완전 잘못 잡았네요."

설이 장바구니를 추스르며 말했다.

"맞다. 황설 씨 길치였죠?"

"아니라고는 못 하겠네. 선생님은요? 오늘은 곰 건강 검진 성공했어요?"

"허탕이에요."

유건이 너털웃음을 지었다.

"그런 날도 있는 거죠, 뭐. 저도 계속 다니다 보면 지리산에서 길을 한 번에 찾아 나오는 날도 있겠죠. 근데 이 길은 바위가 너무 많네요. 벌써 세 번은 굴렀어요."

설이 바위에서 조심스럽게 뛰어내리며 말했다. 몇 걸음 가자 또 다른 바위가 길에 박혀 있었다. 사람들이 많이 밟고 다녀서 그런지 바위 표면이 매끈했다. 이번엔 유건이 먼저 바위를 밟고 뛰어내린 뒤 설을 향에 손을 내밀었다.

"손잡아요."

유건이 손을 내밀자, 설이 머뭇거리다 한 손에 든 장바구니를 다른 손으로 옮겼다.

"산길을 이렇게 어설프게 다니니까 넘어지고 구르지. 그게 뭐예요?"

"두릅이요. 저 산에 아무것도 안 가지고 갔는데 미지 언니가 따서 줬어요. 제가 딴 것도 있고요."

"미지가 아무한테나 안 주는데, 귀한 선물 받았네. 이리 줘요."

유건은 장바구니를 받아 든 뒤 설의 손을 잡았다. 설이 허리 높이의 바위에서 뛰어내렸다. 유건이 설에게 다시 장바구니를 건넸다.

"그냥 선생님 가지세요."

설이 장바구니를 유건에게 밀었다.

"선물 받은 거라면서? 숙사에 조리 시설 없어요. 오현 누나도 좋아할 텐데 같이 삶아 먹으면 되겠네."

"오현 대표님은 오늘 피아골 캠핑장에서 주무시고 온대요. 내가 가져가면 고대로 냉장고에 처박아둘 것 같은데. 어쩔 수 없죠, 뭐."

장바구니를 받아 든 설의 어깨가 축 처졌다.

"두릅 싫어해요?"

"아뇨. 그냥. 안 먹은 지 오래돼서요. 먹긴 먹어요."

유건은 설의 표정이 평소보다 훨씬 어둡다고 느꼈다.

"잘됐네. 그럼 내가 요리해줄게요."

"선생님이요? 숙사에 조리 기구도 없다면서 어떻게요?"

유건은 스마트폰을 꺼내 오현에게 전화를 걸었다. 그러고는 만들어 먹고 싶은 게 있어서 부엌을 쓰겠다는 말을 한 뒤 전화를 끊었다.

"갑시다!"

유건의 발걸음이 가벼웠다.

09

책사랑방 4층으로 올라가면 계단 오른쪽에 오현이 살림집으로 쓰는 공간이 있었다. 설은 계단 왼쪽에 따로 떨어진 욕실 딸린 방을 썼다. 오현과 같이 밥을 먹을 때만 건너가봤지, 오현이 없을 때는 한 번도 오현의 공간에 들어가본 적이 없었다.

유건이 능숙하게 도어락을 조작해 문을 열고 들어갔다.

"집 비밀번호도 알고 있었어요?"

설이 깜짝 놀라며 따라 들어갔다.

"저녁에 책방에서 책 읽고 있으면 오현 누나한테 한 번씩 전화 와요. 자기 지금 어디 왔는데 밤눈도 어둡고 운전하기 힘들어서 자고 갈 거니까 코드 뽑았는지, 가스 잠갔는지 봐달라고."

"아."

설이 고개를 끄덕였다. 대외 활동이 많은 오현의 입장에선 그런 일을 부탁할 사람이 있어 다행인 듯했다.

"선생님, 같이 산 타다 온 직후라 미안한데, 저 오늘 두릅 밭에서 세 번 굴러서 흙먼지를 너무 많이 뒤집어썼어요. 빨리 씻고 와서 도와도 돼요?"

설이 민망한 듯 말했다.

"괜찮아요. 천천히 씻고 와요. 오늘은 내가 요리하겠다고 한 거니까."

유건이 흔쾌히 대답했다.

설은 방으로 건너가 샤워를 한 뒤 뻑뻑한 렌즈 대신 알이 두꺼운 안경을 썼다. 대충 말린 머리는 동그랗게 말아 올리고, 홈 파자마 중에 제일 파자마처럼 보이지 않는, 언뜻 보면 외출복 같기도 한 것을 골라 입었다.

설이 다시 오현의 집으로 건너가자 유건이 파스타 면을 삶고 있었다.

"파스타 면을 왜 삶아요? 두릅 데쳐 먹는 거 아니었어요?"

설이 눈을 동그랗게 떴다.

유건이 설을 돌아보다가 푸흡 하고 웃고 말았다. 동그랗게 뜬 눈이 두꺼운 안경 알 때문에 평소보다 반밖에 안 되어 보였다.

"오늘 메뉴가 두릅 크림파스타예요."

설이 입을 떡 벌렸다.

"두릅이랑 크림이 어울려요?"

설이 의아하다는 듯 물었다. 유건은 설을 다시 쳐다보며 귀엽다는 듯 씩 웃었다.

"그럼 안 어울려요? 그런 건 누가 정하는 건데?"

유건이 일부러 짓궂게 말하고는 설의 반응을 살폈다. 설이 할 말을 찾느라 눈동자를 부지런히 굴렸다.

"한 번 믿어봐요. 아프리카에서부터 혼자서 잘 해 먹고 살았으니까. 그리고 센터에서 점심만 주고, 저녁은 안 줘요. 식당 밥 물리면 종종 오현 누나 부엌에서 먹고 싶은 거 만들어서 먹었어요."

유건이 프라이팬에 밀가루와 버터를 볶다가 우유를 조금씩 부었다. 끓는 우유가 점점 걸쭉해지다가 루[26]가 되었다.

"완전 전문가셨군요."

설이 프라이팬을 들여다보며 입맛을 다셨다.

"먹을 만하게는 만들어요. 근데 이건 처음 해봐요. 설이 씨가 고생해서 딴 두릅을 어떻게 요리하면 제일 맛있게 먹을 수 있을까 고민했거든요."

---

26) Roux. 프랑스 요리에서 지방과 밀가루를 섞어 볶은 것으로 소스를 걸쭉하게 만드는 데 쓰임.

유건이 크림소스에 베이컨과 두릅을 넣고 볶다가 다 삶긴 면을 소스에 옮겨 넣었다. 설은 찬장에서 접시와 포크, 스푼을 꺼내 테이블을 세팅했다. 유건이 냉장고에서 산수유 맥주 두 캔을 꺼내놓았다. 설이 말없이 잔을 두 개 꺼내 테이블 위에 놓았다. 유건이 파스타를 접시에 나눠 담는 동안 설은 맥주를 잔에 따랐다. 누가 뭘 하자고 정한 것도 아닌데 손발이 착착 맞았다.

"선생님. 우리 짠 할까요?"

설이 맥주잔을 들고 싱글거렸다.

"근데 뭐라고 하면서 짠을 하죠?"

"돌리틀 선생님 내일은 꼭 곰 찾아서 검진 성공해요?"

"너무 긴데?"

유건의 얼굴에 수줍음이 스쳤다.

"뭐 어때요."

설이 웃으며 잔을 들자 유건이 잔을 맞부딪쳤다. 시큼한 산수유 맥주가 목구멍으로 넘어가자 오늘 하루 흙먼지 마시며 산비탈을 누빈 피로가 씻겨 내려가는 것 같았다.

"이 맛에 맥주를 먹는구나!"

유건이 설의 접시에 면을 덜고 베이컨과 두릅을 골고루 올렸다. 포크로 면을 돌돌 말아 입에 넣은 설이 엄지를 치켜세웠다.

"난 누가 뭐라 해도 두릅은 초장이라고 생각했거든요.

근데 오늘부터 두릅은 크림이에요."

유건은 설이 먹는 모습을 보며 슬며시 웃다가 이내 평온한 표정으로 돌아왔다.

"이렇게 잘 먹을 거면서 왜 나한테 두릅 가져가라고 했어요?"

"다 먹을 자신도 없고, 별로 기억하고 싶지 않은 일도 있고."

설이 살짝 취기가 올라 노곤해진 얼굴로 잔을 비웠다. 유건이 설의 잔을 새로 채워주었다.

"그렇게 말하니까 꼭 물어봐달라는 것 같잖아요."

유건이 두릅에 크림소스를 듬뿍 찍어 아삭거리며 씹었다.

"그런 뜻 아니에요. 물어보지 마세요."

설이 정색했다.

"안 물어봐요. 근데 말하고 싶으면 말해도 되고. 내가 입이 무겁거든."

유건이 입에 지퍼 채우는 시늉을 해 보였다. 설이 피식 웃더니 다시 한번 파스타를 입으로 가져갔다.

"사실 별일도 아니에요. 제 생일에 엄마가 맨날 해준 거예요. 두릅이랑 쑥털털이."

"생일에 두릅이랑 쑥털털이를 먹었다고요?"

"엄마가 저 낳을 때 되게 먹고 싶었던 메뉴래요. 근데 제왕절개를 하게 돼서 이틀 금식하느라 못 먹었다고. 생일 때마다 그 얘기를 들으면서 억지로 먹었어요."

갑자기 설의 눈이 빨개지며 유난히 반짝거렸다.

"이 얘길 하려던 건 아니고요. 그래서 두릅 먹으면 엄마 생각날까 봐 안 먹어요. 그동안 잘 피했는데 선생님 덕분에 먹네요."

설이 빨개진 볼로 배시시 웃었다.

"황설 씨가 일 잘해서 받아온 거잖아요."

"그게 그렇게 되나요?"

설이 맥주잔을 들었다.

"또 부모님 생각날까 봐 못 먹는 거 있어요? 내가 하나도 생각 안 나게 맛있게 만들어줄 수 있는데."

유건이 설의 잔에 자신의 잔을 부딪치며 말했다.

"음, 순대국밥이요. 아빠랑 일요일 아점으로 자주 먹으러 갔는데 아빠 돌아가시고는 안 먹게 되어서요."

"순대국밥? 그건 쉬운데요?"

"피순대에 머릿고기랑 부속이 많이 들어가야 해요."

"와, 취향 확실하네. 근데 그건 만들 수가 없겠는데요."

"맞아요. 그건 식당 가서 펄펄 끓는 뚝배기에 부추 팍팍 넣어 뜨거울 때 먹어야 맛있어요."

유건이 턱을 괴고 설을 물끄러미 쳐다보았다. 설이 유건의 시선을 느끼곤 쑥스러운 듯 웃었다.

"왜요? 징그러운 거 잘 먹어서 이상해요?"

설이 물어도 유건은 대답 없이 웃기만 했다. 설이 다시 파스타 면을 돌돌 말아 입에 넣었다.

"황설 씨, 먹는 거 얘기할 때 표정 바뀌는 거 알아요?"

"제가요? 아니, 먹는 거 싫어하는 사람도 있어요?"

"관심 없는 사람도 있죠. 밥상 위에는 3대 영양소만 올라오면 된다고 하는 사람도 있어요."

"그런 사람 별로예요."

설이 입을 비죽거렸다.

"나도 별로예요."

유건이 맞장구를 쳤다. 설이 눈꼬리를 접으며 환하게 웃었다. 그러더니 벌떡 일어나서 접시를 싱크대에 가져간 뒤 냄비와 프라이팬을 닦기 시작했다. 유건은 테이블을 정리하고 행주로 깨끗이 닦았다. 그리고 식탁에 앉아 산수유 맥주 한 캔을 더 땄다. 설이 설거지를 끝내자 새로 딴 맥주를 내밀었다.

"강태양 씨는 순대국밥 같이 안 먹어줘요?"

유건이 물었다.

"그러고 보니 순대국밥 같이 먹자고 한 적이 없네요. 아마 못 먹을걸. 태양이는 어묵 파예요. 어릴 때 피아노학원 끝나고 그 옆에 있는 분식점에 가면 제가 떡볶이랑 순대를 먹을 때 걔는 떡볶이랑 어묵을 먹었어요."

유건은 천천히 맥주를 마시는 설의 모습을 물끄러미 바라보았다.

이렇게 평화로운 저녁은 오랜만이었다. 입원 환자들이 며칠 새 퇴원을 해서 그런 걸까. 마음이 여유로웠다. 그 여유로움이 빈틈을 만들었다. 그리고 그 빈틈을 자꾸 비집고 들어오는 한 사람이 지금 눈앞에 있었다.

수의대 야생동물치료학 수업 첫 시간에 교수님이 그런 말을 했다. 야생동물은 자신이 주인이다. 다쳤을 때 인간에게 도움을 받을 수는 있지만, 인간의 도움 없이 못 사는 존재가 되어서는 안 된다. 그러니 괜한 동정심에 동물을 길들이지 말고, 최소한의 개입만 하도록 해라.

야생에 가보니 정말로 그랬다. 작지만 결정적인 도움만 있으면 야생동물들은 스스로 잘 이겨냈다. 그런 점에서 유건은 야생동물이 멋지다고 생각했다. 자기의 주인으로서 살아가는 삶, 그 안의 어떤 위험도 감수하고 감당하는 삶.

설이 센터 회의실에 인터뷰 자료를 던지듯 두고 나가버렸을 때만 해도 어디서 제 성질 못 이기는 워커홀릭이 나타난 줄 알았다. 그런데 꼼꼼하게 질문거리를 정리해둔 밑에 '불편하지 않은 선에서 솔직하게 내 얘기를 곁들이며' 같은 메모를 보았을 때나, 매천도서관 책 보수 강의에서 수강생들과 눈을 맞추며 모두가 이해할 때까지 설명하는 모습을 보았을 때 어쩌면 자기 생각이 틀렸을지도 모른다고 생각했다. 일찌감치 혼자 힘으로 살아야 해서 뭐든 열심이고, 그러면서도 품위를 잃지는 않으려 애쓰면서 자기 삶의 주인으로 살려는 사람일지도 모른다고.

파스타를 만들어 나눠 먹고, 맥주잔을 기울이고, 같이 농담을 주고받는 정도라면 최소한의 개입이라 할 수 있을까. 그 삶에 더 깊이 들어가보고 싶다는 무의식적인 끌림과 망설임이 내내 부딪혔다. 가족이 될 생각이 아니라면 시작도 하지 않는 편이 나았다. 주변에서 누가 뭐라 하든 변하지 않을 자신이 있는 게 아니라면. 그게 송이솥밥을 먹으며 유건이 내린 결론이었다.

바깥 계단에서 쿵쿵거리는 소리가 들렸다. 유건은 맥주잔을 헹궈 식기 건조대에 뒤집어 올려놓은 뒤 살림집 현관을 열었다. 태양이 서 있었다.

"무슨 일로 오셨어요?"

유건이 말하는 틈에 설이 문을 비집고 나왔다.

"태양이가 인터뷰하겠다고 갑자기 연락해서 올라오라고 했더니 여기로 착각한 모양이에요. 2층에 있으라고 말한 건데."

설이 민망한 표정으로 애써 설명했다.

"전 아무 말도 안 했어요."

유건이 어깨를 으쓱해 보였다.

"정유건 선생님, 오늘 정말 고마웠습니다."

설이 꾸벅 인사하고는 자기 방으로 건너갔다. 곧 멀쩡한 외출복으로 갈아입고 뱅글뱅글 도는 안경도 벗고, 머리를 고슬고슬하게 푼 모습으로 방에서 나왔다.

두 사람이 계단을 내려가는 소리와 함께 태양이 설에게 뭐가 고맙냐고 물어보고, 설이 저녁을 같이 먹었다고 두런두런 대답하는 소리가 들렸다. 유건은 1층의 유리 현관문이 닫히는 소리를 확인하고 나서 짐을 챙겨 오현의 집을 나섰다.

10

설이 2층 창가 테이블에 찻물차 두 잔을 내려놓았다. 죽순 빛깔을 띤 찻물이 고왔다.

"윤슬 명당인데, 밤이라 아무것도 안 보여."

"그래도 좋은데. 조용하고."

"벌써 날벌레들이 방충망에 붙어 있어서 그렇게 좋지만은 않아. 난 영화나 드라마에서 시골집이 늘 어두컴컴하게 나오는 이유를 몰랐는데, 여기 온 지 하루 만에 알았어."

"벌레 때문에?"

"응."

태양이 웃으며 찻잔을 입에 가져갔다.

"향이 엄청 좋네."

태양이 가방에서 블루투스 스피커를 꺼내 스마트폰과

연결했다.

"스피커도 들고 다녀?"

"응. 가끔 써. 귀도 아끼고, 음악을 공간감 있게 듣고 싶을 때가 있거든."

"귀를 아낀다니, 참 너다운 표현이다."

"귀를 예민하게 유지해야 하니까 어쩔 수 없지. 잠깐 창문 좀 열어줘."

설이 말없이 창문을 열어젖혔다. 축축한 강바람이 열린 창문으로 밀려들어 왔다.

태양이 스마트폰의 음악 앱을 켜자 스피커에서 노래가 흘러나왔다. 웅장하면서도 맑은 왼손 코드 반주가 울려 퍼지더니 이어서 조용히 읊조리는 보컬의 목소리가 떨리듯 들려왔다. 해 질 무렵 강변에서 보이는 풍경과 느껴지는 감정들이 고스란히 담겨 있는 노래였다. 중간중간 하루가 끝나가는 시간에 내 생각을 해달라거나, 정말 미안하다거나, 너를 두고 떠난다고 말하는 구절에서 노래 속의 사람은 어떤 상황에서 누구에게 이 노래를 부르는 것인지 궁금해졌다.

"강이랑 되게 잘 어울린다. 노래 제목이 뭐야?"

"〈미안해〉[27]야."

"응? 뭐가 미안해?"

---

27) 뮤지션 이적과 김진표로 구성된 듀오 '패닉(Panic)'의 3집 앨범 〈Sea Within〉(1998)에 수록된 곡. 단순한 코드로 진행되며 후회와 그리움, 이별의 상처가 절제된 멜로디에 담겨 있다.

설이 눈을 동그랗게 뜨고 물었다.

"노래 제목이 〈미안해〉라고. 90년대에 나온 노래야."

태양이 히죽 웃었다.

"그렇게 오래된 노래 같지 않은데. 세련됐네."

"그치? 나도 6개월 전쯤 빈에 있는 한식집에서 육개장 먹다가 처음 들었어. 듣다가 갑자기 울컥했거든."

"한국 생각나서?"

"그런가. 생각해보니 육개장을 인천공항에서 너랑 같이 먹은 후로 처음 먹는 거더라. 5년 만엔가. 그래서 향수가 훅 밀려왔나 봐."

"나도 기억난다. 그때 너 육개장 반 넘게 남겼잖아."

설이 태양의 어깨를 가볍게 쳤다. 태양이 설을 빤히 쳐다보다가 입을 열었다.

"비밀 하나 말해줄까?"

"뭔데?"

"그 육개장, 사실은 맛있었다?"

"뭐? 근데 왜 남긴 거야? 거의 못 먹었잖아. 난 맛없어서 남긴 줄 알았어."

"황설 기억력 좋네. 그때 너한테 하고 싶었던 말이 있었는데 그 말을 할까 말까 고민하느라 못 먹은 거야. 그러다 비행기 시간이 다 되어버려서."

"그 말이 혹시 '미안해'야?"

설이 피식 웃었다.

설은 한 번도 자신의 불운을 누군가와 나누어야 할 짐이라고 생각하지 않았다. 가족이라면 모를까. 아무리 친한 친구라도 그런 걸 같이 감당할 수는 없다고 생각했다. 오히려 결혼을 쉽게 생각했던 게 그런 이유였는지도 모른다고 생각하니 입이 썼다.

"원래는 그 말이 아니었는데, 그 말도 해야 하나 고민 중이야."

"네가 왜 미안해? 넌 네 삶을 살고, 난 내 삶을 사는 거지."

설이 의연하게 말했다.

"넌 어쩌다가 지리산에 오게 된 거야?"

태양이 심각한 얼굴로 물었다.

"그건 내가 뽑아놓은 첫 질문인데? 어쩌다가 지리산 재즈 페스티벌에 참여하게 되셨습니까, 피아니스트 강태양 씨."

설이 재빨리 말을 돌렸다. 태양은 가끔 밑도 끝도 없이 사람을 불편하게 만들었다. 그럴 때는 대체로 태양이 진심을 말할 때였다. 이상하게도 그 진심은 한 번도 편안한 적이 없었다. 그게 태양의 문제인지, 설이 들을 준비가 되지 않은 것인지도 알 수 없었다.

"난 너 보려고 온 거야."

"장난치지 마. 이제 인터뷰해야 해."

"진짜야."

태양이 어깨를 으쓱해 보였다. 설은 태양이 책방에 나타났을 때부터 이상하다고 생각했다. 태양은 리사이틀을 위해 전국을 돌아다니면서도 쉴 때는 서울 밖으로 여행조차 가지 않는 서울 토박이였다. 그런 태양이 자신을 보러 지리산에 왔다는 건 빈말이 아니었다.

"일단 인터뷰부터 하자. 원래 클래식 피아노 전공하신 걸로 아는데요. 재즈의 세계에는 어쩌다 발을 들이게 되셨나요?"

설이 존댓말로 쓰인 질문을 또박또박 읽었다.

"피아노가 아니라 말이 문제였어. 오스트리아는 독일어를 쓰지만, 모음 발음이 표준 독일어랑 다르고 높낮이가 심하거든. 난 표준 독일어를 준비해갔는데 오스트리아 말은 정말 못 알아듣겠더라. 교수님이 레슨하면서 하는 얘길 반도 못 알아듣겠는 거지. 그러면 다음 레슨에서 왜 그 부분을 안 고쳐왔냐고 지적받고. 그런 일이 매번 반복됐어."

"너한테 처음 듣는 얘기네. 되게 힘들었겠다. 그래서?"

설이 저도 모르게 반말로 말을 받았다.

"하루는 연습 때려치우고 술 마시러 갔는데 바에서 내 옆자리에 머리 허연 할아버지가 앉은 거야. 내가 노래를 들으면서 테이블을 손가락으로 두드리니까, 그 할아버지가 나한테 박자를 잘 쪼갠대."

"아는 사람이었어?"

"아니. 처음 보는 사람. 고맙다고 하고 잔을 입에 가져갔더니 이번엔 피아노 치기 좋은 손이래. 이미 치고 있다고 했지. 그런데 '클래식?' 하고 묻더니 갑자기 소매를 걷고 피아노 앞에 앉는 거야. 처음엔 바흐의 〈골트베르크 변주곡〉을 열여섯 마디 정도 정확하게 연주한다 싶더니, 갑자기 드럼과 베이스가 들어왔어. 그리고 같은 선율을 재즈로 연주하더라. 완전 제멋대로인데 완전 완벽하게. 그래서 어떻게 하면 그렇게 칠 수 있냐고 물었더니 원한다면 가르쳐주겠다고, 자길 찾아오래."

"내가 잘 몰라서 그러는데 클래식 피아노를 하다가 지금부터 난 재즈도 하겠어, 그러면 할 수 있는 거야?"

설이 아예 존댓말을 포기하고 반말로 물었다.

"그거야 자기 마음이지. 클래식 연주자가 재즈를 못 한다는 법 같은 건 없으니까. 빈에 '프리드리히 굴다'라는 유명한 피아니스트가 있거든. 10대에 이미 클래식 연주로 유명해졌고 20대부터는 재즈도 연주했대. 평생 양쪽 모두에서 탑 클래스였기 때문에 별명이 피아니스트계의 테러리스트야. 나는 그럴 자신은 없지만, 그냥 좋아서 하는 거야. 무대에 설 수 있고, 불러주는 데가 있으면 가야지. 지금처럼."

"재즈가 그렇게 매력적이었어? 클래식을 포기할 만큼?"

"클래식을 포기한 건 아니야. 근데 클래식 연주자는 고전 레퍼토리를 계속 연주할 수밖에 없으니까. 난 좀 더 자유롭게 만들 수 있는 음악을 하고 싶어. 그래서 어렸을 때부터 즉흥연주를 연습했고. 피아노학원에서도 연습 많이 했는데?"

"난 전혀 몰랐어. 네가 가끔 처음 듣는 노래를 칠 때도 다 악보가 있고, 외워서 치는 거라고 생각했는데."

"재즈를 만나고 나서 모든 음악이 사실 맨 처음엔 재즈였다는 것을 깨달았어."

"무슨 말이야?"

"모든 음악이 처음엔 즉흥적으로 시작돼. 그건 라흐마니노프도, 거슈윈도 그랬을 거야. 머릿속에서 내 것보다 훨씬 복잡하고 정리된 화음과 진행이 떠오르긴 했겠지만. 그냥 매 순간 음악을 만드는 게 재즈야."

설이 턱을 괴고 태양을 바라보았다.

"그 말 되게 멋지다. 매 순간 음악을 만드는 게 바로 재즈라는 말. 네 얘기만 들어도 매혹될 것 같아. 그래서 지리산까지 연주도 하러 오고."

태양이 설을 빤히 쳐다보더니 어이없다는 듯 말했다.

"설, 여기 너 보러 왔다니까. 아까부터 계속 얘기하는데 너 내 말을 왜 이렇게 못 알아듣냐? 그 할아버지가 뉴욕으로 같이 가자고 해서 내가 6개월만 시간을 달라고 했다고."

"나 때문에 미국 가는 걸 6개월 미뤘다고? 왜?"

"너희 아버지 장례식장에서 한 약속, 기억 안 나?"

아빠 장례식장에는 사람이 별로 없었다. 엄마 쪽 친척들과는 연락이 끊긴 지 오래였고, 아빠 쪽 친척도 고모와 사촌들이 전부였다. 발인 전날 밤, 아침 일찍 화장터로 출발해야 해서 빨리 들어가 눈을 붙이려는데 누군가 헐레벌떡 뛰어 들어왔다. 태양이었다. 유학 전 어학 시험 점수를 채워야 해서 전화기를 꺼놓고 공부하다가 아빠 소식을 뒤늦게 알았다고 했다.

"그날 네가 엄청 반갑고 고마웠던 느낌만 남아 있고 무슨 말을 했는지는 기억이 잘 안 나. 사흘 내내 거의 못 자서."

설이 미안해하며 말했다.

"관두자. 다음 질문이나 해."

태양이 허탈한 표정으로 설을 보았다.

"아, 알았어. 그럼, 지리산에서 연주해보니 어때? 감흥이 다른가?"

"일단 리허설 해보니까 산에서는 소리가 멀리 퍼지다가 다시 돌아와. 메아리처럼 여기저기서 시간차를 두고 돌아오는 그 느낌이 좋더라. 되게 환영받는 기분이랄까."

"산이 그런 곳이구나. 이번엔 되게 평범한 질문을 해볼게. 강태양에게 음악은 뭐야?"

"내가 가진 것 중에 가장 좋은 것."

태양이 고민 없이 대답했다.

"어? 너 중학교 때는 무슨 인터뷰에서 들숨과 날숨이라고 했었잖아."

설이 키득거렸다.

"야, 중2병 말기에 한 말을 대체 왜 기억하는 거야? 너, 나 놀리려고 별렀지?"

태양이 당황해서 새빨개진 얼굴로 투덜거렸다.

"아냐. 넌 놀리면 너무 금방 화내서 재미없어."

"거짓말. 그런 쓸데없는 걸 기억하니 진짜 중요한 말을 까먹지."

"그러니까 알려줘. 뭐였어?"

"너 스스로 기억해내. 이걸 내가 알려주는 건 약속의 효력이 사라지는 거라고."

"뭐, 마법의 주문이라도 돼?"

"글쎄. 결국엔 그런 힘이 있을 수도 있지. 네가 기억 못 하면 그 힘을 발휘할 기회조차 사라지겠지만."

태양이 남은 차를 쭉 들이켠 뒤 잔을 내려놓았다.

"인터뷰 다 끝났어? 나 내일 일찍부터 또 맞춰봐야 해서, 그만 가야겠다."

"어? 아직 안 끝났어. 소중한 책 한 권 가져오면 고쳐주는 순서가 남았는데."

"난 책이 없잖아."

태양이 빈손을 들어 보였다.

"여기 있는 책이 20만 권이야. 하나만 골라서 와."

설이 턱짓으로 헌책들을 가리켰다.

"어디 보자……."

태양이 빼곡한 책장 사이로 사라졌다가 잠시 후에 책 한 권을 손에 들고 나타났다.

"『피아노 치는 여자』[28]? 너 이 책 내용 알아?"

"아니. 제목만 보고 뽑아온 건데. 피아노 치는 내용 아니야?"

"좀 파격적인 내용이야. 씁쓸하기도 하고."

"그래? 파격적인 거 좋다. 솔직히 나 책 읽은 지 오래됐어. 그렇다고 쇤베르크 악보집을 고쳐 달라고 내밀 순 없잖아. 네가 알아서 잘 써줘."

태양이 바쁜 듯 계단을 내려가다 다시 돌아와서 말했다.

"아참, 내일 연주에 꼭 와야 해."

그러고는 경쾌한 발걸음으로 사라졌다.

설은 『피아노 치는 여자』를 이리저리 뒤적여보았다. 가장자리의 먼지와 때는 샌더[29]로 조금 갈아내면 되겠고,

---

28) 오스트리아의 여성작가 엘프리데 옐리네크(Elfriede Jelinek)가 1983년 발표한 소설. 피아노 교사 에리카와 그녀를 억압하는 어머니, 그리고 제자와의 뒤틀린 관계를 통해 억압, 욕망, 예술을 집요하게 탐구한다. 엘프리데 옐리네크 저, 이병애 역, 문학동네, 2009.

29) 목재, 금속 등의 표면을 다듬는 용도로 사용하는 기계로, '샌딩기'라고도 불린다. 주로 사포를 붙여 사용하며 전기, 압축 공기 등의 동력원으로 가동한다.

구겨진 표지는 다림질하면 된다. 다만, 이 소설의 결말이 계속 마음에 걸렸다. 사랑에 빠졌다가 차갑게 마음이 식어 떠나는 남자와 자기 처벌 욕망을 가지고 결국은 버림받는 여자의 이야기. 그 결말이 아팠던 기억이 났다.

설은 이 책을 처음 읽고 자기 자신을 있는 그대로 드러내고 사랑받는 것의 불가능성에 대해 오래 생각했다. 에리카가 처음부터 가면 없이 자신의 뒤틀림을 드러냈다면, 그 불온함을 숨기지 않았다면 클레메는 에리카를 끝까지 사랑할 수 있었을까.

설이 아는 태양은 한 인간 내면의 겹겹이 쌓인 상처가 만들어내는 불협화음에 대해 깊이 생각해본 적이 없는 사람이고, 아마 앞으로도 생각해보지 않을 것이다. 태양은 이런 주제에 흥미가 없었다. 그런데도 책을 고치는 게 의미가 있을까, 하는 생각이 자꾸 밀려들었다. 설은 책을 내려놓고 테이블에 턱을 괬다.

테이블 한쪽에 붙어 있는 '자리 있음' 쪽지가 눈에 들어왔다. 그런데 설이 남겨둔 '혼자 보지 말고 같이 봐요'라는 문장 밑에 새로운 문장이 댓글처럼 달려 있었다.

"뭐? 다음에?"

피식 웃음이 나왔다.

"이 사람, 지금 튕기는 거야? 책방에 자리 맡지 말라는데 튕긴다고?"

책방에서 책을 구매한 손님 중 몇몇 사람들은 1층에서 음료를 주문하고 각자 마음에 드는 테이블에 앉아 구매한 책을 읽기도 했다. 당연히 강이 잘 보이는 자리가 명당이었다. 그런데 제일 명당에 '자리 있음' 같은 표시가 있으면 다른 손님들이 불편할 수 있으니 자리를 독점하지 말라는 뜻에서 적은 문장이었다. '다음에'라는 말도 은근히 거슬렸다. 이런 상황을 어디선가 본 것 같은 느낌이 자꾸 들었다.

　설은 골똘히 생각한 끝에 비슷한 상황을 어디서 봤었는지 기억해냈다. 영화 〈콜 미 바이 유어 네임〉이었다. 이탈리아의 작은 마을, 엘리오라는 10대 소년의 가족 별장에는 매년 여름 손님이 방문한다. 그해에는 미국 대학에서 고고학을 연구하는 올리버라는 남자가 온다. 그는 사람들의 초대에 늘 'Later'라고 말할 뿐 좀처럼 응하지 않는다. 엘리오는 그를 유심히 관찰하며 올리버가 거만하고 까다로운 사람이라고 생각한다. 그런데 엘리오의 아버지는 올리버가 수줍음이 많은 사람이라고 한다.

　설은 '다음에' 씨가 거만한 쪽일지, 수줍은 쪽일지 문득 궁금해졌다. 그래서 그 밑에다 펜으로 새로운 문장을 덧붙였다.

　'다음에 언제?'

11

설이 천은사에 도착했을 때는 사방에 어스름이 깔려 있었다. 무대 뒤편으로 천은사 일주문이 살짝 보였고, 음향과 조명을 점검하는 사람들이 재즈 페스티벌 티셔츠를 입은 채 분주히 오갔다. 객석에는 사람들이 반쯤 차 있었다. 맨 앞줄에는 천은사와 이웃 사찰의 스님들이, 둘째 줄에는 검은 정장을 입은 사람들이 자리를 빼곡히 채웠다. 아마도 군수와 군의원들, 관련 부서 직원들과 수행원들인 듯했다. 그리고 명당인 셋째 줄에는 독수리 5남매가 조르륵 앉아 있었다. 설은 객석의 왼편 셋째 줄로 갔다. 피아노가 무대 왼편에 있어서 연주하는 태양의 손을 보려면 객석의 왼쪽에 앉는 것이 좋았다. 마침 셋째 줄의 맨 첫 칸, 한샘의 옆자리가 비어 있었다.

"언니, 저 여기 앉아도 돼요?"

설이 한샘에게 반갑게 말을 붙였다. 그런데 한샘이 어쩔 줄 몰라 하며 말했다.

"야 있냐, 설이야, 여기는 자리 있는디. 반대편으로 가봐. 오현 언니가 네 자리 맡아놨을 거여."

설은 무안한 표정으로 한샘에게 인사하고 뒤를 보았다. 뒷줄부터는 손이 잘 보이는 위치에 빈자리가 거의 없었다. 설은 하는 수 없이 객석을 빙 돌아 반대편으로 갔다.

"이리 와. 설이 씨."

오현이 옆자리에 얹어둔 가방을 치우며 손짓했다.

"도서관 책 보수 수업이 생각보다 늦게 끝났어요. 실습을 시작했더니 수업 시간이 끝나도 수강하시는 분들이 자꾸 붙들고 이것저것 물어보셔서."

설이 자리에 앉으며 중얼거렸다.

"음악회 시작도 안 했는데 뭐. 그리고 오타니도 아직이야."

설이 고개를 들어 주변을 두리번거렸다. 시작 시간이 다 되어서 그런지 객석이 직전보다 더 많이 찼다. 주차장부터 자리를 찾는 사람들로 북적였다.

"와, 사람 되게 많네요. 이렇게 규모가 큰 공연인 술 몰랐어요."

"나도 해마다 오는데 올해가 제일 사람이 많네. 설이 씨 친구가 유명한 사람이라 그런 거 아닌지 몰라. 첫 무대 프런트맨이라니."

 오현이 싱긋 웃으며 설의 어깨를 두드렸다. 설은 민망하게 웃었다. 자리에 앉았지만 마음이 편치 않았다.

 이윽고 무대 조명이 환하게 켜지고, 드러머와 더블베이시스트가 먼저 나와 자리를 잡았다. 두 연주자가 사운드를 체크하는 모습을 구경하는데 오현이 설을 가운데 두고 누군가와 눈인사했다.

 "좀 일찍 일찍 다녀. 구례WFC 멤버들한테도 자리 안 내줬다고. 자리 뻔히 비었는데 뒤로 가랬다고 얼마나 지청구를 들은 줄 알아?"

 잔소리가 향하는 곳으로 고개를 돌리자 설의 옆자리에 유건이 엉거주춤 앉고 있었다. 설은 유건에게 가볍게 목례한 뒤 고개를 돌리다 왼쪽 끝에 앉은 한샘과 눈이 마주쳤다. 한샘이 대번에 실망한 표정을 지었다. 설의 눈이 커졌다. 객석을 비추던 조명이 서서히 어두워지면서 한샘의 얼굴에도 명암이 드리웠다.

 설은 당혹감에 고개를 푹 숙였다. 한샘이 설에게 친절하게 대해준 순간들을 가만히 떠올려보았다. 오현이 다쳐서 청년이구례 인터뷰를 설이 맡게 됐다는 소식을 전했을 때, 첫 인터뷰와 두 번째 인터뷰 사이에 차실에서 설의 고충을 한참 들어줬을 때, 그때 나눈 얘기들은 사실 유건에 대한 것이었다.

설은 한샘이 유건을 좋은 사람이라고 말하고, 유건의 인터뷰에 대해 먼저 물어보는 것이 자신을 챙기는 것이라고 생각했다. 그런데 실상 한샘의 시선은 설이 아니라 유건에게 가 있었다. 문득 한샘의 차실 찬장 맨 위 칸에 올려져 있던 매화 무늬 다완 두 개가 떠올랐다. 하나는 한샘의 것일 거고, 설은 나머지 하나의 주인이 누구일지 궁금했다. 그런데 한샘의 마음에 들어온 사람이 유건이었다니, 기분이 이상했다.

설은 괜히 마음이 불편해져서 일부러 오현 쪽으로 몸을 붙여 앉았다.

사회자가 나와 인사 멘트를 한 뒤 첫 무대 연주 팀을 소개했다. 어두워진 무대 위로 핀 조명이 쏟아지고 태양이 걸어 나왔다. 검은 재킷에 검은 셔츠를 입은 태양은 태양 빛처럼 노란 넥타이를 맸고, 머리는 유난히 부스스했다. 원래도 창백하리만치 하얀 얼굴이 조명 때문에 더 하얗게 보였다. 태양이 무대 가운데에서 허리 숙여 인사한 뒤 피아노 앞에 앉을 때까지도, 설은 그 모습이 낯설어 계속 딴 사람을 보는 것 같았다.

태양이 피아노 앞에 앉아서 미간을 찌푸린 채 첫 음을 기다리고 있을 때 문득 설은 낯섦의 원인을 깨달았다. 태양은 연주회에서 항상 연미복을 입고 앞머리가 눈썹을 덮는 차분한 커트 머리를 하고 있었다. 지금도 단정하지 않은 건 아니었지만, 그동안 공연에서 보여준 차갑고 이

지적인 분위기는 없었다.

갑자기 태양의 웃음소리가 들렸다. 고개를 들어보니 더블베이시스트가 하이 스툴에 걸터앉은 채 우스꽝스러운 표정을 짓고 있었다. 재즈 공연에 익숙지 않은 태양의 긴장을 풀어주려는 듯했다. 태양이 그 모습을 보고 웃었다. 태양은 피아노 의자 위치를 다시 조절한 뒤 갑자기 환하고 강렬한 표정으로 첫 음을 눌렀다.

쨍한 금빛 햇살 같은 시작이었다. 태양의 손에서 선율이 펼쳐지고, 튀어 오르고, 또 합쳐졌다 갈라지며 음악이 흘러나왔다. 아직 차가움이 녹지 않은 그늘과 그래서 더 따스하게 느껴지는 한 줌 햇살이 음악 속에 엉겨들었다.

피아노를 치던 태양이 슬며시 웃기 시작했다. 어린 시절 피아노학원에서 태양이 먼저 할 일을 끝냈을 때 설이 연습하는 방문을 빼꼼 열며 보였던 그 웃음이었다. '나는 할 일을 끝냈어. 너는 아직 가야 할 길이 멀구나. 수고해'라고 말하는 듯한.

같은 날 동시에 엄마 손에 붙들려 피아노를 시작한 두 아이는 완전히 다른 진도를 보였다. 작은악절 하나도 겨우 더듬거리며 연주하는 설의 옆방에서 얇은 벽을 타고 현란한 연주가 들릴 때면 거기에 태양이 있었다. 설은 화장실 가는 척하며 방을 나가서 태양의 구부정한 어깨를 흘겨보곤 했다. 만약 어느 날 선생님이 잠시 자리를 비웠을 때, 태양이 몰래 설의 방문을 열고 풍선껌이나 캐러멜 같은 걸 던지듯 넣어주지 않았더라면 설은 평생 태양을 비교 대상으로 삼고 미워했을지 모른다.

태양은 음악 영재로 무럭무럭 자랐다. 콩쿠르가 열릴 때마다 피아노학원 앞에 현수막이 붙었고, 예중 입학 현수막이 걸린 후에는 얼굴을 마주치기도 어려워졌다. 동네 놀이터에서 만나 가끔 안부를 묻는 게 전부였지만, 태양에게 무슨 일이 생기면 태양의 엄마에게 전화가 오곤 했다. 태양이 혹시 설의 전화는 받느냐고 물었다.

콩쿠르에서 대상을 못 탄 날, 예고와 음대의 수석 입학을 놓친 날, 어딘가 숨어서 아무 연락도 받지 않던 태양이 설에게는 먼저 연락을 해왔다. 그런 날에는 놀이터에서 만나 덜렁덜렁 그네를 타며 태양의 넋두리를 들었다. '줄리아드피아노' 최고의 아웃풋이 너고, 너의 피아노가 최고라고. 설은 납작해진 태양의 자존심에 용기를 불어넣었다. 그렇게 손 내밀고, 일으켜 세우고, 등을 떠밀어주며 이 작고 숨 막히는 땅을 떠나라고 빌었던 태양이 다시 돌아와 눈앞에 있었다.

연주는 절정으로 치달았다. 강렬한 불협화음이 긴장을 던지면 다시 부드러운 아르페지오[30] 협화음이 긴장을 해

---

30) 화음을 이루는 각 음을 한꺼번에 소리 내지 않고 아래에서 위로, 위에서 아래로, 또는 오르내리는 꼴로 내도록 한 화음.

결하기를 반복하며 음악은 점점 끝을 향해갔다. 음악 속에서는 어느새 그늘의 차가움이 저물고, 완연한 봄이 와 있었다. 강물에 금빛 햇살이 반짝이는 것처럼 태양의 손가락 끝에서 흘러나온 트릴[31] 음이 반짝였다. 태양은 이제 강 건너편에 있는 사람 같았다. 아예 다른 세계로 건너간 것 같은 느낌, 피아노 말고는 아무것도 없고 아무도 아닌 사람.

엄마를 졸라 등록한 피아노학원이었지만, 설은 재능이 시원찮았다. 그래도 상관없을 줄 알았다. 좋아했으니까. 그런데 좋아하는 것만으로는 아무것도 될 수 없다는 것을 태양의 피아노 소리를 훔쳐 들으며 알았다. 좋아하는 것의 다음 단계는 잘하는 것이고, 그건 신이 허락해야만 가질 수 있는 재능이라는 것도. 설은 자주 태양의 피아노 소리를 들으려고 연습을 멈췄다. 그 순간에 선생님이 방문을 열고 들어오면 연습을 게을리했다며 꾸중을 들었다. 레슨을 시작하고 나서도 자신이 연주해야 할 선율보다 태양이 연주하는 선율이 먼저 귀에 들어오는 바람에 자꾸 틀렸다. 피아노 선생님은 들고 있던 빨간 모나미 볼펜으로 설의 왼손 새끼손가락을 튕기듯 때렸다.

태양 때문이었다. 태양이 옆에 있으면 설은 스스로가 자꾸만 틀리게 되는 왼손 새끼손가락 같다고 생각했다.

---

31) 어떤 음을 연장하기 위하여 그 음과 2도 높은 음을 교대로 빨리 연주하여 물결모양의 음을 내는 장식음. 기호는 'tr'이다.

태양이 설을 찾을 땐 얼마든지 곁에서 용기를 불어넣어 줄 수 있었다. 그건 태양도 마찬가지였다. 일찌감치 세상에서 제일 불행한 아이가 된 설과, 원한 적 없는 재능으로 경쟁의 파도에 떠밀려 표류하던 태양이 서로를 자기 다음으로 불쌍하게 여긴 건 어쩌면 자연스러운 일이었다.

설이 상념에 잠겨 있는 사이 첫 곡이 끝났다. 태양이 피아노 의자에서 일어나 무대 가운데 있는 스탠딩 마이크 앞에 섰다.

"안녕하세요. 저희는 지리산 재즈 페스티벌의 오프닝을 맡은 'Team Jirida'입니다."

태양의 소개와 함께 폭소가 쏟아졌다. 어떤 관객들은 살짝 눈살을 찌푸리기도 했다.

"제가 지은 거 아니고, 더블베이스 연주자분이 지으신 건데요. 저희가 지리산에서 이렇게 만난 게 참을 수 없을 만큼 아주 좋다는 뜻으로, 네. 급하게 지었습니다. 그래도 연주는 좋지 않았나요?"

태양은 싱글싱글 웃으며 팀과 멤버에 대한 소개를 끝낸 뒤 마이크를 빼 들었다.

"오프닝 곡의 제목은 〈Will It Be Spring Tomorrow?〉[32]고요. 파리에서 오랫동안 활동해오신 재즈 피아니스트 허

---

32) 클래식으로 음악을 시작하고 대학 때 재즈로 전향하여 프랑스에서 공부하고 활동해온 재즈 피아니스트 허대욱의 앨범 〈Will It Be Spring Tomorrow?〉(2023)에 수록된 곡.

대욱 님의 곡입니다."

태양이 잠깐 말을 멈춘 뒤 사람들을 둘러보았다.

"이 노래 제목처럼 내일 봄이 올 것 같으세요? 아, 벌써 봄 아니냐고요? 벚꽃잎이 떨어지기 시작했으니까 봄날도 다 갔다고요? 제가 오늘 확실하게 정리해드릴게요. 우리나라 기상학자들은 일평균 기온이 영상 5도 이상 올라간 날이 9일 동안 이어지면 9일 중 첫날을 봄의 시작이라고 한대요. 그러니까 지나 봐야 아는 거죠. 그것도 9일이나."

객석 여기저기서 웃음이 터져 나왔다.

"좀 이상한 것 같지만 제가 지어낸 게 아니고 기상학자들이 정한 겁니다. 우리는 항상 지나고 나서야 그게 뭔지를 깨닫습니다. 우리가 갖고 있는 경험의 창고에는 새롭고 놀라운 일을 겪었을 때 그게 뭔지를 알아차릴 만한 인사이트가 없을 때가 많거든요. 처음 겪는 일은 특히 그렇고요. 그런 기회가 다시 오지 않는 경우가 훨씬 많아요. 그럴 땐 용감히 본능을 믿고 나아가보는 것도 나쁘지 않다고 생각합니다. 그래서 저는 오스트리아 빈에서 8,274킬로미터를 날아와서 여기 있어요."

사람들이 감탄사를 내뱉었다. 누군가 객석에서 피곤하겠다는 말을 했다.

"피곤하겠다고요? 아, 어제 날아온 건 아니고, 한 달

전에 왔습니다. 네. 말이 그렇다는 거죠, 뭐. 제가 왜 그 멀리서 지리산까지 왔는지는 다음 곡을 들어보시면 알 텐데요. 다음 곡은 〈I Wish I Knew〉[33]라는 곡입니다. 우리말로 번역하면 '만약 내가 알았더라면……'이라는 뜻이죠. 저는 지나고 나서 그 말을 하고 싶지 않았어요. 여러분들이 이 곡을 들으실 땐 좀 더 많이 표현하고, 아껴 줄걸, 하고 떠올리게 될 것 같은 얼굴이 없는지 생각하며 눈을 감고 들어주시면 좋겠습니다."

태양이 더블베이스, 드럼 연주자와 서로 눈짓을 주고받은 후 첫 음을 냈다. 이번엔 여러 악기가 함께 연주해서 그런지 서로 대화를 하는 것처럼 선율이 진행되었다. 베이스의 둥둥거림은 심장 소리처럼 들렸고, 그 뒤에 잔잔하게 떨리며 이어지는 심벌즈는 마치 숨소리 같았다.

첫 곡을 들을 때보다 더 태양이 낯설었다. 늘 혼자 피아노 앞에 앉아 끙끙대는 것만 보다가 누군가와 같이 즐겁게 연주하는 모습을 보니 설이 알던 태양이 아닌 것 같아 덜컥 겁이 났다. 이상하게도 음악에 집중하기가 힘들었다. 태양을 쳐다볼 수도 없었다. 설은 앞에 앉은 사람의 등을 멍하니 보았다. 어딘가에 얼굴을 파묻고 울고 싶

---

[33] 작곡가 해리 워런이 영화 〈Diamond Horseshoe〉(조지 시턴, 1945)를 위해 만든 곡으로 서정적이고 로맨틱한 발라드 분위기를 지닌다. 존 콜트레인, 빌 에번스 등이 즐겨 연주하며 재즈 스탠더드로 자리 잡았다.

은 기분이 자꾸만 밀려왔다.

옆에 앉은 오현은 계속해서 스마트폰으로 태양의 사진을 찍고 있었다. 틈틈이 환호가 삐져나오려는 입을 틀어막으며 촬영 버튼을 부지런히 눌렀다. 설이 고개를 돌려 오현의 스마트폰 액정을 보았다. 화면 속에 확대되어 찍힌 태양은 더 이상 불행해 보이지 않았다. 아니, 정말로 행복해 보였다. 그렇게도 지겨워하던 경쟁의 트랙에서 스스로 내려온 후 비로소 음악으로 구원된 얼굴이었다. 그러니까, 태양은 자신을 구원하는 데 성공한 듯했다.

음악이 끝나고 박수가 잦아들자 태양의 토크가 이어졌다.

"아까 하던 얘길 조금 더 할게요. 기상학자들이 만든 봄의 정의에는 이상한 점이 하나 더 있어요. 뭔지 아시겠어요? 혹시 여기 구례 말고 다른 곳에서 오신 분 계신가요? 여러분, 저 분 우리랑 봄이 같지 않을 수도 있어요. 그렇다고 째려보진 마시고요. 네. 지역마다 다르다는 거예요. 구례만 오늘부터 봄이고 남원이랑 산청, 함양, 하동은 봄이 아닐 수도 있다는 거죠. 나의 봄이 너의 봄은 아닐 수도 있다는 겁니다."

태양의 말을 듣고 사람들은 생각에 잠긴 표정을 지었다.

"이런 식으로 여름, 가을, 겨울 다 얘기할 수 있는데 계절마다 불러주시면 안 되나요, 스님?"

태양이 농담을 던지자 관객석에서 웃음소리가 터졌다.

이후에도 태양은 연주할 때면 한없이 행복한 얼굴이 되었고, 재치 있는 말로 사람들을 들었다 놨다 했다. 설도 태양이 저렇게 말을 잘했었는지 기억이 나지 않아 당황스러웠다. 오늘 태양은 모든 게 낯설었다. 설은 그 낯섦이 공포스럽기까지 했다. 그 마음이 극에 달할 무렵, 태양이 마지막 곡 〈Waltz for Debby〉[34]를 달콤하고 사랑스럽게 연주한 뒤 끝인사를 했다.

"지리산 재즈 페스티벌, 급조됐지만 멋진 'Team Jirida'의 무대를 즐겨주셔서 감사합니다. 저를 이곳에 오게 한 친구에게 들려주고 싶은 노래를 앙코르곡으로 들려드리고 인사드릴게요. 제목은 〈Je te veux〉[35]."

피아노의 명료한 단선율로 느릿하게 시작한 초입부의 두 음이 끝나자 세 박자의 왈츠 리듬이 우아하게 펼쳐졌다. 유난히 로맨틱한 메인 선율의 전개 덕분에 태양이 이 노래를 클래식 버전으로 연주했던 걸 들은 기억이 났다. 그때도 설은 태양에게 제목을 물어보았다. 밝고 느릿한

---

34) 재즈 피아니스트 빌 에번스가 1956년 작곡해 1961년 동명의 앨범으로 발표한 곡으로 어린 조카를 위한 서정적이고 따뜻한 왈츠풍 발라드다. 후배 피아니스트들이 즐겨 연주하는 곡이다.

35) 프랑스 작곡가 에릭 사티가 1897년에 발표한 곡. 원래 가사가 붙은 카바레풍 왈츠지만 밝고 유머러스한 정서 덕분에 피아노와 성악, 재즈 편곡으로도 자주 연주된다.

세 박자 리듬의 메이저 키가 좋다고 이런 노래들을 더 알려달라고 했던 것도 생각났다. 설이 발을 까딱거리며 듣는데 오현이 주원과 속삭이며 나누는 대화 소리가 작게 들렸다.

"너 프랑스어 좀 할 줄 아냐?"

"몰러요. 나 제2외국어 일본어 했는디?"

"그래? 근데 지난번에 책방에 일본인 손님 왔을 때 왜 아무 말 안 하고 구경만 했어?"

"아따, 배운다고 다 할 줄 아는 건 아니잖여요. 근디 그건 왜 물어요?"

"금방 강태양 씨가 불어로 노래 제목 말했잖아."

"이 노래는 '나는 당신을 원해요'인디."

"너 프랑스어 모른다며?"

"이 노래 제목은 알죠. 완전 유명한 고백 브금인디."

"브금은 또 뭐냐? 혼자 이상한 말 만들면서 놀지 좀 말라니까."

"아, 이건 진짜 있는 말이여. BGM. 삐지엠."

"알았어. 근데 좀 전에 태양 씨가 이곳에 오게 한 친구에게 주는 노래라고 말한 거 들었냐?"

"긍께. 그렇게 말했대요."

두 사람이 쑥덕거림을 멈추고 일제히 고개를 내밀어 설을 보았다. 설의 얼굴이 갑자기 벌겋게 달아올랐다. 설은 두 손으로 얼굴을 감싸고 고개를 푹 숙였다.

유건의 귀에도 두 사람의 말이 들렸다. 그 뒤로 음악은 귀에 들어오지도 않고 귓바퀴에서 그대로 흘러 나갔다. 역시 오지 않는 편이 나을 뻔했다. 오현이 하도 오라고 성화를 부려 억지로 오긴 했지만 태양이 중간중간 던지는 말에 저도 모르게 웃어버렸다. 연주는 훌륭했고, 태양은 생각보다 유머러스하고 매력 있는 사람이었다. 그런데 무대 위에서 해사한 미소를 지으며 '나는 당신을 원해요'를 연주하다니, 한 방 단단히 먹은 기분이었다.

유건은 설을 흘끔 쳐다보다가 그대로 시선을 빼앗겼다. 태양의 구애를 받고 행복하게 웃고 있을 줄 알았던 설의 표정이 침울했다. 설은 앞사람의 등을 멍하니 보고 있다가 옅게 한숨을 쉬며 무대를 올려다보고 잠깐 발을 까딱거리다가 다시 침울한 표정으로 돌아가길 반복했다. 자세히 보니 눈도 빨갰다. 설은 누구보다 기쁠 것 같은 순간에 어디론가 도망치고 싶어 하는 얼굴을 하고 있었다.

"괜찮아요?"

유건이 귓속말로 묻자 설이 흠칫 놀라며 물러났다. 그리고 침울한 표정을 이내 무표정으로 바꾸고 잠깐 눈썹을 치켜올렸다가 내렸다. 아무 일도 없다는 뜻이었다.

"도망갈까요?"

유건이 한 번 더 귓속말로 물으며 앙코르곡이 끝나기

전에 빠져나가는 사람들 무리를 손가락으로 가리켰다. 설이 피식 웃었다. 그리곤 오른손으로 가볍게 유건의 어깨를 툭 쳤다. 장난치는 것처럼 굴었지만 설의 얼굴이 미묘하게 어두워지는 것을 유건은 놓치지 않았다.

이어지는 두 팀의 공연 동안 유건은 내내 설의 표정을 조심스럽게 살폈다. 다른 팀의 공연을 볼 때는 설이 집중을 잘하는 것처럼 보였다. 연주자의 말에 웃고, 노래 제목을 메모하기도 했다. 다시 그런 어두운 표정을 짓지는 않았다.

페스티벌이 모두 끝나자 태양이 대기실에서 나와 독서 모임 사람들 쪽으로 걸어왔다.

"멀리서 와준 덕분에 우리가 귀 호강했네. 고마워요. 태양 씨."

오현이 태양을 보며 두 손을 모았다. 그리고 셀피를 같이 찍자고 부탁했다. 태양은 서글서글하게 웃으며 오현의 부탁을 들어주었다. 태양이 독수리 5남매와 한 명씩 돌아가며 사진을 찍고 있을 때 오현이 설에게도 같이 찍으라며 손짓을 했다.

"전 사진은 괜찮아요. 원래 찍히는 거 안 좋아해서."

"친구라 이거야? 우리만 촌스럽게 유명인 밝히나 보다."

오현이 농담처럼 쿡 찔렀다.

"아니에요. 설이는 제가 아무리 유명한 지휘자랑 협연

을 해도 같이 사진 안 찍어요. 옛날부터 그랬어요."

태양이 어깨를 으쓱해 보였다.

태양이 독수리 5남매와 다른 관객들에 둘러싸여 사진을 찍고 있는데 베이시스트가 걸어왔다.

"태양 님, 주지 스님이 차 한잔하러 보제루로 오라고 하시는데."

"네, 잠깐만요."

태양이 주변을 두리번거리다 설의 옷깃을 붙잡았다.

"설, 좀 기다려줄래? 이따 나랑 같이 내려가자."

설이 흠칫 놀라며 태양을 돌아보았다.

"지금 이 시간에?"

"응. 할 얘기가 있어. 차 얼른 마시고 나올게."

태양은 설에게 눈짓한 뒤 베이시스트를 따라 일주문 안으로 들어갔다.

"설이 씨, 밤이라 쌀쌀해. 내일 얘기하자고 톡 보내놓고 그냥 가자."

오현이 설의 소매를 잡아끌었다.

"누나, 혹시 한샘 누나 차에 자리 없을까 봐 그란대요? 제가 친구 차 타고 가믄 되는디."

주원이 옆에서 같이 설을 붙들었다.

"아, 태양이 얼마 안 걸린대요. 먼저들 내려가세요."

설의 대답이 채 끝나기도 전에 한샘이 먼저 부루퉁한

표정으로 주차장을 향해 걸어가버렸다.

"근데 오타니는 어디 갔지?"

오현이 유건을 찾아 두리번거렸다.

"유건 샘 차 갖고 왔겠지 뭐. 냅두라."

미지가 쪼르르 뛰어가더니 한샘과 팔짱을 꼈다. 그러자 다른 사람들도 빠르게 주차장으로 내려갔다.

설은 천은제가 보이는 수변 무대 객석에 털썩 주저앉았다. 음악을 듣는 게 유난히 힘들었다. 예전에 본 태양의 공연 중에 라흐마니노프의 〈피아노협주곡 제2번〉처럼 훨씬 길고 어려운 곡도 있었지만 오늘처럼 집중하기 어렵지는 않았다. 게다가 간간이 보이는 한샘의 무표정한 얼굴이 신경 쓰여 더 힘들었다. 태양을 만나면 오늘 연주에 대해 무슨 말이라도 해줘야 할 텐데 집중을 전혀 하지 못해서 해줄 말도 없었다. 연주를 보는 내내 도대체 태양에게 무슨 일이 있었던 걸까, 왜 태양은 내가 알던 그 모습이 아닐까 하는 생각만 곱씹었으니까.

뒤편에서 음향과 무대 시설을 정리해 차에 싣는 사람들의 기척이 느껴졌다. 눈앞에는 어두운 호수가 펼쳐져 있었다. 무대 한편에 붙은 공연 현수막이 눈에 들어왔다. 4월 27일. 날짜가 낯익었다. 태양은 도대체 이 시간에 무슨 이야기를 하려는 걸까. 설이 까만 호수를 보며 멍하게 앉아 있는 동안 어느새 곁에 다가온 태양이 설의 옆에 앉았다.

12

"많이 기다렸지?"

"아니. 별로 안 기다렸어. 금방 나왔네?"

"응. 스님이 바쁜 일 있으면 가보라고 하시길래 난 인사만 하고 나왔어."

"어디 가서 뒤풀이라도 해야 하는 거 아니야?"

"아, 멤버들은 차 마시고 천천히 나올 거야. 주차장에서 만나기로 했어. 여기 분위기 좋다. 그냥 여기서 얘기할까?"

태양이 설의 옆에 바싹 다가앉았다. 설이 내려놓은 가방을 반대쪽으로 치웠다.

"너 말 되게 잘하더라."

설이 문득 생각난 듯 말했다.

"나? 아, 공연할 때."

태양이 머리를 긁적였다.

"원래도 말이 많은 편은 아니잖아. 깜짝 놀랐어."

"그때는 무슨 말을 해야 하는지를 몰랐던 거지. 클래식은 곡 설명 외에는 다른 말을 거의 안 하기도 하고."

태양이 무심히 말했다.

"역시, 재즈로 처음 서는 무대라 준비 많이 했구나."

"그런 건 아니야."

"그럼?"

"기억은 났어? 우리가 했던 약속?"

설의 말에 대답하는 대신 태양이 질문했다.

"무슨 약속? 아, 아빠 장례식장에서?"

태양이 말없이 고개를 끄덕였다.

"정말 미안한데 그날은 기억이 없어. 사흘 꼬박 잠을 못 잤거든. 아빠 임종 지키느라 못 자고, 돌아가신 뒤엔 손님 맞느라 못 자고. 그래서 네가 왔을 때쯤엔 진짜 제정신이 아니었어."

설이 멋쩍어하며 말했다.

"미안할 것까지야. 그냥 우리가 언제 처음 만났고, 얼마나 시간이 흘렀는지 얘기했어. 우리가 만난 지 13년이 됐더라고."

"그때가 13년째였다고?"

설이 화들짝 놀랐다.

"우리가 얼마나 살았다고 벌써 13년이야? 아니지, 5월이면 아빠 돌아가신 지 7년이니까, 20년이구나."

설이 천천히 고개를 끄덕였다.

"우리 둘 다 피아노학원에 처음 다니기 시작한 날, 그날이 내가 피아노를 처음 시작한 날이라 날짜를 정확히 기억하거든."

태양이 덤덤하게 말을 이어 나갔다.

"너희 아빠 장례식장에서 내가 우리 만난 지 20년 되는 날 둘 다 애인도 없고, 한국에 있으면 만나자고 했었어."

잠깐 침묵이 흘렀다.

"오늘이 그날이야. 4월 27일."

태양이 또박또박 힘주어 말했다.

"그래서 네가 지금 한국에 있는 거라고?"

설이 되물었다. 태양의 눈빛은 흔들림이 없었다. 설은 태양이 그 약속을 지키려고 미국행을 6개월이나 미루고 여기까지 왔다는 말이 믿기지 않았다.

"응."

태양이 단호하게 고개를 끄덕였다.

"야, 약속 지키기 어렵다고 연락하면 되지. 그만한 일로 지금 여기 와 있으면 어떡해? 중요한 시기에. 전공도 바꿨으면 더 열심히 해야 하는 거 아니야?"

설이 태양을 타박했다. 태양이 실망한 듯 어깨를 늘어뜨렸다.

"너는 내가 무슨 글렌 굴드[36]쯤 되길 바라나보다. 나는 사생활도 없어? 나도 친구 보고 싶고, 한국이 그리워. 연습실에서 한 발짝도 나오지 말고 살라는 거야?"

태양이 정색했다.

"아니, 그런 뜻이 아닌 걸 알잖아. 나야 너처럼 대단한 애가 여기까지 와줘서 정말 고맙지. 근데, 너 지금 여기 있어도 되냐고. 응? 이럴 때 꼭 너희 엄마가 나한테 전화한단 말이야."

설이 문득 생각난 듯 스마트폰을 꺼냈다.

"우리 엄마 네 바뀐 번호 몰라. 내가 안 알려줬어. 그리고 내가 애야? 그런 것까지 일일이 엄마한테 컨펌 받게?"

태양이 어이없다는 듯 말했다.

"그래. 약속을 지키러 와준 건 고마워. 근데 왜 이런 조건을 걸었어? 한국에 있어야 만나는 건 당연하고, 왜 애인이 없어야 해? 있으면 우리 친구 된 지 20년 기념 못 하는 거야?"

설이 눈썹을 치켜올렸다.

---

36) 캐나다 토론토 태생의 피아니스트. 기존의 관습을 깨뜨리며 천재적인 기교로 독창적이고 담대한 곡 해석을 선보인 그의 연주들은 숱한 찬사와 논란을 동시에 불러왔다. 기이한 무대 매너와 은둔자 같은 삶 또한 세간의 화젯거리였다.

"생각을 좀 해봐. 애인이 이성 친구랑 20년 됐다고 약속 잡아 만나는 걸 너 같으면 허락하겠어?"

태양이 답답하다는 듯 말했다.

"그렇긴 해. 나도 전 남자 친구가 그런 스타일이었으니까. 근데 넌 괜찮아? 너도 누구 있는 거 아니었어? 꽤 오래 만나는 것 같던데?"

설이 태양을 힐끗 보았다.

"그래서 온 거야. 한국에. 너랑 나 둘 다 애인 없는 귀한 타이밍이라서."

태양이 몸을 돌려 설을 똑바로 바라보았다.

"응? 그건 또 무슨 소리야?"

설이 허리를 펴고 앉았다. 불길한 예감이 밀려왔다.

"작년 여름에 내가 연락했던 거 기억나지? 너 결혼 깨졌고 곧 퇴사도 할 거라고 했었잖아."

설이 고개를 끄덕였다.

"그 전화 끊고 나서 보니까 20년 되는 날이 몇 달 안 남았더라고. 그리고 나 2년 전에 헤어졌어. 그 뒤로 아무도 안 만났고."

설은 태양의 말을 듣다가 한숨을 푹 쉬었다.

"시간 아까운데 연애라도 좀 하지. 왜 공백기를 그렇게 오래 뒀어? 그리고 우리 서른이야. 결혼 깨진 것도, 퇴사한 것도 빅 이벤트긴 하지만, 내가 감당해야지. 옆에 못 있어 줬다고 미안해할 필요 없어."

"나도 알아. 근데 은근히 서운하네? 설이 네가 감동의 눈물을 흘릴 거라 상상하진 않았지만, 그래도 내심 기뻐할 줄 알았는데. 내가 온 게 기쁘지 않아?"

태양이 몸을 뒤로 기대며 팔짱을 꼈다.

"물론 기뻐. 근데 여기서 이러고 있을 때가 아닌 것 같으니까 그러지. 어릴 때 네가 맨날 네 라이벌은 지금 우리가 그네 타고 있는 시간에도 피아노 치고 있을 거라고 했잖아. 사람도 아닌 것 같다고."

설은 조금 전 공연에서 태양을 보고 느낀 것을 애써 숨기며 말했다. 태양이 한숨을 내쉬며 두 손으로 머리를 감쌌다.

"내가 너한테 어지간히 징징댔나 보다. 근데 나 이제 예전의 내가 아니야. 그랬으면 여기 못 왔지. 최고연주자 과정 들어갈 학기인데 한국에 6개월을? 말도 안 되는 소리지. 설이 넌 내가 계속 그렇게 살았으면 좋겠어? 너야말로 회사 때려치우고 내려온 애가 왜 내 커리어를 걱정하는데?"

"그런 거 아니야. 내가 하고 싶었던 일이 여기 있었던 거라고."

"그래. 네가 선택했다고 하자. 근데 왜 나한테는 의논도 한 번 안 해? 내가 전화하면 너는 항상 좋은 말만 찾아서 위로하면서, 넌 나한테 힘들 때 절대 말 안 하잖아. 언제까지 그렇게 선 그을 건데? 한국에 절대 돌아오지 말라는 말 들을 때마다 네 말이 진심인지 아닌지 얼마나 고민하는지 알아?"

"네가 오고 싶으면 오는 거지, 내 말이 뭐 그렇게 중요해?"

"중요해. 넌 네가 진짜 하고 싶은 말은 안 하니까. 너 장례식장에서 무슨 말 했는지 기억도 안 난다고 했지? 네가 장례식장에서 졸린다고 엎드리면서 중얼거렸어. 정말 필요했던 사람들은 다 떠났고 이제 혼자라고. 그래 놓고 유학 갈 때 공항 배웅 나와서는 생글생글 웃으면서 절대 돌아오지 말라고? 그 말 듣고 육개장이 넘어가겠어?"

태양의 목소리가 격앙되었다. 그러자 설의 미간도 깊어졌다.

"그럼 어떡해? 당장 30분 후에 비행기 타야 하는 애가 나를 불쌍해 죽겠다는 듯이 쳐다보고 있는데, 가지 말라고 붙잡아?"

설의 목소리에 울음이 맺혔다.

"그날 내가 무슨 이야기를 하려고 했었는지 알아? 육개장 반이나 남긴 이유가 뭔지 생각은 해봤냐고?"

"하지도 않은 말을 어떻게 알아?"

"네가 모르는 척한 건 아니고?"

설이 입을 다물었다. 아빠가 돌아가신 후 태양의 연락이 부쩍 잦았다. 설에게 무슨 말을 하고 싶어 하는 건 알겠는데, 그게 과연 빈으로 떠날 사람이 해도 될 말일지, 그 결정을 서로 후회하지 않을지 확신이 없었다. 그래서 설은 짐짓 모른 척했다. 끊임없이 태양에게 지금만큼의 거리에 있어 달라는 암묵적 동의를 강요하면서.

"빈에 같이 가자고 하려고 했어."

"내가 거길 왜 가?"

"내가 있으니까. 너 그때 얼마나 위태로워 보였는지 알아? 기껏 서류 붙은 회사 면접도 안 가고 방에 혼자 틀어박혀 있는데 그냥 두면 무슨 일 날 것 같아서 나랑 같이 가자고 하려고 했어."

"네가 내 생각을 그렇게 했는지 몰랐어. 고마운데, 난 괜찮아. 자꾸 그렇게 말하면 내가 너무 작게 느껴져. 꼭 어른 못된 사람 같잖아. 누구 도움 없이는 혼자 살지도 못하는 사람 같다고."

"그런 뜻이 아니라, 내가 이 얘기까진 안 하려고 했는데 정말······. 나 그때 오스트리아에서 유학비자로 혼인신고 하면 어떻게 되는지까지 다 알아봤었어. 배우자도 똑같이 체류 자격 생기는 것까지 확인했어. 너 그때 한국에 있어야 할 필요 없었잖아."

"혼인신고를 왜 알아봐? 나랑 하자고?"

"거기서 했어도 한국에서 따로 신고 안 하면 서류에 안 나와. 그냥 몇 년, 아니 몇 달이라도 네가 혼자라는 생각 하지 않고, 앞일 걱정 없이 맘 편히 지내게 해주고 싶었어. 다시 한국에 돌아가고 싶을 때 언제든지 갈 수 있으니까. 그리고 만약에 설이 네가 원하면 진짜로……."

태양이 잠시 말을 멈췄다.

세간에 떠도는 이야기 중에 유학 시절 동거하던 애인과 혼인신고 했다가 헤어지고, 과거를 숨기고 결혼하려다 걸려서 파혼한 사람 이야기를 들은 적이 있었다. 태양이 그 이야기를 모를 리 없고, 뒷일을 고려하지 않았을 리 없었다. 그런데도 그 생각을 했다는 건, 그 마음이 진지했었다는 뜻이다. 아무 말도 없다가 꼭 이렇게 폭탄을 던지는 게 태양의 방식이었다.

"그 얘긴 너무 갔다. 나 못 들은 걸로 할게."

설이 벌떡 일어났다.

"넌 우리가 계속 친구로 남을 수 있을 것 같아?"

태양이 설을 붙잡았다.

"그럼? 못 남을 이유가 있어? 우린 언제나 친구일 거야."

"나 빈에서 연애했었어."

태양이 굳게 결심한 듯 말했다.

"알아."

SNS에 도배된 태양의 새로운 유학생 친구들 가운데

한 여학생이 모든 사진에 찍혀 있다는 사실을 찾았을 때 설은 무슨 반응을 보여야 할지 몰라 한참을 멍하니 있었다. 따로 연애에 관한 얘기를 나눈 적은 없었지만 사진 속에서 태양과 그 여학생은 온몸으로 새로 사랑을 시작한 연인의 에너지를 발산하고 있었다. 설은 솔직히 태양이 미웠다. 자신과 있었던 일들은 다 잊어버린 듯이 새로운 관계를 맺고, 인생의 눈부신 한때를 보내는 것이.

설은 태양의 마음을 짐작하면서도 긴 유학 생활을 묵묵히 기다릴 자신이 없어 서로 힘들어질까 봐 애써 마음을 감추고 태양을 보냈다. 그 마음조차 여기서는 안 되고 거기서는 되는 태양의 연애를 질투할 자격이 없다는 생각에 혼자 지워버렸다. 그런데 태양은 지금 와서 사실은 그게 설일 수도 있었다고 이야기하고 있는 것이었다.

"그 애는 네 사진도 본 적 없어. 난 너 같은 친구가 있다고 말한 적도 없고. 근데 너를 알더라."

"그게 뭐, 문제가 돼?"

"문제가 됐지. 그것 때문에 헤어졌으니까."

"그냥 아무 사이 아니라고 하지. 어릴 때 친구라고. 그게 사실이잖아."

설이 태양을 나무랐다.

"처음에 빈에 도착해서는 네 생각이 하나도 안 났어. 맨날 못 알아듣는 발음으로 3시간, 4시간 레슨하고 나면 녹초가 되어서 네 생각이 끼어들 틈이 없었거든. 그래서 널 잊어버렸다고 생각했어. 빈에 적응하고 연애도 하고 잘 살고 있는데 어느 날 여자 친구가 내 인스타에 있는 네 옛날 사진을 보면서 이 사람이 황설이냐고 묻더라."

"그 사람이 내 이름을 어떻게 알아?"

설이 화들짝 놀라며 물었다.

"내가 아이 낳으면 이름을 외자로 짓고 싶다고 하면서 황설이란 이름 예쁘지 않냐고 물어본 적이 있었대. 난 기억도 안 나는데."

"그런 말은 별 의미 없이도 할 수 있잖아."

설은 당황해서 떨리는 손을 감추며 애써 태연한 척했다.

"나도 처음엔 그렇게 생각했어. 근데 어느 날 나한테 어릴 때 피아노학원 친구랑 내가 잠수 탈 때마다 불러낸 친구랑 엄마 아빠 다 안 계신다는 친구가 혹시 같은 사람이냐고 묻더라. 내가 그 얘길 가끔 해서 한국에 친한 여자 친구가 많은 줄 알았는데 어느 날 가만히 듣다 보니 다 같은 사람인 것 같다면서."

설은 심장이 쿵 내려앉는 것 같았다. 태양도 여자 친구에게 일부러 상처를 주려던 건 아니었을 것이다. 하지만 모두 감추고 없앴다고 생각했던, 서로밖에 없었던 시절의 흔적을 들킨 것이다. 그 흔적이 태양에게 있다면, 설에게도 있었다. 변명하거나 삭제할 수 없는 사실이었다.

"그러니까 처음부터 어릴 때 친구라고 하지. 이 바보야."

"전 여자 친구가 그랬어. 자긴 그 여자의 대체품이 아니라고."

"나한테 영상통화라도 하지. 말도 안 되는 얘기라고 확인해줄 텐데."

설이 발끈했다. 태양이 설을 빤히 보았다.

"아니, 말도 안 되는 얘기 아냐. 나도 그제야 깨달았어. 내가 너를 잊은 게 아니라 너라는 존재를 잘게 부숴서 기억 속에 뒤섞어버렸다는걸. 너를 온전히 생각해볼 수 없게 자신을 속인 거야. 널 생각하면 마음이 아픈데, 해줄 수 있는 게 없으니까. 그걸 깨닫고 내가 얼마나 괴로웠는지 알아?"

태양의 목소리가 떨렸다. 설은 혼란스러움에 불쑥 자리에서 일어났다.

"그래서 헤어진 거야. 내 마음이 그런 걸 알아버린 뒤에 누굴 만날 수 있었겠어."

태양이 따라 일어나 설에게 다가갔다. 설이 뒷걸음쳤다.

"왜 그랬어? 말 안 하면 너밖에 모르는 거잖아. 그냥 아니라고 시치미 떼고 모른 척 지나가지. 그럼, 금방 잊고, 또 잘 지냈을 텐데."

설이 입술을 잘근잘근 깨물었다.

"나도 알아. 근데 당장이라도 헤어지지 않으면 안 될

것 같았어. 그래서 좁디좁은 유학생 사회에서 난 졸지에 이상한 놈이 됐고. 근데 넌 몇 달 동안 내 연락에 똑같이 대답했잖아. 잘 지내고 별일 없어. 이모티콘. 그러다 어느 날 네가 결혼은 깨졌고, 퇴사하게 될 것 같다고, 네 인생은 망했다고 하는 거야. 그래서 한국 가는 비행기 티켓을 끊었어. 이게 마지막 기회라고 생각하면서."

태양이 설의 앞에 한 발짝 다가섰다.

"나 술 먹고 전화 받았나 보다. 넌 적당히 걸러 듣지. 왜 남의 뻔한 신세 한탄을 진지하게 들어서 이 먼 길을 와……."

설이 눈을 질끈 감으며 두 손으로 얼굴을 감쌌다. 한숨밖에 나오지 않았다. 망하려면 혼자 망할 것이지, 태양까지 끌어들인 자신이 한심했다. 세계적인 콩쿠르에서 입상하고, 유명한 클래식 레이블과 계약을 맺고 승승장구해야 할 태양의 앞길을 자신이 뒤틀어버린 건 아닌지 덜컥 겁이 났다.

태양은 아무런 말도 하지 않았다. 설이 천천히 눈을 떴다. 그런데 눈앞에 자그만 빨간 상자가 있었다.

"이게 뭐야?"

태양이 손바닥에 올린 상자를 열어 설이 잘 볼 수 있게 돌려놓았다.

"설, 결혼하자."

느닷없이 바람이 불었다. 채 쓸려가지 않은 시든 꽃잎들이 두 사람 사이에 날아들었다.

"그게 무슨 소리야?"

설이 얼굴에 달라붙은 꽃잎을 손으로 떼어냈다.

"말 그대로야. 결혼하자고."

태양이 반지가 든 상자를 설의 눈앞에 더 가까이 들이밀었다.

"내가? 너랑? 왜?"

"하고 싶으니까."

설이 말없이 몸을 뒤로 물렸다.

"지금 대답 안 해도 돼. 내 말 좀 들어봐."

태양이 설의 앞으로 몸을 더 기울였다.

"여름에 나랑 같이 뉴욕 가자. 문서보존센터에서 책 복원 교육 정식으로 받고 대학에 있는 집중과정만 이수해도 공립도서관 같은 데서 일할 수 있대. 아예 학위과정을 하면 더 좋고."

설이 대답 없이 숨을 훅 들이쉬었다.

"청혼은 나중에 대답해도 돼. 근데 이건 지금 대답해줘. 이 계획 멋지지 않아?"

이번엔 설이 숨을 후 내쉬었다.

"넌 이 상황에 그런 말이 나와?"

그러자 태양이 설의 볼을 살짝 집었다가 놓았다.

"아얏, 왜?"

"이 계획, 멋지지 않냐고. 응?"

"좋아. 멋져. 근데 꼭 남의 얘기 같아. 내가 그렇게 잘 나갈 리가 없잖아."

"지금부터 잘나가면 되지. 나 한국 와서 이거 알아보느라고 부르크링 고서점 사장님이랑 밤마다 통화한 거 알아? 사장님 아들이 뉴욕에서 고서 복원 공부한대서 그 아들이랑도 어렵게 통화했다고."

"애썼네. 지인까지 동원하고."

"너 왜 이렇게 얘기의 맥락을 파악 못 하냐? 그 말이 아니잖아. 공연에서도 내내 얼빠져 있고. 눈 마주칠 때마다 피하더니. 그냥 내일 아침에 맑은 정신에 얘기할 걸 그랬나 보다."

"너 내일 오전에 서울 올라간다며? 나랑 얘기할 시간 있겠어?"

"야, 황설! 너 진짜 이러기야? 나 지금 되게 할 일 없는 사람 같아서 자괴감이 느껴져. 너는 별로 심각하게 생각도 안 했던 약속 지키려고 지리산까지 와서 왜 이런 말을 하고 있는 건지 모르겠다고."

"너 바쁜데 애쓴 거 다 알아. 근데 좀 갑작스럽긴 해. 그동안 우리 각자 알아서 잘 살았잖아. 물론 난 인생이 좀 고달프긴 했지만. 넌 아까 피아노 칠 때 보니까 세상에서 제일 행복한 사람 같던데."

"그래서 결혼하자는 거야. 나는 이제 어떻게 살아야 할지를 알았고, 내 마음도 알았으니까. 모른 척 계속 뭉개다가 네가 다른 남자 만나서 진짜 결혼이라도 해버리면 그땐 정말 평생 후회할 것 같아서."

설은 태양이 내민 반지를 물끄러미 바라보았다. 트리니티 링이었다. 화이트골드, 골드, 로즈골드 세 빛깔의 링이 서로 얽혀 있고, 그 가운데 아주 작은 다이아몬드가 콕 박혀 있는 반지. 세 개의 링이 서로 엮여 풀 수 없는 것처럼, 설도 몹시 복잡한 기분이 들었다. 일단은 기뻐해야 할 것 같았고, 이 반지를 낄 수도 있을 것 같았다. 그리고 또 어쩌면 간절히 이 순간을 기다렸던 적이 있었던 것도 같았다.

"반지 예쁘네. 잘 골랐다."

설이 말하자 태양이 기막히다는 표정을 지었다.

"그 말이 지금 상황에 어울린다고 생각해?"

"그럼 어떡해? 난 이 상황이 당황스러운데 억지로 감동하는 척할 수는 없잖아. 그래도 좋은 점을 얘기한 거야."

"갑작스러운 말이라는 거 알아. 그렇지만 이 생각한 지 오래됐어. 너도 한 번쯤 우리 관계에 대해 생각해보지 않았어?"

"생각해봤지. 나는 지금이 아주 적당해. 더 가깝거나 더 멀지 않은 게 좋다고."

"만약 중간이 없다면 어떡할 건데? 나랑 결혼하거나, 아니면 영원히 못 보거나."

"지금 겁주는 거야?"

"아니, 이제 선택을 해야 할 시점이야. 다른 사람을 만나든, 우리 둘이 만나든, 예전 같은 관계로는 못 돌아가. 넌 그럴 수 있을지 모르지만 난 아냐. 처음부터 그럴 각오 하고 말한 거야."

"너 지금 그 말 되게 이기적인 거 알아?"

"아니, 네 생각을 했으니까 이 말을 한 거야. 우린 선택해야 해. 이대로는 아무것도 안 될 거야. 내 말 잘 생각해봐."

설은 무슨 말을 더 해야 할지 몰라 입을 다물었다. 태양도 지쳤는지 더 이상 아무 말도 없었다. 무거운 침묵이 두 사람 사이를 맴돌았다. 갑자기 주차장 쪽에서 발걸음 소리가 들렸다.

"콰르텟[37] 멤버들 오나보다."

태양이 바지 케이스를 닫아 설의 손에 쥐여준 뒤 자리에서 일어났다. 커다란 악기 가방을 손에 든 남자들이 차에 악기를 실은 뒤 두 사람 쪽으로 걸어오고 있었다.

"요, 브로!"

---

37) 사중창 또는 사중주를 이르는 말.

더블베이시스트가 태양에게 손을 들어 인사했다.

"태양 님, 친구랑 할 얘기 있다더니 다 끝났어요?"

"네. 뭐. 참, 제 친구 소개해드릴게요. 황설이에요."

태양이 설을 가리켰다. 설은 얼른 케이스를 주머니에 넣고 수줍게 웃으며 고개를 숙였다.

"안녕하세요. 연주 잘 들었습니다. 정말 좋았어요."

"감사합니다."

더블베이시스트가 점잔을 빼며 인사했다. 그 뒤로 드러머가 서서 손을 흔들었다.

"두 분 얘기 다 끝났으면 같이 내려가시죠. 그 많던 차가 다 빠졌네. 혹시 저 차가 친구분 차인가요?"

"아니요. 아니에요."

설이 고개를 흔들며 주차장을 보았다. 은색 SUV 한 대가 넓은 주차장에 덩그러니 서 있었다. 설은 번호판을 확인하려고 두 눈을 찡그렸지만 주변이 어두워서 숫자가 잘 보이지 않았다.

태양이 먼저 차에 올라타더니 옆에 설의 자리를 만들어주었다. 설이 태양의 옆에 따라 탔다.

"친구분은 어디로 가세요? 터미널? 구례구역?"

"아뇨. 저 섬진강책사랑방에서 일해요. 근데 숙소는 반대 방향 아니에요? 구례읍에 내려주시면 알아서 갈게요."

"책사랑방 구례읍 안에서도 좀 떨어져 있잖아요. 늦은

시간에 혼자 시골길 다니면 위험하죠. 돌아가도 괜찮으니까 앞에 내려드릴게요."

"아유, 고맙습니다."

설은 더 말하지 않고 입을 다물었다.

책사랑방까지는 금방이었다. 차가 멈추자 설이 조용히 차 문을 열었다.

"덕분에 편하게 왔어요. 고맙습니다."

차에 탄 내내 태양은 설의 반대쪽으로 고개를 돌리고 창밖만 보았다. 설이 인사하는 걸 알면서도 끝까지 설을 쳐다보지 않았다. 설이 차 문을 닫자 차가 곧장 출발했다.

설은 무거운 발걸음으로 책방 계단을 올라 방으로 돌아왔다. 태양의 싸늘한 침묵이 아직도 마치 돌처럼 명치를 짓누르고 있었다.

천은제가 아니라, 어릴 적 만나던 놀이터에서 들었다면 그 말이 기뻤을까?

설은 침대에 누웠다가 벌떡 일어났다. 태양과 나눈 대화가 제멋대로 머릿속에서 재생됐다. 결혼하거나, 아니면 영원히 못 보거나. 선택지가 그 둘밖에 없다니. 태양이 이렇게 단호하게 나온 건 이미 마음을 굳혔다는 뜻이었다. 그러니까 반지를 내민 것이고.

설은 태양과 인생의 중요한 순간들을 공유해왔다. 태

양의 존재는 설의 기억 중에서도 가장 행복한 부분을 차지했다. 그 기억을 더는 이어갈 수 없다는 건 두려운 일이었다. 하지만 마지막 연애 이후로 설을 가장 두렵게 하는 건 결혼 그 자체였다. 왜 태양이 굳이 그 단어를 들고 와서 영원히 함께하거나 영영 못 만나는 사이 중에 선택해야 한다고 말하는 것인지 설은 이해할 수 없었다.

태양이 처음 약속 이야기를 꺼냈을 때 설은 오래전에 받고 잊어버린 케이크 모양 입체 생일 카드를 떠올렸다. 받을 땐 분명 기뻤는데 봉투에 넣고 나서는 그 안에 뭐가 들었는지도 잊어버리고 뽀얗게 먼지만 쌓여버린 생일 카드. 설은 어렴풋이 남아 있는 기억을 꺼내 조심스레 펼쳤다.

아빠가 돌아가신 후부터 태양은 유난히 설을 챙겼다. 설이 나쁜 마음이라도 먹을까 걱정됐는지 매일 놀이터로 불러냈다. 밥은 제대로 먹고 있는지, 산책도 하고 사람도 만나고 취업 준비도 하고 잘 살고 있는지를 계속 확인했다. 그러나 그 시간은 길지 않았다. 태양은 몇 개월 후 예정된 유학지인 빈으로 떠났다. 설은 아빠가 돌아가셨을 때보다 태양이 떠난 뒤가 더 힘들었다. 잔잔하던 설의 일상에 이미 태양의 흔적이 여기저기 깊게 남아 있었다. 사방이 지뢰밭이었다. 그 여파는 다음 계절까지 이어졌다. 설은 아침에 눈을 뜰 때부터 밤에 눈을 감을 때까지, 줄곧 태양을 생각했다. 그렇지만 생각한다고 바로 연락이 닿는 것도 아니었다. 시차를 계산하고 태양의 학교 스케줄을 고려하면 설이 연락할 수 있는 시간은 하루에 채 한 시간이 되지 않았다.

불면의 밤이 이어지던 어느 날 옛날 영화를 뒤적이다 〈비포 선라이즈〉를 봤다. 태양이 있는 빈의 풍경을 상상하고 싶어서 보기 시작했는데 빈 공항으로 가는 비행기 표를 검색하다 밤을 새워버렸다. 만약 태양이 설과 기차에서 처음 만났다면 어땠을까? 서로의 복잡한 배경 같은 건 모르고, 꼬여버린 감정도 없으니 그냥 좋아한다고 말할 수 있을까? 상상하는 것만으로도 가슴이 터질 것 같았다. 제시와 셀린이 프라터 공원에서 친구와 통화하는 척 서로에 대한 마음을 털어놓을 때, 설은 어느새 가상의 친구에게 태양에 대한 자신의 마음을 줄줄 털어놓고 있었다. 짝사랑도 중증이었다.

사귄 게 아니니 헤어질 수도 없고, 아무리 애써도 좋아하는 걸 그만둘 방법을 몰라 하루하루가 외롭고 무서웠다. 그즈음 학보사 선배가 밥을 사준다며 설을 불러냈다. 회사에서 공채 신입을 뽑고 있으니 지원해보라고 했다. 설은 바로 원서를 냈다. 그곳이 수경신문이었다.

약속의 날, 첫 해엔 설이 먼저 연락했다. 하루에도 대여섯 번씩 안부를 빙자한 그리움을 채우고 싶은 마음을 눌렀으니 당연한 일이었다. 설은 처음 들어간 회사 얘기를 했다. 태양은 오스트리아 독일어가 어렵다고 얘기했다. 유학생들끼리는 오지리 사투리라고 부른다며. 설이 "오지리?"하고 되묻자, 오스트리아의 음차 표기가 오지리라고 했다. 어쩐지 충청도 어디쯤 있을 수도 있는 마을 이름 같아서 찾아보니 서산에 정말로 오지리가 있었다. 태양에게 말했더니 친구들에게 알려줘야겠다며 목소리가 밝아졌다.

두 번째 해에는 태양이 먼저 연락했다. 둘은 안부를 주고받았다. 태양의 SNS에 같이 어울리는 여학생 중 한 명의 사진이 유난히 자주 올라와서 그 사람이 누군지 물어보고 싶었지만 설은 끝내 묻지 않았다.

세 번째 해에는 설이 먼저 연락했다. 그런데 연락이 잘 되지 않았다. 나중에 태양은 부활절 방학이라 크로아티아로 일주일간 여행을 다녀왔다고 했다. 설은 더 이상 묻지 않았다.

네 번째 해에는 둘 다 연락하지 않았다.

다섯 번째 해에는 설이 남자 친구와 결혼 준비가 한창이었다. 태양이 먼저 연락해서 안부를 묻길래, 설은 올해가 가기 전에 결혼할 것 같다는 소식을 전했다.

여섯 번째 해에 태양이 설의 앞에 나타났다. 다섯 번째 해의 여름이 끝날 때쯤 태양이 연락해왔기에 파혼 사실과 퇴사 계획을 알렸다. 그런데 여섯 번째 해에 태양이 예고도 없이 등장한 것이다. 그리고는 마치 다른 사람이 된 것처럼 재즈를 연주하고, 반지를 내밀었다.

'그래서 그들은 행복하게 살았습니다'라는 이야기엔 두 사람이 있고, 둘의 사랑을 방해하는 빌런이 있고, 그럼에도 서로의 마음을 확인하고, 변치 않는 사랑을 맹세하는 순간이 있다. 그런데 태양과 설의 이야기엔 그 모든 요소가 없었다. 설은 이 이야기의 주인공이 되겠다는 생각을 해본 적이 없었다. 빌런은 타인이 아니라 자신이었고, 서로의 마음은 항상 엇나갔다. 사랑은 여름날 반나절이면 쉬어버리는 미역국처럼, 아무리 정성을 담았던들 제대로 들여다보지 않았음을 깨닫는 순간 변해버렸다.

태양은 약속을 지키러 왔다지만, 그 약속은 결국 엄마가 사라진 날 피아노학원에서 방문을 걸어 잠그고 건반 위에 엎드려 울었던 열세 살의 설을 버리지 못했기 때문에 하게 된 것이다. 아빠 장례식장에 혼자 덩그러니 앉아 있던 스물세 살의 설을 혼자 둘 수 없었기 때문에 해버린 것이다. 만약 태양이 입학시험 수석을 놓치던 날이나 콩쿠르 대상을 못 탄 날처럼 곁에서 지겹도록 그녀를 같이 타주는 사람이 필요했다면 설은 기꺼이 태양의 곁에 있을 수 있었다. 태양이 계속 불행했다면, 설은 그 옆이 자신의 자리라고 확신할 수 있었다. 서로의 불행을 이해할 수 있는 사람은 서로밖에 없다고 굳게 믿었을 것이다. 그런 믿음으로 평생을 함께하는 사람들이 없으리란 법은 없었다.

그렇지만 태양이 의기양양하게 설을 구원하러 왔다며 반지를 내밀던 순간, 설은 태양의 손등을 쳐내고 싶었다. 피아노 선생님이 불협화음을 만든 설의 왼손 새끼손가락을 빨간 모나미 볼펜으로 탁 쳐내던 순간처럼, 유치한 악의로 가득 차서.

13

태양과 마지막으로 나란히 그네를 탔던 건 태양이 유학 떠나기 전날이었다

언제까지 이렇게 태양의 옆모습만 훔쳐봐야 할까. 태양과 마주 보는 날이 영영 오지 않으면 어떡하지. 그날 놀이터에는 그런 생각을 하며 내내 마음 졸이던 스물넷의 설이 있었다. 태양을 좋아하는 마음이 너무 벅차서 덜컥 겁이 나면서도 그 마음을 접을 수가 없어 하루 종일 펼쳐놓아야 했던 날들이 있었다. 그날들의 보답이 오늘이라면 기쁘게 맞아야 할 텐데, 어쩐지 그런 마음이 들지 않았다.

설은 창문을 열고 달빛이 비치는 강을 멍하니 내려다보았다. 청혼을 받았는데 기쁘지도 않고 감동적이지도

않았다. 너무 놀라서 그런 걸까? 이런 순간이 오길 스물 넷의 설은 얼마나 간절히 바랐는지. 할 수 있다면 그때로 돌아가서 스물넷의 설에게 마음 앓이 하지 말라고 일러주고 싶었다. 그렇지만, 강물을 거꾸로 흐르게 할 수 없는 것처럼, 그때로 돌아갈 수 없다는 건 누구보다 설이 잘 알았다. 그 사실을 확인이라도 시켜주듯 눈앞의 강이 도도하게 흐르고 있었다.

달빛이 비치는 강이라니, 그야말로 〈Moon River〉[38]였다. 설은 가만가만 노래를 흥얼거렸다. 느린 세 박자의 메이저 키, 설이 좋아하는 취향의 노래였다. 노래 가사를 외워 불렀는데 오늘따라 걸리는 단어가 몇 개 있었다. 멜로디가 낭만적이라서 연인에게 불러주는 세레나데 같지만 귀 기울여 들어보면 이 노래에는 Lover나 Sweetheart 같은 말은 한 번도 나오지 않았다. 대신 Two drifters(두 방랑자), Huckleberry Friend(어릴 적 친구)라는 말이 나왔다. 어린 시절 같이 뛰놀던 친구와 함께 무지개의 끝을 찾아 미지의 세계로 간다는 내용이었다. 그리고 Dream maker, Heart breaker라는 말도 나왔는데, 이건 강을

---

38) 작곡가 헨리 맨시니와 작사가 조니 머서가 영화 〈티파니에서 아침을〉(블레이크 에드워즈, 1962)을 위해 만든 곡으로, 오드리 헵번이 극 중 직접 불러 널리 알려졌다. 담백하고 서정적인 선율과 '어디론가 함께 떠나자'라는 노랫말 덕분에 순수한 그리움과 낭만을 담은 노래로 사랑받고 있다.

말하는 거였다. 꿈꾸게 만들고, 또 좌절하게 만드는 존재는 강이었다. 두 사람은 무지개의 끝을 찾을 수 있을까? 가는 동안 무지개가 사라지지 않을까? 그런 생각이 꼬리에 꼬리를 물었다.

1층에서 책방 문소리가 들렸다. 설은 오현이 돌아온 줄 알고 잠옷을 다시 평상복으로 갈아입었다. 계단을 터덜터덜 내려갔는데 1층에는 아무도 없었다. 설은 고개를 갸웃거리며 다시 계단을 오르기 시작했다. 내려올 때는 보지 못했는데 불 꺼진 2층 창가 테이블에 누군가 앉아 있는 뒷모습이 어렴풋이 보였다.

"대표님 여기 계셨어요? 1층에 안 계셔서 놀랐잖아요. 그 테이블에 누가 되게 웃기는 메모를 붙여놨어요. '자리 있음'이라고 써놨더라니까요."

설은 가라앉은 기분을 감추려고 일부러 밝게 종알거리며 테이블로 다가갔다. 그러자 테이블에 앉은 사람이 불쑥 일어섰다. 그는 오현보다 훨씬 키가 컸다.

설은 깜짝 놀라며 뒷걸음쳐 벽의 스위치를 더듬었다. 사방이 밝아지자 2층 방문자의 얼굴이 제대로 보였다. 정유건이었다.

"어머, 저는 이 시간에 올 사람이 대표님밖에 없어서……."

설이 말끝을 흐렸다.

"퇴근하고 책 읽으러 오는 게 루틴이라고 했잖아요. 안 믿었나 보네."

"아니, 루틴이라는 건 매일, 아니 적어도 일주일에 두세 번은 해야 그렇게 말할 수 있는 거 아니에요? 그동안 본 적이 없는데."

"그렇게 했었어요. 황설 씨 오기 전까지."

"아, 네."

설이 김빠지게 대답해버리자 둘 사이에 잠깐 침묵이 흘렀다.

"그럼, 이 포스트잇도?"

"맞아요. 내가 쓴 거."

"'혼자 보지 말고 같이 봐요' 밑에 끄적인 것도?"

"네. 다음에."

"아니, 다음에 언제?"

"글쎄, 내가 마음 내킬 때?"

"정유건 선생님, 여기 '같이'라는 말은 'together'가 아니고 'share'예요."

"그래서요?"

"좋은 자리 혼자 차지하지 말고, 공유하라는 뜻이라고요."

"황설 씨 거기 서서도 풍경 보이잖아요. 안 보여요?"

"지금 그 말이 아니잖아요."

"그게 무슨 뜻이든 상관없어요. 오현 누나가 책방 하는 한은 여긴 내 특별석이니까."

"대표님이 주신 업무 매뉴얼에는 그런 얘긴 없었어요."

"그런 걸 치외법권이라고 하죠. 황설 씨의 업무는 매뉴얼대로 하고, 이 테이블의 사용에 대한 건 매뉴얼 밖의 일이니 그냥 두면 된다 이겁니다."

설은 입을 다물었다. 조금 전까지도 태양과 입씨름을 하다 와서 그런지 책방에서까지 누군가와 말다툼할 기운이 남아 있지 않았다.

"산수유 막걸리 좀 먹을래요? 한 병 땄는데 양이 너무 많네."

유건이 막걸릿잔을 들어 보였다.

"근데 정유건 선생님 책 읽는 게 루틴이라고 하지 않았어요? 막걸리가 아니라?"

"뭐 그렇긴 하죠. 근데 오늘은 도저히 책 읽을 기분이 아니라서."

"그럼 차라리 한샘 언니네 차실을 가시지. 왜 같이 안 가셨어요?"

"거긴 부담스러워서. 여기서 혼자 있는 게 편해요."

"아, 방해 안 할게요. 그럼."

설이 뒤돌아서는데 유건이 다급하게 설의 옷깃을 붙들었다.

"방해 안 돼요. 그냥 있어요."

"혼자 있는 게 편하다고 하셨잖아요."

"그건 그런데 황설 씨는 여기서 일하잖아요."

"근무시간 끝났는데요."

"그냥 같이 있어요. 혼자 보지 말고 같이 보자고 누가 써놨던데."

"아, 그 '다음에'가 오늘이군요. 듣던 중 반가운 소식이네."

"막걸리 마실 거죠? 잔 갖고 올게요."

유건이 1층으로 내려가 주방에서 컵을 하나 더 갖고 올라왔다. 설은 테이블에 앉아 드문드문 있는 가로등 불빛이 강물에 비쳐 일렁이는 것을 멍하니 쳐다보았다. 태양과 이 자리에 앉아서 녹차를 마시며 인터뷰했던 일이 마치 전생처럼 멀게 느껴졌다. 유건이 막걸릿잔을 채워 내밀었다. 설이 컵을 받아서 단숨에 들이켰다.

"왜 갑자기 폭주하고 그래요?"

"그냥. 누가 자리 맡아놓은 게 열받아서요."

설이 무심코 말하다가 피식 웃었다. 음악회에서 한샘이 딴 사람을 위해 옆자리를 맡아놨다며 못 앉게 하는 바람에 태양의 낯선 얼굴을 실컷 봐버렸다. 그게 번뇌의 시작이었다. 왼쪽 끝자리에서 마치 기계처럼 빠르고 정확하게 움직이는 태양의 손가락만 보고, 역시 태양이는 멋져, 그리고 감상을 접어버렸으면 이렇게 머리가 복잡하지 않았을 텐데. 그런데 지금 유건을 보면서 새롭게 마음이 무거웠다. 한샘의 옆자리는 음악회가 끝날 때까지 비어 있었다. 한샘의 차실 찬장 맨 위 칸에 자신을 기다리고 있는 매화무늬 다완이 있다는 걸 유건은 정말로 모를까? 지금 남의 일을 걱정할 때가 아니라고 생각하면서도 자꾸 신경이 쓰였다.

"그게 그렇게 열받을 일이에요?"

"유치하잖아요. 너는 앉지 마. 여긴 네가 앉을 자리가 아니야. 그러는 거."

"알았어요. 그럼 특별히 황설 씨만 앉게 해줄게요."

"뭐래? 그런 건 누가 정하는데요?"

"아니, 그런 장난칠 수도 있지. 뭘 그런 걸 가지고 그렇게 화를 내요? 포스트잇 같은 거 무시하고 앉으면 되지."

"포스트잇이요? 포스트잇이 있었어요?"

"아니, 지금 '자리 있음' 이거 때문에 나 들들 볶은 거 아니에요?"

유건이 테이블 위 노란 포스트잇을 가리켰다.

"아, 그 자리 말하는 게 아니고, 아니에요. 아무것도. 근데 정유건 선생님은 왜 '다음에'라고 했어요? 부끄러워서? 아니면 도도하게 튕기고 싶어서?"

설이 이 엉뚱한 문답을 주고받으며 잊어버릴 뻔한 문

제를 기억해냈다.

"그거 꼭 대답해야 하는 거예요?"

"아뇨. 꼭 해야 할 게 뭐 있나요. 안 하셔도 돼요."

설이 입술을 아래로 삐죽거린 뒤 다시 막걸리를 마셨다.

"같이 앉아 있고 싶은 사람이 따로 있었어요. 그러니까, 내 말은, 그 답장을 설이 씨가 쓴 줄 모르고 '다음에'라고 쓴 거라고."

"무슨 뜻인지 잘 모르겠지만 이상하게 들리긴 하네요. 내가 쓴 줄은 몰랐고, 같이 앉아 있고 싶은 사람은 따로 있다고? 그럼, 누구랑 다음에 같이 보고 싶었던 걸까요? 오호?"

"지금 그 표정 나 놀리는 거죠? 기분 되게 나쁘네."

"왜냐하면 이 자리에서 보는 풍경이 내가 구례에 오게 된 이유의 90퍼센트를 차지하거든요. 대표님 인스타에서 이 창문으로 보이는 윤슬 사진을 보고 뭐에 홀린 듯 DM을 보내버리는 바람에."

"황설 씨 강 좋아해요?"

"네. 전 아침에 일어나서 앞치마 두르고 발효차 한 잔 우려 이 자리에 앉아 홀짝이면서 강물에 뜬 윤슬 볼 때 제일 행복해요."

생각만 해도 행복하다는 듯 설이 두 볼을 한껏 올리며 웃었다. 유건이 그 모습을 훔쳐보며 저도 모르게 미소 지었다.

"그럼 90퍼센트는 이 풍경, 나머지 10퍼센트는 뭐예요?"

"그건 오기 전엔 없었는데 와서 찾았어요."

"뭔데?"

"생각보다 맛있는 빵집이 많더라고요."

"빵집이요? 난 여기서 7년을 살았어도 빵이 맛있다는 생각은 한 번도 해본 적이 없는데."

"어릴 때 아빠가 우리 밀 살리기 운동본부 회원이라고 아침마다 우리 밀 식빵을 줬어요. 정유건 선생님도 그런 식빵을 먹고 자랐으면, 여기 빵집들에서 파는 우리 밀 빵에 그동안 얼마나 큰 발전이 있었는지 알 텐데. 참, 아쉽네요."

설이 눈을 가늘게 뜨고 입술을 살짝 내밀며 유건을 보았다.

"아, 그건 놀리는 표정이죠? 이제 확실히 알았어요. 혓바닥 내밀고 메롱 안 해도 나한테 그 표정 지으면 발끈해야지."

"왜 남의 표정을 관찰하고 그래요?"

"그냥. 재밌어서? 내 환자들은 말을 못 하니까 열심히 관찰해서 어디가 불편한지 알아내는 수밖에 없거든요. 직업병이라고 치고 봐줍시다."

"실컷 놀려놓고 직업병 운운하며 나온다 이거죠? 생각

보다 되게 꼼꼼하게 비겁하시네요."

"근데 정말 강 보는 거랑 빵 먹는 게 구례에 온 이유 100퍼센트를 차지한다고요? 뭐, 책 고치면서 뿌듯했다든가, 인터뷰하면서 어떤 사람이 되게 멋있었다던가, 그런 거 없었어요?"

"있었죠."

"누가 제일 멋있었어요?"

유건이 내심 기대하는 눈빛으로 설을 보았다.

"인터뷰 한 사람들 다 자기 나름대로 삶의 철학이 있고, 뚝심 같은 게 있었어요. 사실 저는 일하면서 거의 저랑 비슷한 사람들만 만나왔거든요. 그런데 되게 새로웠어요. 산에서 농사 짓는 미지 언니에 대해서도, 국립공원 레인저에 대해서도 자세히 알게 됐어요. 선생님 같은 야생동물 수의사도 처음 만나봤고요. 그게 되게 신기하고, 내가 너무 좁은 세상 안에서 우물 안 개구리처럼 살았던 것 같아서 반성했어요."

설이 진지하게 대답하자 유건은 머쓱한 표정을 지었다.

"이렇게 대답해버리면 내가 장난을 못 치잖아요."

"무슨 장난치려고 했는데?"

설이 멀뚱멀뚱 쳐다보았다.

"됐어요. 그런 게 있어."

유건이 말을 돌렸다.

"근데 황설 씨 친구는 진짜 대단하던데. 주변에 멋있는 사람들 많이 있지 않았어요?"

"걔만 좀 특이해요. 어릴 때부터 대단했죠."

"오현 누나가 자꾸 오래서 별 기대 안 하고 갔는데, 연주 너무 좋더라고. 멘트도 주옥같고. 봄이 시작되는 날은 지나봐야 알 수 있고, 나의 봄과 너의 봄이 다르다니, 그런 말을 어떻게 생각해내지? 내가 여자였으면 따라다녔을 것 같은데. 황설 씨는 팬클럽 아니었어요?"

설의 얼굴이 눈에 띄게 침울해졌다.

"잠깐만, 내가 지금 대역죄를 저지른 것 같은데 뭐가 문제죠?"

유건이 당황하며 물었다.

"친구만 칭찬해서 샘났어요? 아니면 내가 여자면 따라다녔을 것 같다는 말 때문인가? 혹시 팬클럽 아니고 클럽장인데 몰라본 거?"

설이 빈 잔에 막걸리를 가득 채워 입으로 가져갔다.

"아, 잘못했어요. 미지 씨 밭에 가서 두릅 더 얻어 올까요? 아니면 순대국밥! 음! 순대국밥을 먹읍시다. 아, 근데 구례 장터 순대국밥은 금요일밖에 장사 안 하는데 금요일 아침에 삐지면 안 되겠어요? 아니면 내일 아침에 빵 나오는 시간 맞춰 줄 서는 빵집에 가서 빵 사다 줄게. 목월빵집? 월인정원? 말만 해요."

유건이 안절부절못하며 중얼거리다가 설의 눈이 반달이 되는 걸 보곤 버럭버럭했다.

"지금 웃음 나오는 거 억지로 참고 있죠?"

설이 입을 꾹 다물고 눈을 치켜뜨며 도리질했다.

"맞네. 사람 당황하게 만들어놓고, 자기는 웃고 있고."

"읍, 하! 웃은 거 아니에요. 끝까지 예의를 지킨 거지."

"뭐? 내가 어쩔 줄 몰라 하는 걸 보면서요?"

"곤란해 하는 사람 앞에서 웃을 수는 없으니까요. 근데 정유건 선생님 제 취향까지 고려해서 달래주려고 하신 건 고마워요. 계속 삐져 있었으면 목월빵집 장봉뵈르를 아침으로 얻어먹을 수 있었는데 좀 아쉽긴 하지만."

설이 쩝쩝거리며 입맛을 다셨다.

"근데 무슨 말이 불편했어요? 사실 황설 씨 아까 공연 볼 때부터 그러던데. 친구가 오랜만에 만나겠다고 지리산까지 찾아와서 연주하면 되게 자랑스럽고 기쁠 것 같은데, 표정이 전혀 안 그래서요."

설은 속내를 들켜 얼굴이 뜨거워졌다. 밤이라서 붉어진 낯빛이 제대로 보이지 않아 다행이었다.

"왜 남의 표정을 훔쳐보고 그래요?"

설이 자그맣게 한숨을 내쉬었다.

"미안해요. 직업병이라는 핑계는 아까 써버렸고, 조명에 비친 옆모습이 근사해서 훔쳐보다가 그랬다고 하죠."

유건의 목소리가 담담하면서도 나긋했다.

"그냥, 잘 안다고 생각했던 친구의 낯선 모습을 볼 때, 이 관계가 영원하지 않다고 느낄 때 두려운 마음이 드는 거죠. 그런 마음 가져본 적 있어요?"

"정확하게 그런 상황은 아니지만 관계가 내가 원한 대로 되지 않아서 두려운 적은 있죠."

"사실 태양이는 이름이랑 안 어울리게 어둡고 예민한 캐릭터였어요. 나는 늘 울상을 하고 다녔고. 쨍쨍한 여름날 우리 둘만 여우비 오는 먹구름 밑에 서 있는 애들 같았어요. 서로를 훔쳐보며 위안했죠. 적어도 나만큼 불행해 보이는 애가 한 명은 더 있어서 다행이라고. 태양이는 내가 큰일 겪을 때 앞뒤 가리지 않고 나타나 도와줬어요. 나도 태양이가 경쟁에 치이고 힘들 때마다 위로해줬고요."

"아주 바람직한 관계네요. 질투 날 만큼."

"그래서 태양이가 평생 저처럼 불행을 곱씹으며 살 줄 알았나 봐요. 피아노 하면서 사귄 친구들이 결국 경쟁자가 되고 지는 것도 이기는 것도 힘들어했거든요. 그런데 재즈로 전공 바꾸면서 저렇게 환하고 명랑한 캐릭터가 되어 나타난 거예요. 당황스러웠어요. 나를 두고 혼자 환한 햇살 밑으로 간 거죠. 자기 이름처럼. 배신감이라고 해야 하나. 공연 볼 때는 그런 마음이라 표정이 엉망이었을 거예요."

"그런 거면 다행이고. 황설 씨 엄청나게 화났을 때, 속상했을 때, 지쳤을 때까지 다 봤는데, 그런 표정은 처음이라 어떻게 해야 할지 몰랐거든요."

"제 표정이 어땠는데요?"

"금방이라도 울음 터뜨릴 것처럼 침울해 보였어요. 오랫동안 아끼던 물건을 잃어버린 것처럼."

"근데 가만 보니 정유건 선생님 진짜 웃기는 사람이네요. 지난번에 센터 회의실에서 제가 진짜 울었을 땐 뭐랬더라. 뚝 그치라고 했었나?"

"그거야……"

유건이 말을 이으려는데 설이 주도권을 낚아챘다.

"진짜 울 줄은 몰랐던 거죠. 그 전엔 모르는 사람이었으니까 냉정했던 거고. 처음에 정유건 선생님 욕할 때 아무도 내 편을 안 들어줘서 얼마나 황당했는지 알아요? 다들 정유건은 그런 사람 아니래."

"그럼 내가 어떤 사람이래요?"

"그냥 덮어놓고 좋은 사람이래요. 한샘 언니, 오현 대표님, 다들 정유건은 좋은 사람이고, 나한테 못되게 군 건 사정이 있을 거라면서. 그 말 듣고 얼마나 짜증이 나던지."

유건의 얼굴에 흐뭇하면서도 답답한 듯한 표정이 스쳐 지나갔다.

"그래서 나도 인정하기로 했어요. 정유건 선생님은 좋

은 사람, 인정!"

설이 주먹을 쥐며 농담처럼 외쳤다. 그런데 유건이 모호한 표정을 짓고 있다가 입을 열었다.

"나는 그 말 별로예요."

"왜요? 그 말 칭찬이잖아요. 나는 애써도 아무도 안 해 주던데."

"좋은 말이지만, 여자한테 듣는 건 별로."

"아, 알았다. 오빤 너무 좋은 사람이야. 오빤 나한테는 과분한 사람이야. 이런 걸 싫어하시는구나."

"맞아요. 그러니까 지금 들어서 기분 좋을 말은 아니에요."

"근데 '좋은 사람'이 거절의 뜻인 건 정유건 선생님이 먼저 고백을 하고 나서 그 말을 들어야 그런 거잖아요. 안 그래요?"

유건은 다시 말이 없어졌다.

"봐봐요. 정유건 선생님은 나한테 아무런 이성적인 감정을 전달한 적이 없어요. 고백도 안 했어요. 그런데 내가 정유건 선생님한테 좋은 사람이라고 했어요. 그럼, 거절은 아니잖아요. 안 그래요? 그냥 좋은 사람이라고 한 거지. 진짜 순수하게. 사람 대 사람으로."

"만약 고백하면?"

이번엔 설이 입을 다물었다.

"내가 만약 황설 씨에게 고백하면, 그래도 나한테 좋은 사람이라고 할 거예요? 아니면, 내가 황설 씨를 곤란하게 만들어서 나쁜 사람이라고 할 거예요?"

설이 놀라서 막걸릿잔을 들다가 안에 든 막걸리를 쏟아버렸다. 설은 황급히 일어나 화장지를 가져왔다. '자리 있음' 메모가 얼룩져 글자가 번졌다. 화장지로 눌러 닦다 보니 막걸리가 '다음에'까지 번졌다. 문득 설은 한샘의 다완이 늘 '다음에'였을 거란 생각이 들었다.

거기까지 생각이 닿자 설은 갑자기 마음이 불편해졌다. 스마트폰으로 관심을 돌려보려 화면 잠금을 풀었는데 갑자기 노래가 흘러나왔다. 미성의 보컬이 몽환적인 분위기를 자아내며 잔잔한 물 위에 달빛이 비쳐 금빛으로 빛나는 풍경을 노래하기 시작했다. 설이 당황해서 노래를 끄려고 하자 유건이 끄지 말라는 손짓을 한 뒤 설의 옷소매를 잡아끌어 옆자리에 앉혔다.

달빛이 어두운 물 위를 밝히고, 반짝이는 금빛으로 바뀌는 것처럼, 나의 일상도 너로 인해 바뀌어간다는 가사를 들으며 두 사람의 얼굴도 붉게 물들었다. NCT 127의 〈윤슬〉[39]이었다. 아까 〈Moon River〉를 흥얼거리다 문득 생각

---

39) NCT 127의 네 번째 정규앨범 〈질주 (2Baddies)〉(2022)에 수록된 곡. '윤슬'이라는 제목은 달빛이나 햇빛이 잔물결에 부서져 반짝이는 모습을 뜻하는 순우리말로, 사랑하는 존재가 일상의 어둠을 빛으로 바꿔준다는 메시지가 담겨 있다.

나서 플레이리스트에 올려두었던 노래였다. 설은 이미 아는 노래였지만 유건과 함께 들으니 가사가 새삼스럽게 잘 들렸다. 달빛에게 이리 와서 안기라고, 예쁘다고 거듭 노래하는 코러스 부분은 너무 다정해서 나올 때마다 부끄러운 기분마저 들었다.

노래가 끝나자 유건이 자리에서 일어났다. 그가 노란 포스트잇을 떼어서 주머니에 넣으려다 말고 설의 손에 건네주었다.

"갈게요. 더 있다간 무슨 일 생길지 몰라서."

설이 걱정스러운 표정으로 유건을 보았다.

"걱정하지 마요. 황설 씨 때문에 삐진 거 아니고, 내일 아침에 다시 올 거니까."

"내일 아침에 왜요?"

"확인할 게 있습니다."

"그럼, 지금 해요. 아침에 바쁜데 부러 오실 필요 없잖아요."

"지금은 확인이 불가능해요. 내일 봅시다."

유건이 돌아서서 계단을 뚜벅뚜벅 내려갔다.

14

설의 아빠는 고등학교 국어 선생님이었다.

엄마가 없는 빈자리를 채우고 사춘기 시기에 크게 엇나가지 않게 설을 키워낸 데에는 그 직업의 영향도 있었을 것이다. 대학 졸업식 날, 설은 아빠와 단둘이 술을 마시다가 처음으로 왜 엄마랑 결혼했냐고, 다른 사람을 만난 적은 없었냐고 물어봤다. 아빠는 한참 생각하다가 입을 열었다.

23년 전 그날은 정말 이상한 날이었다고 했다. 갑자기 여선생님 두 명이 1시간 간격으로 교무실의 아빠 책상 옆에 와서 '영화를 보러 가자'며 데이트 신청을 했다고. 대학 때부터 여학생이 많은 전공이어서 늘 여자들에 둘러싸여 지내도 스캔들은커녕 힘쓰는 일에만 불려 다니며

머슴 취급받던 아빠였는데 그날은 갑자기 왕자가 된 것 같은 기분이 들었다고 했다.

아빠는 사실 수학 선생님에게 더 관심이 있었지만, 공평하게 선착순으로 데이트 신청을 먼저 한 미술 선생님과 그날 저녁 영화를 보기로 했고 한발 늦은 수학 선생님과는 다음날 보기로 했다. 그러나 아빠는 수학 선생님과 영화를 보지 못했다. 그날 미술 선생님과 영화를 보고 나서 영화 내용을 주제로 토론하며 술을 잔뜩 마셨는데 다음날 미술 선생님이 술병이 나서 결근했기 때문이었다. 아빠는 약속을 취소하고 미술 선생님 병문안을 갔고, 그날 설이 생겼다. 그러니까 술병 난 미술 선생님이 바로 설의 엄마였다.

설은 침대에 누워 멍하니 천장을 보다가 아빠에게 들었던 이야기가 떠올랐다. 아빠는 그날이 태어나 처음으로 두 사람에게 동시에 데이트 신청을 받은 날이었고, 온갖 좋은 기운이 마구 밀려들어 오는 느낌을 받았다고 했다. 온 우주가 나서서 사랑을 이뤄줄 것 같은 날이었다나. 그런 일은 전에도 없었고 이후로도 없었다며.

마음은 복잡했지만, 아빠가 말했던 온갖 좋은 기운이 마구 밀려들어 오는 느낌이 혹시 이런 걸까 궁금했다. 마음이 붕 떠서 아무것도 손에 잡히지 않는데 세계 정복도 할 수 있을 것 같은 근거 없는 자신감이 마구 샘솟는 기분이었다.

 설은 벌떡 일어났다. 책상 위에 태양이 건네준 새빨간 상자와 유건이 주고 간 '자리 있음' 쪽지가 나란히 놓여 있었다. 아빠는 누구에게나 한 번은 그렇게 어마어마한 연애 운이 들어오는 시기가 있다고 했다. 아빠의 잔잔한 인생에 태풍이 몰아쳤던 그때처럼. 어쩌면 지금이 설에게 그런 시기인지도 몰랐다.

 아빠는 그전까지 데이트 신청을 받기는커녕 고백해도 전부 퇴짜를 맞았다고 했다. 그런데 할머니가 점집에서 내년에 결혼 운이 있다는 말을 듣고 와서 그랬는지, 두 여자 사이에서 정신이 혼미해졌다고 했다. 그래서 데이트하기 전엔 똑 부러지는 수학 선생님이 더 좋았지만, 자유로운 영혼인 미술 선생님에게 회까닥 넘어가버렸다고. 설은 그 말을 듣고 시무룩하게 말했다. 아빠 인생에서 가장 중요한 선택이라는 게 결국 미술 선생님이냐 수학 선생님이냐 하는 거였냐고.

 아빠는 그 안에 수많은 디테일들이 있었는데 결국 시간이 지나고 나니 프레임만 남았다고 했다. 엄마는 키가 크고 까맸고, 수학 선생님은 키가 작고 하얬다고. 둘은 학교에서 제일 친한 사이였는데 성격도 다르고, 자라온 환경도 전혀 달랐다고 했다. 그러니 아마 다른 사람을 선택했으면 아빠도 전혀 다른 삶을 살았을 거라고. 그때는 어떤 마음이 사랑인지 잘 몰랐고, 엄마를 만나기 전까지는 그런 걸 느껴본 적도 없었다고. 그저 누군가의 앞에서 수줍고 잘 보이고 싶어 하는 마음이 들면 그게 사랑인가 보다 하고 믿었다고 했다. 그런데 살아보니 영원히 변치 않는 사랑 같은 건 없고, 어쩌다 인생에서 교통사고 같은 연애 사건에 휘말린 남녀만이 있을 뿐이라고.

그 말을 듣고 설이 더 시무룩해 하자, 아빠는 선택이라는 게 그렇게 단순하지만은 않지만, 엄마를 선택했기 때문에 설을 만날 수 있어서 다행이라는 낯간지러운 말을 잊지 않았다. 그날 아빠는 설에게 더 넓은 세상에서 더 많은 사람을 만나고 경험하며 자신을 성장하게 하는 사랑을 하라고 했다. 그리고 그게 결국 아빠의 유언이 되었다. 며칠 뒤 갑자기 심정지로 쓰러져 실려 간 뒤 영영 깨어나지 못했으니까.

이런 날 아빠 생각이 난 건 설의 마음을 들쑤셔놓은 두 남자 때문이었다. 설에게 누군가를 좋아하는 일은 일부러 노력한다고 할 수 있거나 하지 않을 수 있는 게 아니었다. 자꾸 시선이 가고 얼굴이 빨개지고, 가슴이 두근거리는 걸 어느 순간 깨닫는 거였다. 그런데 가만히 생각해보면 설의 사랑은 옛날 아빠의 사랑과 크게 다르지 않았다. 그게 지금 설이 느끼는 혼란스러움의 가장 큰 원인이었다.

설은 침대에서 일어나 책상 위에 놓아둔 케이스에서 반지를 꺼냈다. 세 개의 링이 하나로 얽혀 있는 트리니티 링은 과거와 현재 그리고 미래를 약속하는 의미를 담고 있다고 했다. 결혼 준비를 하며 예물을 보러 다닐 때 점원이 보여준 적 있는 반지였다. 그때는 예쁘다고 생각했는데, 아까 태양이 내민 반지를 본 순간 둘의 인연이 꼭 이 반지처럼 꼬였다는 생각이 들었다.

만약 6년 전 태양이 그 말을 삼키지 않고 꺼냈더라면, 설에게 누군가가 간절히 필요했을 때, 그 누군가가 태양이길 바랐을 때, 그때 반지를 받았더라면 어땠을까. 평생 태양만 바라보면서 그를 위로하고 응원하며 한 걸음 뒤에서 살아야 한다고 해도 기뻤을 것이다. 그렇지만 설은 그런 마음을 품고 있으면서도 태양에게 차마 내색하지 못했다. 유학을 떠나면서 설이 자꾸 눈에 밟혀 데려가고 싶었다는 태양의 말을 떠올리면 여전히 목구멍이 뜨거워졌다. 그때 둘 중 한 사람이라도 조금만 더 용감했다면 모든 것이 달라졌을 텐데. 뒤늦게 도착한 태양의 마음에 응답할 사랑이 아직 남아 있는지 설은 자신도 알 수 없었다.

설은 반지를 내려놓고 막걸리로 얼룩진 포스트잇을 집어 들었다. '다음에'라는 단어를 보자 피식 웃음이 났다. 답글을 단 사람이 설인 줄 몰랐다며 당황해서 얼굴마저 빨개지던 유건의 모습이 떠올랐다. 그러니까 '다음에' 씨의 정체는 거만한 척하는 수줍은 사람이었다. 에둘러 말해서 제대로 알아듣기 어려웠지만 결국 유건이 이 자리에 같이 앉아 풍경을 보고 싶었던 사람은 설인 듯했다. 유건은 자기 마음을 숨겨보려고 애썼지만 설에게 들키고 말았다. 그러면서도 대화하는 내내 설이 자길 놀리고 있는지, 웃고 있는지, 침울해졌는지를 표정으로 가늠하고, 바로 어떠냐고 물어봐주었다. 그렇게 관찰당하는 게 설은 이상하게도 싫지 않았다.

설은 포스트잇을 만지작거리다 무심코 긴 방향으로 두 번을 접었다. 그러자 직사각형이었던 포스트잇이 길쭉한 가락 모양이 되었다. 의식의 흐름을 따라 이 가락을 반으로 접은 뒤 강아지 귀처럼 양쪽을 접어 가운데를 고정하고, 다시 몇 번을 접었다 펴기를 반복한 후 양쪽 끝을 서로 맞물리게 끼웠다. 설의 손바닥 위에 리본이 달린 노란 포스트잇 반지가 놓였다. 어릴 때 굴러다니는 종이를 보면 뚝딱 만들어 끼고 다녔던 종이 반지였다.

설은 리본 모양을 보기 좋게 매만지며 조금 전 2층 테이블에서 들었던 유건의 말들을 떠올렸다. 고백하면 좋은 사람이라고 할 거냐, 곤란하게 만들어 나쁜 사람이라고 할 거냐 묻던 순간. 유건은 좋아한다거나, 사귀자거나, 그런 낯간지러운 말 한마디 없이 훅 들어와선 설을 대책 없이 설레게 했다. 설은 그 순간을 다시 떠올리기만 해도 가슴이 뛰었다. 그 말이 얼마나 진심인지, 그는 어떤 사람인지 아직 다 알 수는 없었지만, 궁금해지기 시작했다. 언젠가 자신이 정말로 진지하게 그 질문을 받으면 어떤 대답을 하게 될지.

아빠가 결국 하고 싶었던 이야기는 자신을 성장시키는 선택을 하라는 거였다. 그러니 설의 사랑은 과거에 매인 것이 아니라 앞으로 향하는 것이어야 했다. 그렇다면 누구를 선택할 것이냐를 먼저 고민할 것이 아니라, 설이 앞으로 어떤 삶을 살고 싶은가를 먼저 고민하는 게 순서였다.

도서관에서 빌리려고 했던 나달나달한 책이 꼭 자신의 마음 같아서, 설은 책을 고치는 일을 배웠다. 마음은 설명서도 재료도 없어서 어떻게 고치는지 암만 봐도 모르겠는데, 책을 고치는 일은 도구가 있고, 재료가 있고, 방법이 있었다. 일단은 고치고 되돌리는 삶을 살고 싶었다. 그러다 보면 언젠가 나달나달해진 마음도 다시 빳빳해질 날이 올 거라 믿고 싶었다.

설은 노란 포스트잇 반지를 왼손 넷째 손가락에 끼워 보았다. 일부러 맞춘 것처럼 손가락에 딱 맞았다. 포스트잇 반지를 빼서 트리니티 링 옆에 나란히 놓았다.

새벽까지 뒤척이다 겨우 잠들었던 설은 갑자기 울린 스마트폰 벨 소리에 억지로 눈을 떴다. 유건이었다.

― 1층으로 내려와요.

"지금요?"

― 아침에 다시 오겠다고 했잖아요.

설은 비비적거리며 일어나 옷을 입고, 세수만 겨우 한 뒤 1층으로 내려갔다. 유건은 설을 보자마자 손을 잡아끌어 차에 태웠다.

"지금 납치하는 거예요? 뭔지 설명도 안 해주고 다짜고짜 차에 태우는 게 어딨어요?"

"일단 목월빵집 장봉뵈르를 확보했어요. 그거 되게 힘든 미션이던데. 대기 번호표까지 받아야 하는 곳이라고 왜 말 안 했어요?"

"아, 빵. 아침에 그걸 사러 다녀왔단 말이에요?"

"어제 구례에 온 이유의 90퍼센트를 채웠고, 오늘은 나머지 10퍼센트를 채워야죠."

설은 조수석에서 고개를 돌려 빵 봉투를 쳐다보았다. 고소한 빵 냄새가 차 안에 퍼졌다. 저도 모르게 허기가 졌다.

"그 이유는 제 거예요. 정유건 선생님도 자기 거 있을 거잖아요."

"나는 남이 하는 게 좋아 보이면 같이해요."

유건이 어깨를 으쓱해 보이고는 차를 출발시켰다.

"근데 어디 가는 거예요?"

"아침 먹으러."

"거기가 어딘데요?"

유건은 대답 없이 섬진강을 따라 차를 몰았다. 창밖은 온통 희부윰한 안개로 가득했다. 20분쯤 달리자, 홍매화 빛깔의 트리 모양 타워 세 개가 우뚝 서 있는 공원이 나왔다. 유건은 주차장에 차를 댄 뒤 그 중 엘리베이터가 설치된 타워의 꼭대기까지 올라갔다. 세 개의 타워는 꼭대기에서 서로 연결되어 있었다. 꼭대기에 올라서자 강과 들판이 온통 흘러가는 구름으로 덮여 있었다.

"와, 이런 건 태어나서 처음 봐요. 롯데월드타워에 구름 걸린 건 많이 봤는데. 무슨 구름이 바다처럼 몰려오네요."

"그래서 이걸 운해라고 불러요. 사성암이나 노고단에 가면 더 멋진 운해를 볼 수 있는데, 노고단은 멀고, 사성암은 진짜 예쁘지만 부처님 앞마당에서 샌드위치 먹으며 경치 감상하는 건 예의가 아니니까 아쉬운 대로 여기서 보죠."

유건이 커다란 수달이 그려진 벤치 위에 손수건을 깐 뒤 설을 앉혔다. 그런 다음 자신도 그 옆에 앉아 빵 봉투에 든 샌드위치와 커피를 꺼냈다.

"근데 장봉뵈르가 무슨 뜻이에요?"

유건이 설에게 샌드위치를 건네며 물었다. 설의 눈이 동그래졌다.

"뭔지도 모르면서 사 온 거예요?"

"황설 씨가 아침으로 장봉뵈르 먹는 거냐고 그래서 그냥 사 온 건데. 황설 씨한테 물어보려고 빵집에서는 일부러 안 물어봤어요."

유건이 당당하게 말했다. 설이 터지는 웃음을 삼켰다.

"프랑스어로 장봉이 햄이고, 뵈르는 버터예요. 그래서 햄이랑 버터 들어간 샌드위치를 말하는 거예요."

유건이 샌드위치 안을 열어보더니 눈을 동그랗게 떴다.

"얘가 장봉이고 얘는 뵈르구나. 근데 햄 치즈는 그냥 햄 치즈로 부르잖아요. 왜 이건 햄 버터라고 안 부르지?"

"장봉뵈르랑 햄 버터 중에 어느 쪽이 더 먹고 싶다는 생각이 들어요?"

"내가 사대주의는 없는 편이긴 하지만 장봉뵈르요."

"그것 봐요."

"진짜 그러네. 햄 버터로 팔면 아무도 안 사긴 하겠다."

유건이 장봉뵈르 샌드위치를 크게 한 입 베어 문 뒤 고개를 끄덕였다.

"음. 짭짤하고 느끼하네요."

설도 샌드위치를 입에 가져갔다. 잠을 설쳐서 그런지 좋아하는 샌드위치인데도 모래를 씹는 것처럼 입안이 버석거렸다. 샌드위치가 맛없을 수 있다니, 이런 적은 처음이었다. 그런데 유건은 느끼하다고 하면서 금세 샌드위치 꽁지를 입으로 밀어 넣고 있었다.

"미안. 내가 원래 뭐든 빨리 먹어요. 좀 기다려줄 걸 그랬나?"

설은 유건을 신기한 듯 쳐다보다 반 넘게 남은 샌드위치를 내려놓았다.

"확인하려던 건, 다 했어요?"

뜨거운 커피를 입으로 가져가며 설이 물었다.

"네."

유건이 고개를 끄덕였다.

"그 확인을 하는 데 꼭 저를 불러내야 했던 거예요?"

설이 커피를 한 모금 삼킨 뒤 물었다.

"네."

유건이 다시 고개를 끄덕였다.

"그게 뭐였는데요?"

설이 묻자, 유건이 오른쪽 위를 쳐다보았다. 설이 같은 곳을 봤지만 거기엔 아무것도 없었다. 아마도 뭔가를 잠깐 생각하는 듯했다.

"옛날 페르시아인들은 중요한 결정을 할 때 두 번에 걸쳐서 했대요. 혹시 이 얘기 알아요?"

유건이 설을 보며 입을 열었다.

"아뇨."

"음. 모르면 더 좋고. 아무튼, 그 사람들은 중요한 결정을 두 번에 걸쳐서 했는데 한 번은 술을 마시고 하고, 한 번은 맨정신으로 했대요."

설이 듣기에는 좀 엉뚱한 얘기였다. 그런데 유건의 표정이 전에 없이 진지했다.

"그러니까 이성적 판단과 무의식이 일치하면 그대로 따르는 거죠. 이 얘기를 처음 들었을 때 되게 감탄했어요. 어떤 일에 실패할지 말지를 내가 결정할 수는 없잖아요. 그런데 그 결정을 후회하지 않을 방법은 있는 거예요. 이성적으로도 무의식적으로도 똑같은 결정을 했다면 그 결정대로 밀고 나갔을 때 결과가 나빠도 받아들일 수 있을 테니까."

유건이 얼음 컵 바닥에 남은 커피를 쪽쪽 소리 날 때까지 빨아 먹은 뒤 컵을 내려놓았다.

"그래서 나도 인생에서 정말 중요한 결정을 해야 할 때가 되면 이 방법을 꼭 써먹어봐야겠다고 생각했어요."

유건이 비장한 표정을 지었다.

"그래서, 그 중요한 결정이 대체 뭐길래 이 아침에 저를 여기까지 데려온 거예요? 내 인생도 한 치 앞이 안 보여 답답한데."

"아, 여기는 설이 씨 빵 때문에 온 거라니까요. 강변은 너무 축축할 것 같아서. 근데 좋지 않아요? 맑은 날 강물에 햇살 비치는 것도 좋지만, 이렇게 사방에 운해 낀 거

보는 것도 좋잖아요. 세상이 다 내 발아래 있는 것 같고."

유건이 몸을 뒤로 젖히며 숨을 크게 들이쉬었다.

"정유건 선생님, 아침부터 샌드위치 사다 준 건 고마운데요. 전 어제 잠도 잘 못 잤고, 샌드위치도 무슨 맛인지 잘 모르겠어요. 거기다 선생님이 페르시아니, 무의식이니 뭐니 하면서 못 알아들을 말만 하니까 정신을 못 차리겠어요."

설이 입술을 꽉 깨물며 말했다.

"그럼 저는 좋은 사람 아닌 거죠?"

유건이 장난스럽게 물었다.

"그거 언제까지 물어보실 거예요?"

설이 눈을 치켜뜨고 유건을 보았다.

"황설 씨가 대답할 때까지?"

유건이 싱글거리며 말했다. 설은 힘이 쭉 빠졌다. 어젯밤 충전된 우주의 기운이 그새 방전된 것 같았다.

"저 그만 가야겠어요. 오늘 할 일이 많아서."

설이 천천히 일어났다. 손에는 반도 못 먹은 샌드위치가 들려 있었다. 설은 남은 샌드위치를 다시 종이봉투에 넣었다.

"이건 정신 좀 차리고 나서 먹을게요. 아무튼 장봉뵈르 기억해준 건 고마워요."

"어? 지금 가려고요?"

"네. 오늘 책방 창고랑 재고 정리해야 해요."

"책방 창고랑 재고 정리요? 오현 누나 아직 재활 중이잖아요."

유건이 미간을 찌푸렸다.

"진주에 있는 헌책방이 문을 닫는대요. 대표님 1톤 트럭 한 대에 꽉 채워 오겠다고 새벽부터 책 고르러 가셨어요. 저는 저녁까지 창고 정리해서 재고 겹치는 책들 창고로 옮기고, 새로 들어올 책 넣을 자리 만들어놔야 해요. 대학교 앞에 있던 서점이라 학술서랑 인문서도 많고, 절판되어서 부르는 게 값인 책들이 꽤 있을 거래요."

설이 가볍게 한숨을 쉬었다.

"그 누나는 자기가 할 수 있을 때 일을 좀 벌이지. 그 많은 걸 설이 씨 혼자 어떻게 하라는 거예요."

유건이 인상을 찌푸렸다.

"독서 모임 사람들한테 도와달라고 말해놨어요. 뭐, 한두 명은 오겠죠. 어, 저쪽은 구름 걷히고 마을 보이네요."

설이 엘리베이터가 있는 타워 쪽으로 발걸음을 옮겼다.

"같이 가요!"

유건이 황급히 뒤따라갔다.

15

 설은 오전 내내 책방 재고를 정리하느라 1층부터 3층을 수십 번 오르내렸다. 빼놓은 재고들은 창고에 넣기 전 일광소독을 위해서 마당에 있는 평상에 쌓아놓았다. 1톤 트럭으로 실어 올 수 있는 책은 대략 천오백 권 정도. 쉰 권씩 책탑 서른 개를 쌓을 수 있는 양이었다. 이미 책탑을 수십 개 쌓았더니 손목이 너덜너덜한 느낌이 들고 허벅지가 뻐근했다.

 설이 시큰거리는 손목을 주무르고 있는데 태양이 걱정스러운 표정으로 책방에 들어왔다.

 "너 왜 이렇게 연락이 안 되냐?"

 "어? 오전에 서울 간다더니?".

 "표 취소했지. 어차피 내일까지 수업 없으니까. 너랑

하루 더 같이 있으면서 얘기 좀 하려고 했더니."

설이 앞주머니에서 스마트폰을 꺼내 부재중전화를 확인했다. 전화가 열 통 넘게 와 있었다.

"미안. 책 재고 정리가 급해서 폰을 못 봤어."

설이 눈꼬리를 내리며 민망한 표정을 지었다.

"근데 책을 왜 네가 정리해?"

태양이 책방을 둘러보며 말했다.

"책 정리를 책방 직원이 하지, 그럼 누가 정리해줘?"

설이 어이없다는 듯 피식 웃었다.

"너 여기 책 복원하러 왔다면서?"

"의뢰 있을 땐 책 고치고, 일 없을 땐 재고 정리하고, 책 먼지 닦고, 인터넷으로 중고책 가격 조사해서 100원이라도 싸게 올리고, 그러면서 사는 거지. 너는 내가 우아하게 책만 고치면서 살 줄 알았어, 그럼?"

"아, 알았어. 근데 왜 그렇게 뾰족하게 말하냐? 모를 수도 있지."

"그래. 몰랐으니까 봐준다."

"다 정리하려면 얼마나 남았는데? 몇 시간 걸려?"

"평상에 있는 책늘 창고로 옮기면 돼. 근데 그걸 시간으로 계산할 수 있나?"

"저걸 다 창고로 옮긴다고? 버리려고 빼둔 거 아니야?"

"버리긴, 제일 상태 좋은 책 팔리면 그다음에 갖다 놓을 재고들이야. 오늘 새 책 1톤 들어올 거라서 미리 자리 빼놓는 거야."

"새 책이 들어와? 여기 헌책방 아냐?"

"아니. 헌책인데 새로 들어오는 책이라고. 너 오늘따라 왜 이렇게 말을 못 알아듣냐?"

설이 답답해했다.

"네가 지금 못 알아듣게 말하고 있잖아."

태양이 툴툴댔다.

"알았어. 그만하자. 배고파서 그런가, 나도 예민하네. 컵라면 먹을래?"

설이 장갑을 벗고 앞치마 끈을 풀었다.

"컵라면 좋지. 나 아침 건너뛰어서 배고파. 넌 아침 먹었어?"

"응."

"뭐 먹었는데?"

"응? 자, 장봉뵈르 샌드위치."

설은 괜히 긴장해서 말을 더듬었다.

"아침에 장봉뵈르를 먹었다고? 나 좀 부르지. 너만 맛있는 거 먹기 있냐?"

"나도 누가 사다 줘서 먹은 거야."

"누가 사다 줬는데?"

설이 못 들은 척 대답을 뭉개고 일어나 주방으로 들어

갔다. 팬트리에서 컵라면을 꺼내고 전기주전자에 물을 끓여 테이블로 가져왔다.

"라면은 한 종류밖에 없어. 그냥 이거 먹어. 괜찮지?"

설이 컵라면 비닐을 벗기며 말했다.

"난 라면이라면 다 좋아. 근데 너 이제 컵라면 먹네? 옛날엔 안 먹었잖아."

태양이 말했다.

"아빠가 하도 환경호르몬 얘기하면서 겁을 주니까 그랬지. 근데 혼자 사니까 뭐 거창하게 만들어 먹기도 그렇고, 자꾸 간단한 걸 찾게 돼."

설이 스프를 넣은 라면 용기에 뜨거운 물을 붓고 나무 젓가락으로 뚜껑을 여몄다.

"강태양 님께 맛있는 걸 사드려야 하는데, 컵라면을 줘서 미안하네. 저녁은 맛있는 거 먹자."

"괜찮아. 나도 컵라면 먹고 싶었어. 저녁엔 너 먹고 싶은 거 먹어. 뭐 당기는 거 없냐?"

"나? 음······. 순댓국이 계속 먹고 싶기는 했는데. 근데 너 순대 먹어?"

"순대? 아니. 순대 빼고 다 괜찮아."

"나 먹고 싶은 거 먹으라면서."

"순대 옆에 떡볶이도 있지? 그럼 괜찮아."

"순대 말고 순댓국. 순댓국 옆에는 소주가 있지."

"야, 설, 신문사 몇 년 다니더니 술꾼 다 됐나 보다?"

"회식을 맨날 노량진에서 하는데 그럼 어떡해. 고추냉이 매운맛, 된장 텁텁한 맛을 소주가 씻어주는데."

설이 입맛을 다시며 컵라면 뚜껑을 열었다.

"근데 나랑은 왜 술 안 마셔?"

태양이 라면을 크게 한 젓가락 집어 올렸다.

"너랑? 마신 적 없었나?"

"응. 우리 둘이서는 술 마신 적 없어."

"그거야 넌 맨날 연습하느라 바쁘고, 나도 친구 만나면서까지 술 마시고 싶지는 않으니까 그렇지. 평소에도 일 아니면 잘 안 마셔."

"저기 책방 입구에 있는 분리수거함에 빈 막걸릿병 넘치던데. 너희 대표님이 마신 거야?"

"응? 으응."

설이 태양의 시선을 피하면서 컵라면 용기를 입으로 가져갔다. 어젯밤에 마신 막걸리 때문인지 국물이 유난히 시원했다.

"라면 먹으면서 무슨 땀을 그렇게 흘리냐?"

태양이 티슈를 뽑아 설에게 건넸다.

"그러게. 여기 와서 체질이 바뀌었나 봐."

설은 능청스럽게 대답하며 티슈를 받아서 땀을 닦은 다음, 빈 컵라면 용기와 쓰레기를 한데 모아 주방으로 가져갔다.

"책방에 피아노가 있었네!"

태양이 반가운 목소리로 말했다.

"응. 전에 왔을 때 못 봤어?"

"그때는 다들 내 얼굴을 너무 빤히 봐서, 눈 둘 데가 없길래 바닥만 보다 갔지."

"하긴, 그날 너한테 관심이 집중됐었잖아. 좀 민망했지?"

"그런 건 이제 적응해야지."

태양이 피아노 뚜껑을 열었다. 손가락을 풀고 어제 첫 곡으로 연주했던 〈Will It Be Spring Tomorrow?〉의 첫 여덟 마디를 연주했다.

"소리 괜찮네. 조율한 지 얼마 안 됐나 보다."

태양이 설을 힐긋 돌아보며 말했다.

"응. 책방에서 작은 음악회 할 때 조율했을걸."

설이 컵라면 용기를 물에 헹구며 대답했다.

"설, 이리 와서 앉아봐."

"응?"

"연탄곡 쳐보자."

설이 어이없다는 듯이 웃었다.

"나 마지막으로 피아노 친 지 엄청 오래됐어. 이제 악보 보는 것도 한참 걸려."

"어릴 때 익힌 건 악보 없어도 그냥 칠 수 있어. 멜로디

시켜줄게. 빨리 와봐."

태양이 〈Summer〉[40] 도입부의 단성 선율을 왼손 스타카토로 치기 시작했다. 그 소리가 두 사람을 어린 시절의 피아노학원으로 데려갔다. 설이 못 이기는 척 앞치마에 젖은 손을 닦으며 걸어와 태양의 오른쪽에 앉았다.

설이 오른손으로 메인 선율을 경쾌하게 연주하기 시작했다. 태양의 낮은음 반주가 나른한 여름 오후 같은 느낌이라면 설의 멜로디 라인은 하굣길에 재잘대는 아이들 소리처럼 명랑한 느낌을 풍겼다. 여덟 마디가 끝난 뒤 성부가 확장되며 태양의 오른손, 설의 왼손까지 합류하자 소리는 더욱더 풍성해졌다. 새소리, 매미 소리, 차 소리, 물소리까지 온갖 소리가 섞여 들뜨고 활기찬 계절인 여름을 찬미하는 것 같았다.

태양이 장난기 어린 미소를 띠고 일부러 박자를 조금씩 빠르게 치기 시작했다. 설은 안 그래도 손가락이 굳어 멜로디 파트를 연주하는 것조차 벅찼는데 반주가 점점 빨라지자 당황했다. 그래서 건반을 잘못 누르거나 음을 빼먹었다. 그러면서도 얼굴에는 즐거운 미소가 걸렸다.

음악은 어느새 클라이맥스로 치달았다. 태양이 양손을

---

40) 히사이시 조가 작곡한 영화 〈기쿠지로의 여름〉(기타노 타케시, 2002)의 OST 메인 테마로, 밝고 경쾌한 피아노 선율이 특징이다. 천진난만한 소년의 여정과 여름날의 투명한 공기를 담아내며, 히사이시 조 특유의 맑고 서정적인 정서가 잘 드러난 곡이다.

사용해서 모든 음을 옥타브로 연주하며 화려하게 트릴 음을 넣고 길게 끌었다. 그러다 마침내 종지음을 힘 있게 타건했다. 그런데 마지막 음에서 태양이 잘못된 건반을 짚었다.

"뭐야, 왜 여기서 삑사리를 내?"

설이 태양을 쿡 찔렀다.

"몰라. 갑자기 마지막 음이 헷갈렸어."

태양이 머리를 긁적거렸다.

"너 딴생각했지?"

"우리가 이걸 크리스마스 연주회에서 친 게 열두 살 때였는지 열한 살 때였는지 헷갈려서."

"와, 영재는 그런 걸 까먹는구나. 열한 살 때는 내가 『체르니 100』 치던 중이라 이 곡 칠 수준이 아니었거든. 열두 살이야."

설이 일부러 장난스럽게 대답했다.

"넌 애들이 한겨울인데 왜 여름 노래를 치냐고 했다면서 울었잖아. 기껏 멜로디 파트 양보해줬는데."

"내가 울었다고? 난 그때 선생님이 너한테 멜로디 치라고 했는데 네가 바꾸자고 해서 선생님 안 볼 때 몰래 파트 바꿔서 연습했던 것만 기억나. 선생님 나타나면 후다닥 자리 바꿨잖아. 나중에는 제자리에서 팔만 엇갈려서 쳐보기도 하고."

"그때 엄청 스릴 있었지."

태양이 환하게 웃었다.

"근데 왜 나한테 멜로디 파트를 양보했어?"

"내가 말 안 했나?"

"응. 물어봐도 계속 웃기만 하고 대답 안 했어. 솔직히 멜로디 파트가 훨씬 재밌잖아. 왜 양보한 거야?"

태양이 설을 빤히 쳐다보다 입을 열었다.

"연탄곡 처음 연습할 때 너랑 나랑 피아노 앞에 나란히 앉아 있었잖아. 내가 멜로디 파트를 초견으로 치는데 네가 옆에서 감탄하면서 음이 반짝반짝한다고 했어."

"정말? 내가 그런 말을 했어?"

"그래. 그러면서 장난감 가게에 새로 나온 레고 쳐다보는 표정으로 나를 봤다니까. 양보해줄 때까지 계속 쳐다볼 것 같아서 그냥 너 하라고 한 거야."

"내가 그랬나? 난 네가 착해서 양보했다고 생각했는데."

설이 어깨를 으쓱한 뒤 오른손으로 트릴 음이 많은 부분을 다시 연주했다.

"이 부분 들으면 딱 떠오르는 거 없어? 엄청 가까이 있는데."

"글쎄, 뭐가 떠올라야 하는데?"

태양이 주위를 둘러보며 무심하게 말했다.

"윤슬. 섬진강에 햇살이 비쳐 반짝거리는 거."

낮고 굵은 목소리가 갑자기 끼어들었다. 설과 태양이 일제히 뒤돌아보았다. 책방 입구에 유건이 서 있었다.

"책 나르느라 바쁠 것 같아서 도와주려고 왔는데, 음악 감상 잘했습니다."

유건이 목장갑 낀 손을 들어 보였다.

"어머, 언제 왔어요?"

설이 갑자기 빨개진 얼굴로 피아노 의자에서 일어났다.

"황설 씨 멜로디 시작할 때쯤?"

"다 들었겠네요."

설이 민망한 표정을 지었다.

"왜요, 잘 치던데. 둘이 호흡도 잘 맞고."

유건이 콧잔등을 긁으며 말했다.

"근데 어쩐 일이에요? 아, 도와주려고?"

"오현 누나가 진주에서 출발하는데 설이 씨 전화 안 받는다고 나한테 전화했어요. 도착하면 책부터 내려야 한다면서."

"전화 온 줄 몰랐어요."

설이 앞치마 주머니에서 스마트폰을 꺼냈다. 유건은 오현에게 전화를 거는 설을 두고 밖으로 나가 평상에 쌓인 책들을 살핀 뒤 다시 안으로 들어왔다.

"평상에 내놓은 거 창고로 옮기면 되는 거예요?"

"맞아요. 선생님, 잠시만요. 같이 해요."

"됐어요, 설이 씨 저 책들 꺼내놓는 것도 힘들었을 텐데 힘쓰지 말고 쉬어요."

"아니에요. 같이 하면 금방 해요."

설이 장갑을 끼고 밖으로 나가는데 유건이 다시 책방으로 들어왔다.

"강태양 씨도 할 일 없음 같이 하죠?"

유건이 태양에게 목장갑을 휙 던졌다. 태양이 떨떠름한 얼굴로 장갑을 공중에서 낚아챘다. 그러자 설이 다시 들어와 곤란한 표정을 지었다.

"정유건 선생님, 태양이 손에 힘쓰는 거 시키면 안 돼요."

설이 태양의 손에서 목장갑을 가져갔다.

"저기요, 나도 우리 환자님들 주사 놓고 꿰맬 때 손 떨면 안 되거든요?"

"그것도 그러네요. 그럼 저 혼자 할게요. 두 사람 다 쉬어요."

설이 소매를 걷으며 마당으로 나갔다. 그러자 유건이 다급히 쫓아갔다. 결국 태양도 마지못해 따라 나갔다.

"아니, 말이 그렇단 거지. 장정 둘을 놔두고 여자 혼자 책 1톤 나르는 걸 어떻게 보고만 있어요? 아침에 내가 무거운 건 남겨두라고 했잖아요."

유건이 씩씩대는 말을 듣던 태양이 한쪽 눈썹을 치켜

올렸다.

"아니에요. 제가 미처 생각을 못 했어요. 선생님도 마취총 한 번에 맞히려면 손 아끼셔야죠. 그것 때문에 사람이 그물에 걸린 것도 못 본 척했는데."

설이 손사래를 치며 유건을 만류했다.

"아 진짜, 언제까지 그 얘기 걸고넘어질 겁니까?"

유건이 팔짱을 끼고 설을 내려다보았다.

태양이 따라 나와서 그 모습을 지켜보다 설의 손에서 장갑을 채갔다. 그리곤 평상에서 작은 책 더미를 들고 설에게 턱짓했다.

"이거 어디다 놓으면 돼?"

설이 태양을 돌아보곤 기막히다는 표정을 지었다.

"야, 너까지 왜 그래? 내려놔."

"나 다음 달까지 연주 계획 없어. 설마 하루 힘 좀 쓴다고 큰일 나겠냐?"

"아우, 나도 모르겠다."

설이 한 손으로 이마를 짚으며 다른 손으로 창고를 가리켰다.

"저기 창고 안에 있는 빈 책장에 맨 위 칸부터 순서대로 채우면 돼."

태양이 창고 안으로 들어가자, 이번엔 유건이 태양이 들고 간 책 더미의 두 배만큼 책을 안아 들었다. 그리고 설의 앞을 지나가며 중얼거렸다.

"한 번에 이 정도는 들어야지."

설이 아랫입술을 꽉 깨물었다. 아빠가 두 여자 사이에서 정신이 혼미해져 엄마에게 회까닥 넘어갔다는 말이 무슨 뜻인지 이제야 알 것 같았다.

세 사람이 앞서거니 뒤서거니 하며 천오백 권을 창고 책장에 다 꽂고 나자, 주차장에서 차 소리가 났다. 곧이어 오현의 목소리가 들렸다. 설이 창고 밖으로 나갔다.

"설이 씨, 나 왔어. 지금 누구누구 와 있는 거야?"

오현이 트럭 앞좌석에서 내렸다.

"태양이랑 유건 샘이 도와줬어요. 지금 창고에 있고요."

"태양 씨가 왔어? 아우, 고맙네. 오타니는 바쁘다고 튕기더니 내 전화받고 왔을 거고, 한샘이가 도와주겠다고 해놓고 갑자기 오늘 안 된다네. 그래서 설이 씨 혼자 하고 있을까 봐 엄청 서둘렀다니까."

"누나 와도 별 도움도 안 될 텐데 뭐 하러 그래요."

유건이 창고에서 걸어 나오며 말했다.

"그래도 내가 빨리 와야 일이라도 빨리 끝날 거 아니야. 두고 봐라, 오타니. 일단 기사님 돌아가셔야 하니까 책부터 다 옮기고 봐."

오현이 유건을 향해 주먹을 쥐어 보였다. 유건은 오현을 약 올리는 표정을 짓고 얼른 트럭 위로 올라갔다. 유건이 트럭 위에서 책을 내리고, 그 책을 태양과 설이 번갈아 가며 받아 평상 위에 올렸다. 세 사람이 부지런히 움직이자 트럭 짐칸이 금방 비었다. 마지막 책 더미까지 내린 뒤 트럭은 다시 진주로 떠났다.

"아휴, 됐어요. 이제 제가 혼자 해도 돼요."

설이 책방으로 들어오며 모두에게 말했다.

"사람 많을 때 다 해버리는 게 좋지 않나? 설이 씨 혼자 하면 며칠 걸릴 것 같은데."

유건이 이마의 땀을 소매로 닦으며 따라 들어왔다.

"아니에요. 벌써 많이 도와주셨어요."

설이 손사래를 치며 장갑을 벗어 앞치마 주머니에 넣었다. 오현이 두 사람을 빤히 보고 있다가 입을 열었다.

"책을 그냥 꽂는 게 아니라 분류해야 하니까 시간이 좀 걸리지. 진주에서 대충 분류해서 오긴 했어도."

오현이 평소답지 않게 말끝을 흐렸다. 직접 일을 할 수 없으니 어느 쪽도 미안하고 불편하기는 마찬가지였다. 그러자 태양이 나섰다.

"오늘은 이만하죠. 저 점심도 컵라면 먹어서 배고픈데요."

태양이 장갑을 벗어서 테이블 위에 올려놓았다.

"그럼, 강태양 씨는 가서 밥 먹어요."

유건이 어깨를 으쓱거렸다.

"설, 저녁 뭐 먹을까? 나 진짜 배고파."

설이 당황스러운 표정으로 유건과 오현을 번갈아 가며 보았다. 그러자 유건이 평상 쪽으로 걸어갔다.

"난 책 정리 좀 더 해놓고 갈 테니까 두 분은 밥 먹으러 가요. 오현 누나, 책 좀 분류해줘요. 갖다 꽂아버리게."

"그래. 그럼 난 오타니랑 같이 정리 좀 할게. 설이 씨, 가서 태양 씨랑 맛있는 거 먹고 와."

이번엔 설이 태양과 오현을 번갈아 가며 보았다. 눈동자가 마구 흔들렸다.

"얼른 가. 벌써 식사 시간 지났겠다. 그래도 친구 가기 전에 밥 한 끼는 제대로 먹어야 할 거 아니야."

오현이 설의 어깨를 떠밀었다.

결국 선택한 게 돈가스였다. 순댓국은 태양이 못 먹고, 산채비빔밥은 설이 물렸다. 책방에서 걸어서 갈 수 있고 가장 먹기 간편한 음식이 돈가스였다. 저녁 시간이 지난 식당에는 주방 직원과 홀 직원밖에 없었다. 태양과 설은 지나치게 큰 식탁을 사이에 두고 앉았다.

"더 맛있는 걸 사줘야 하는데 미안. 너 한국에 있는 동안 또 내려오면……"

설이 수저를 놓으며 하는 말을 태양이 끊고 들어왔다.

"내가, 아직 너한테 대답을 못 들었으니까 이래도 되는

지는 잘 모르겠는데."

태양이 결심한 듯 입술을 깨물었다.

"아침에 장봉뵈르 저 사람이 갖다준 거야?"

목소리에 유난히 비음이 많이 섞여 마치 짜증 난 것처럼 들렸다. 설이 못 들은 척 앞접시를 태양 앞에 내려놓았다.

"장봉뵈르 저 사람이냐고."

태양이 한 번 더 물었다. 설은 태양의 시선이 따갑게 느껴져 살짝 인상을 찌푸렸다.

"응."

"왜 갖다준 건데?"

설이 작게 한숨을 쉬었다.

"그냥, 내가 구례 와서 보니까 빵이 맛있더라고 말해서."

설이 대수롭지 않게 말했다.

"그런 말을 듣고 아침에 빵을 사다 줬다고? 저 사람 너 좋아해?"

설은 대답 대신 스테인리스 컵에 물을 채워 태양 앞에 놓았다.

"지금도 너 힘들까 봐 자기는 밥 안 먹고 남아서 일하겠다는 거 아니야? 자기가 일을 하고 싶으면 그냥 조용히 하면 되지 굳이 왜 네 걱정을 하고 티를 내는데?"

태양이 컵에 든 물을 벌컥벌컥 마셨다.

"내 걱정을 하는 게 아니라, 책방 직원 걱정을 하는 거야. 대표님 몫까지 다 해야 할 것 같으니까."

"그러니까 그런 상황을 저 사람이 왜 신경 쓰냐고."

"책방 단골이니까. 원래도 책방 일 잘 도와줬대. 작년 수해 때도 그랬고."

"작년에도 지금처럼 콕 찍어 누구 힘들까 봐 도와준다고 했을까? 그냥 했겠지. 그리고 네가 아무리 빵이 맛있다고 했어도 아침부터 와서 주고 가는 건 선 넘는 거 아니야?"

태양이 씩씩거리며 물병을 낚아채 자기 앞에 놓인 잔에 채웠다.

"그게 아니라 여기 빵이 생각보다 잘 팔려서 아침에 안 가면 못 살까 봐 그런 거야. 아침이라는 시간이 네가 생각하는 것처럼 그렇게 큰 의미 없다고."

"황설, 너 뭘 반대로 알고 있는 거 아니야? 네 말대로면 샌드위치 다 팔릴까 봐 일부러 일찍 가서 사 왔다는 거잖아. 그걸 아침으로 주려고 했든, 다 팔리기 전에 일찍 간 거든 똑같아. 그 사람 너한테 빵 사주고 싶어서 안달난 거라고. 네가 언제부터 그렇게 빵을 좋아했다고 그래?"

이번엔 설이 자기 물잔에 물을 따랐다. 홀 서빙 직원이 두 사람 눈치를 보며 즉석 돈가스 두 접시를 테이블 위에 놓고 도망치듯 사라졌다.

"너 빈 가고 나서 보낸 첫 번째 메일에도 나 빵 얘기 썼어. 넌 기억 안 나는지 모르겠는데, 너 보고 싶어서 자허토르테 파는 빵집을 검색해서 찾아갔었다고, 네 생각 하면서 커피랑 먹었다고 썼어. 너도 시간 날 때 호텔 자허 가서 꼭 먹어보고 무슨 맛인지 알려달라고 했었잖아."

태양의 얼굴에 당황한 기색이 역력했다.

"그 메일은 그냥 내가 보고 싶다는 말 아니었어? 난 그렇게 읽었는데."

"맞아. 그거야. 네 생각을 하면서 네가 빈에서 먹을 것 같은 빵을 먹은 얘길 쓴 거야."

"그 메일에서 내가 너 빵 좋아하는 것까지 읽었어야 해?"

"아니, 그럴 필요 없어."

"근데 그 남자는 네가 빵 좋아하는 걸 어떻게 알아? 네가 말해줬어?"

"말 안 했어. 그냥, 어릴 때 아빠가 주던 우리 밀 식빵이 되게 맛없었다고, 그걸 먹어봤으면 지금 구례 빵집들 빵이 얼마나 맛있는 건지 알 거라고 했어."

"그러니까 그 말이 어떻게 '나는 빵을 좋아합니다'로 들리느냐고."

"난들 알아? 그냥 그 남자가 알아낸 걸 어떡하라고."

"그럼 내가 그 남자보다 너를 모른다는 거야?"

"솔직히 지금 너랑 이 얘기를 왜 이렇게까지 심각하게 해야 하는지 모르겠어. 그냥 빨리 돈가스나 먹자."

"아니, 난 결론을 내야겠어. 넌 내가 너를 모른다고 생각하는 거지?"

"넌 나한테 물어보지 않잖아. 네 멋대로 넘겨짚고 생각해버리지."

"네가 얘기하지 않는데 그럼 내가 어떻게 알아?"

"나도 몰라. 나도 저 사람한테 나 알아달라고 한 적 없어. 그건 너한테도 마찬가지잖아."

"너 왜 나를 이렇게 이기적인 인간으로 만들어?"

"이기적이라고 생각한 적 없어. 그냥 너는 너야. 남한테 별로 관심 없고, 늘 한 걸음 떨어져서 바라보는 사람. 네 마음조차도 그렇게 오래 모른 척할 수 있는 사람. 아냐?"

갑자기 울음이 터졌다. 설이 두 손에 얼굴을 묻었다. 테이블 건너편에서 의자 빼는 소리가 났다. 한참 뒤 설이 고개를 들었을 때 태양은 거기에 없었다.

16

설은 식당 직원에게 사과하며 계산하고 나왔다. 인도가 없는 2차선 도로 옆을 터덜터덜 걷고 있는데 은색 SUV가 설의 옆에 와서 섰다.

"저녁 먹었어요? 왜 혼자 와요?"

유건이 창문을 내리고 말했다. 설이 고개를 돌려 유건을 보았다. 가로등이 드문드문 있는 길에서도 유건의 얼굴은 또렷하게 보였다. 그 얼굴을 보자 마음이 놓이면서 또 눈물이 그렁그렁 맺혔다.

"일단 타요."

유건이 차 문 잠금장치를 풀었다. 설이 문을 열고 조수석에 올라탔다.

"싸웠어요?"

유건이 설의 옆모습과 앞 유리를 번갈아 쳐다보며 물었다.

"모르겠어요. 싸운 건지 아닌지."

"그럼, 왜 울었어요?"

"그냥. 누가 자기 마음도 모르는 바보라서요."

"아, 그 바보 참."

유건이 피식 웃었다.

"책방으로 데려다줄까요, 아니면 내가 심란할 때 가는 곳 한 번 같이 가볼래요?"

"심란할 때 가는 곳이 있어요?"

설이 눈물을 닦고 유건을 보았다.

"있죠."

유건이 차를 화엄사 방향으로 돌렸다.

"지금 화엄사 가는 거예요?"

"뭐, 그런 셈이죠. 혹시 구층암이라고 들어봤어요?"

"아뇨, 모르겠는데."

"화엄사 대웅전 뒷길로 5분쯤 올라가면 암자가 하나 있어요."

"암자요? 그럼 되게 으슥한 거 아니에요?"

"좀 그렇긴 하죠. 대나무도 우거져 있고. 사아아 소리도 나고."

"장난치지 마요."

"그 옆에 흐르는 계곡이 깊어서 아무리 큰 소리로 울어도 물소리 때문에 안 들려요. 가서 실컷 울어요."

설이 피식 웃었다.

"울다가 목마르면 덕제 스님이 내려주시는 차 마시면 되고."

유건은 화엄사 주차장에 차를 대고 앞장서서 걷기 시작했다. 여러 번 와봤는지 지름길로 대웅전 앞에 도착한 다음 뒤편에 난 한적한 길로 안내했다.

구층암을 가리키는 팻말이 보이고, 두 사람은 참나무와 조릿대가 우거진 숲길로 접어들었다.

"도토리 깍지까지 달린 것 좀 봐요. 너무 귀엽다."

설이 바닥에 떨어진 도토리를 집어 들었다.

"여긴 널린 게 도토리예요."

유건이 덤덤하게 말했다.

"도토리에 깍지 달린 거나 밤이 밤송이에 들어 있는 거 보면 부모 품에서 귀여움받으면서 다복하게 사는 아이들 같아요."

"그러다 반달가슴곰에게 먹혀 똥으로 나오죠."

유건이 웃으며 말했다. 설이 유건을 향해 눈을 흘겼다.

"왜 남의 아련한 얘기를 똥 얘기로 만들어요?"

"나는 산 다닐 때 무슨 식물을 봐도 반달가슴곰이 이걸 먹었을까 안 먹었을까 그 생각만 하거든요. 기분 나빴으면 미안해요. 근데 걔네 도토리 진짜 많이 먹는데."

"알겠으니까 그만해요."

투덕거리며 걷다 보니 어느새 구층암 뒷마당에 다다랐다. 비뚜름하게 놓인 탑이 두 사람을 맞이했다. 지붕 처마 아래 한자로 '九層庵(구층암)'이라고 쓰인 현판이 걸려 있었다. 하얀 벽에 목재로 된 기둥이 얼핏 평범한 고택 같은 느낌을 주었다.

"단청이나 벽화 같은 게 화려할 줄 알았는데 그런 게 전혀 없네요."

"이리 와봐요."

유건이 설을 데리고 구층암 현판이 걸린 건물 반대편으로 돌아갔다. 그러자 정면에 불상이 가득 놓여 있는 알록달록한 가람이 보였다. 그 안에서 불경을 읽는 소리가 흘러나왔다.

"법당인 천불보전이에요. 그리고 천불보전 올라가는 계단 양쪽에 있는 나무 보이죠?"

"모과나무가 엄청 굵게 자랐네요. 얼마나 오래된 거지?"

설이 성큼성큼 모과나무 앞으로 다가가 수피를 쓰다듬었다. 매끈한 목질부에 울퉁불퉁한 홈이 손에 만져졌다.

"꽃도 피었네요."

설은 까치발을 들어 모과나무 꽃의 향기를 맡았다. 연하고 달콤한 향이 났다.

"그 모과나무는 한 번 베어낸 데서 이만큼 또 자랐대요."

"나무를 왜 베어요?"

"건물을 지어야 하니까. 이 나무도 건물을 지을 때 베었을 거래요. 그 시기가 400년 전이라는데 정확하진 않아요."

"베어낸 나무는 어떡해요?"

"목재로 쓰죠."

"모과나무를요? 이걸 쓸 데가 어딨다고."

설이 안타까운 듯 모과나무의 울퉁불퉁한 옹이를 쓰다듬었다. 마침 독경을 끝낸 스님이 계단을 내려오고 있었다. 유건이 엉겁결에 설의 손을 잡고 마당 오른쪽으로 물러났다. 설은 유건이 이끄는 대로 뒤로 물러나다 옆으로 돌아섰다. 그러자 왼편의 요사가 눈에 들어왔다. 베어낸 모과나무가 거기 있었다. 갈라지고 뒤틀린 모양대로 서까래와 맞물리게 서서 지붕을 받친 모습이 꼭 모과나무 위에 집을 지은 것 같았다.

"저기 지붕이랑 기둥이 만나는 부분을 나무로 조각한 게 꼭 모과나무 가지처럼 보이잖아요. 저 조각이 봉황이랑 연꽃 봉오리예요."

유건이 설의 손을 고쳐 잡았다.

"저 지금 머리를 한 대 맞은 것 같아요."

설이 멍하니 서서 모과나무 기둥을 보았다. 아무리 쳐

다보아도 감탄밖에 나오지 않았다.

"처음에 여길 어떻게 알게 됐어요? 화엄사에 자주 왔어요?"

설이 모과나무 기둥에서 눈을 떼지 못하고 물었다.

"구례 온 지 얼마 안 돼서, 곰 중에 올무에 걸려서 폐사한 녀석이 있었어요."

유건이 낮은 목소리로 입을 열었다.

"불과 몇 시간 전까지 신호가 잡히던 녀석이었는데 갑자기 그런 상태로……."

설은 문득 자기 손을 움켜쥔 유건의 손이 뜨거워지는 것을 느꼈다.

"미친 사람처럼 산을 헤매다 도착한 곳이 여기였어요. 툇마루에 앉아서 씩씩대는데 덕제 스님이 나오시더니 부처님께 인사하고 오래요."

"그때 이 기둥을 처음 본 거예요?"

"천불보전에서 불상 천 개를 하나하나 세어도 화가 가라앉지 않았는데 나오는 길에 이 기둥을 봤어요. 말문이 막히더라고. 스님이 오셨길래 구층암이 무슨 뜻이냐 물었어요. 구품연화세계. 불교에는 극락세계가 아홉 등급으로 나뉘어 있고 깨달음의 정도에 따라서 다른 연꽃에서 다시 태어난다는 뜻이래요."

"진짜 9층이라는 말이네요."

"맞아요. 그러다 문득 깨달은 거죠. 나는 곰이 목숨을 잃은 게 너무 마음 아팠고, 올무를 매단 사람에게도 분노가 치밀었지만, 결국 내가 실패했다는 생각에 화가 났던 거예요. 나미비아에서부터 나를 사로잡았던 열패감이 다시 고개를 든 거죠."

유건이 작게 한숨을 쉬었다.

"뜰에 기르던 나무를 베어 건물 기둥으로 쓰면서 스님은 얼마나 미안했겠어요. 그 나무를 영원히 살게 해준 스님의 마음을 따라가려면 난 한참 멀었다는 생각을 했어요. 나는 9층 중에 맨 아래층이거나 2층 정도 되겠다, 그렇게 생각하니까 되려 마음이 편해졌어요."

둘은 한동안 말없이 손을 잡고 서 있었다. 긴장으로 축축해진 두 손에 맞닿은 서로의 손에서 묘한 떨림과 흥분, 그리고 안도감이 함께 전해졌다.

"모과나무 꽃말이 뭔지 알아요?"

유건이 침묵을 깨고 물었다.

"모과나무에 꽃말이 있을 거란 생각은 해본 적이 없는데요."

설이 자연스럽게 손을 빼어 눈을 비비며 말했다.

"평범."

"응?"

"평범이라고. 모과나무 꽃말."

설은 입속으로 평범이라는 단어를 굴리며 모과나무 기둥으로 시선을 옮겼다. 움푹 팬 구멍에 박힌 돌이 눈에 들어왔다.

"무슨 생각 해요?"

설이 아무 말도 하지 않고 있자, 유건이 물었다.

"그냥. 평범하기가 이렇게 힘들구나 하는 생각이요. 돌도 박히고, 옹이도 저렇게나 많고. 그런 세월을 견디는 게 평범이라니."

"쉽지 않죠."

유건이 다시 설의 손을 그러쥐고 모과나무 기둥을 가리켰다. 설은 손을 움찔하면서도 가만히 있었다.

"그런데 한 번 봐요. 제자리를 찾아간 평범은 어느 특별함보다 멋지지 않아요?"

"제 눈에도 그래 보여요."

"그러니까. 황설 씨도 그래요."

"네?"

유건이 설의 손을 잡은 채 천천히 팔을 내렸다. 그리고 잡은 손에 힘을 주며 말했다.

"되게 평범하다고요."

두 사람은 잠시 말이 없었다.

설은 조금 전 유건이 손을 잡았을 때 스님께 길을 내어 드리려고 그런 거라고 생각했다. 그래서 자꾸 신경 쓰이는 걸 애써 무시했다. 그런데 또다시 손을 붙들렸다. 유건이 일부러 그런 것인지, 정말 기둥을 가리키려고 그런 것인지 알 수 없었다. 오른손에 온 신경이 쏠리더니 머릿속도 온통 그 생각으로만 가득 찼다.

"아, 내일 뭐 해요?"

유건이 먼저 침묵을 깼다.

"내일 태양이 올라가는 날이라 배웅하기로 했어요."

"그래요? 잘 가라고 해요."

유건이 갑자기 손을 놓았다.

"여기 오면 은근히 땀이 많이 난다니까. 설이 씨는 안 그래요?"

"전 괜찮은데요?"

설이 손을 오므렸다가 폈다. 유건은 손을 어색하게 주머니에 찔러 넣고 앞장섰다. 화엄사로 내려가는 내내 설의 눈에는 유건의 손만 보였다.

다음 날 아침 설은 일찍 일어나 쌍산재로 갔다. 어제 태양이 그렇게 가버리고 나서 태양에게 여러 번 전화했지만 통화가 되지 않았다. 무작정 쌍산재 대문을 열고 들어서자 한옥이 여러 채 있어 어디가 태양이 묵는 곳인지 알 수 없었다.

"쌍산재가 어디예요?"

설이 지나가던 직원에게 물었다.

"여기가 다 쌍산재인데."

"친구가 여기 묵는데 쌍산재를 찾아오라고 하던데요."

"아, 서당채 말씀하시는 모양이네. 쌍산 어른 서당채가 쌍산재예요. 왼쪽 오르막길을 끝까지 오르면 바로 보이는 데가 서당채예요."

설은 고개를 숙인 뒤 직원이 가르쳐준 방향으로 발걸음을 옮겼다. 고개를 들어보니 빽빽한 대나무 숲만 있고 집이 보이지 않았다. 설마 저 뒤에 집이 있을까 싶었다. 설이 오른쪽 안채를 향해 다가가는 것을 보고 직원이 설을 불러 세웠다.

"거기 아니에요. 왼쪽."

직원이 다시 한번 대나무 숲을 가리켰다. 설은 미심쩍은 얼굴로 대나무 숲길에 들어섰다. 동글동글한 돌을 박아 넣은 오르막길이 꽤 가팔랐다. 대나무 사이로 야생 찻잎이 반질거렸다. 담장 밖으로 보이는 기와지붕 몇 채가 전부인 줄 알았는데 대나무 숲이 점점 깊어지고 있었다. 설은 대나무 숲이 꼭 태양의 마음 같다는 생각을 했다. 정말 이 숲이 맞는지, 이 길을 지나가야 하는지 긴가민가하며 서성이다 돌아서곤 했던 사람은 언제나 설이었다. 그런데 태양이 설에게 대나무 숲을 지나오라고 한 것이다. 조금 더 올라가자 탁 트인 잔디밭이 나왔다. 그리고 마치 버진 로드처럼 동백 터널이 둥글게 휘어져 있었다. 태양의 마음은 더 이상 비밀스럽지 않았고, 설을 기다리는 건 이 동백꽃 같은 마음이었다. 한창때가 지난 동백꽃이 길에 떨어져 뒹굴고 있었다. 설은 차마 꽃을 밟을 수 없어 조심스럽게 꽃을 피해 걸었다. 유난히 고풍스러워 보이는 한옥 앞에 도착하자 태양이 장지문을 열고 나와 작은 트렁크를 마루 밑으로 내렸다.

"잠깐 얘기할 시간 좀 있어?"

설이 태양에게 묻자 태양이 대청마루에 올라가 설에게 방석을 내주었다. 나무와 꽃, 돌과 잔디가 조화로운 풍경이 눈에 들어왔다. 두 사람은 잘 닦여 윤기가 나는 반상 앞에 마주 앉았다.

"여기 이런 정원이 있을 줄은 몰랐어. 반전이야."

설이 먼저 입을 열었다.

"눈에 보이는 게 다는 아니지. 정말 중요한 건 그렇게 쉽게 드러나지 않아."

태양이 잠깐 마루 뒤의 창호지 문에 눈길을 주다가 설을 똑바로 쳐다보며 말했다.

"그 말, 나한테도 똑같은 의미야. 나는 그 말을 진짜 오래 품고 있었고, 수십 번 수백 번을 확인한 거야. 그러니까 너도 충분히 생각해보고 대답해."

태양의 말에 설이 고개를 푹 숙였다.

"더 생각하면 답을 영영 못 찾을 것 같아."

"그럼 넌 답 같은 거 찾지 마. 그냥 내가 하자는 대로 해. 그러면 되잖아."

태양이 단호한 목소리로 말했다.

"그 말, 스물네 살 황설이 들으면 진짜 좋아했겠다."

설이 쓸쓸히 웃으며 고개를 들었다.

"어릴 때 피아노학원 건물 밖에 붙어 있는 현수막에 네 사진이 동그랗게 들어가 있었거든. 학교 마치고 집에 가는 길에 같이 있던 친구들에게 '쟤 나랑 친구다'라고 했더니 다들 부러워했어. 그때부터였던 것 같아. 네가 나의 태양이었던 게."

태양이 자세를 고쳐 앉았다.

"너 유학 간 첫해에, 내 임시 보관함에 쌓인 메일이 삼백 개가 넘어. 매일 써놓고 안 보냈거든. 보낸 게 두 통뿐일 거야."

"왜 안 보냈어? 그냥 보내지. 무슨 내용이었는데?"

"그냥. 진짜 일상적인 얘기들. 빵 사 먹은 얘기, 오가는 길에 본 낡은 집, 산책 중에 마주친 강아지, 운동할 때 들었던 생각, 첫 출근 날 지하철에서 본 풍경, 그런 것들 말이야. 처음에 한 통을 보냈는데 네 답장을 읽어보니 바빠서 제대로 못 읽은 것 같고, 내 얘기에 공감할 수 있는 상황이 아니란 걸 알았어. 그래서 그다음 메일부터는 써놓고 안 보낸 거야. 너한테 부담 주기 싫어서. 그런데도 메일 쓰는 걸 그만둘 수가 없었어. 무슨 글을 써도 너에게 하는 말이 되니까."

"솔직히 난 네 메일 받고 네가 더 4차원으로 간 것 같았어. 그 감성을 내가 다 이해할 수가 없으니까 뭐라고 답해야 할지 모르겠더라. 답장에 바쁜 척 얼버무린 것도 있는데 그래도 읽긴 읽었어. 그냥 보내지 그랬냐."

"사람이 너무 외로우면 하고 싶은 말이 끝없이 차오르나 봐. 들어줄 사람이 없으니까. 사실 그걸 누군가가 알아야 할 필요도 없고, 다 알 수도 없지만, 그래도 털어놓지 않으면 못 견디는 거야. 매일 두세 시간씩 메일을 쓰고, 그걸 임시 보관함에 넣는 내가 정상처럼 느껴지진 않았어. 그래서 학보사 선배가 밥 사준다길래 나갔다가 신문사에서 신입을 뽑는다는 말을 듣고 원서를 낸 거야. 그땐 거기가 어디든, 네 생각을 잊게 해줄 곳이라면 갔을 거야."

"나 때문에 그렇게 힘들다고 왜 말 안 했어? 난 멀리 떠나야 하고, 언제 돌아올지도 모르니까 차마 말 못 한 거고, 너라도 말할 수 있었잖아."

"그때 난 내 마음을 믿을 수가 없었어. 아빠가 살아 있었어도, 엄마가 떠나지 않았어도 내가 강태양을 그만큼 좋아했을까. 의지할 사람 없고, 마음 내줄 곳이 너밖에 없어서 그런 건 아닐까. 너에 대한 내 마음을 짝사랑이라고 불러도 좋아. 근데 지금 생각해보면, 아무것도 아닌 것 같은 날들을 견디기 위한, 세상과 연결되기 위한 몸부림 같은 거였어. 그때 네가 내 마음을 알았다 한들, 금방 싫어져서 밀어냈을 거야."

"일어난 적도 없는 일을 네가 어떻게 알아?"

"그때 『구의 증명』[41]을 읽었어. 읽으면서 내내 너를 다 먹어버리는 상상을 했어. 다 먹어버리면 너는 어쨌든 내 안에 있으니까 내 마음을 알게 되겠지. 이 지겨운 그리움이 끝나겠지. 끔찍하지. 근데 넌 이런 거 불편해하잖아."

태양이 두 눈을 질끈 감았다. 설은 가방에서 다 고친 『피아노 치는 여자』를 꺼냈다.

"너는 아마 이 책을 못 읽을 거야. 혹시 읽더라도 역겹다고 할 거고. 소설에 나오는 여자는 자기가 아는 지극한 사랑의 방식이 그것뿐이야. 왜 그 나이 먹고 교수라는 사회적 지위를 갖출 때까지도 계속 모를 수 있냐고 탓할 수도 있지. 난 남자가 여자를 정말로 사랑했다면, 그건 사랑이 아니라고 알려줬어야 한다고 생각해. 재수 없게 이상한 여자가 걸렸다고 욕하고 무너뜨릴 게 아니라. 난 내 마음이 사랑이 아니라는 걸 알기까지 너무 오래 걸렸어."

"그럼 내가 어떻게 해야 했어? 네가 말해주지 않는 건

---

41) 최진영 저, 은행나무, 2015.

안 물어보는 게 예의인 것 같았어. 그래서 예의를 지킨 거야. 그때 네가 무슨 생각 했는지 내가 속속들이 알아내서 너를 알아줬어야 해? 그건 너도 바라지 않았잖아!"

태양이 분노하며 울먹였다.

"네 말 맞아. 그래서 우리는 아닌 것 같다고 말하는 거야. 넌 이제 여길 벗어났고, 앞으로 더 대단해지고, 더 행복해질 거야. 너를 따라가지 않는 건 내 선택이야. 그러니 나한테 미안해할 필요 없어. 나는 여전히 우울하고 고민 많고 우중충한 이 세계에 남을게."

설이 책을 봉투에 넣어 태양에게 내밀었다. 태양이 머리를 마구 헝클었다.

"황설, 너 진짜……. 거절도 참 지독하게 한다. 친구로 남을 수 있다고 한 건 내가 아니라 너야."

봉투를 받아 든 손이 떨렸다.

"그건 우리가 진심을 끝까지 숨길 때지. 마법을 깨버린 건 너야."

설이 태양의 눈을 똑바로 보았다.

"너도 나름의 방식으로 날 좋아한 거야. 내가 너한테 필요한 걸 줄 수 없었다고 해서, 날 좋아하지 않은 게 아니라."

"내가 사는 세상은 남들이랑 좀 달랐어. 근데 태양이 너의 세상도 그랬잖아. 시기와 질투, 부담감을 누구하고도 나눌 수 없었으니까. 너의 외로움을 내가 이해할 수 있고, 나눌 수 있다고 생각했어. 아니, 오직 나만 나눌 수 있을 거라고 생각했었어. 네가 아빠 장례식장에서, 유학 떠나기 전 마지막 어학 시험이 있는데도 나랑 같이 밤새 워준 날, 그날부터였는지 몰라. 어쩌면 네가 나를 이해할지도 모른다고. 내가 의지할 수 있는 유일한 사람이라고 믿기 시작한 게."

"그럼, 말하지 그랬어? 그때 우리 같은 마음이었다고."

"말한들 달라졌을까? 너한테는 피아노가 있잖아. 너를 따라 빈에 갔어도 결과는 똑같았을 거야. 나는 내 세계를 너에게 끝까지 감추었을 거고, 너는 지금 해야 할 것들에 치여서 내가 뭐가 그렇게 힘든지 몰랐을 거고. 그건 네가 해줄 수 없는 일인데도 그런 기대를 하고, 나 혼자 상처받고, 넌 이유를 모르면서 미안해하고. 그래서 결국은 끝났을 거야."

"그럼, 지금은?"

"네 마음에 조각조각 나 있다는 그 사람은 과거의 나야. 그걸 한데 모아 이어 붙인다고 해도 지금의 내가 되진 않아. 나는 그때 너를 더 이상 좋아할 수 없을 만큼 좋아해서, 이제 그 마음이 남아 있지 않아."

"난 몰랐잖아."

"우리가 그렇게 오래 알고 지내고 서로 좋아하면서도 한 번도 사귀지 않은 건 서로에게 그만큼 진실하지 못했다는 거야. 우리 사이에 사랑을 말할 수 있는 유통기한은 끝났어."

태양이 마른세수했다.

"이게 네 답이라는 거야?"

태양이 허탈한 표정을 지었다.

"널 생각하면 언제나 아프면서도 기뻤는데. 이젠 한없이 무거울 거야."

설이 빨간 상자를 반상 위에 내려놓았다.

"반지는 돌려줄 생각이 있으면 서울에 직접 와서 줘."

태양이 먼저 일어나 마당으로 내려갔다.

설은 천천히 일어나 태양을 따라 동백 터널과 대숲을 지났다. 대문을 나오는데 택시에 짐을 싣고 뒷좌석 문을 열고 있던 태양이 아주 잠깐 머뭇거리다가 차에 탔다. 택시는 곧장 떠났다.

결국 태양이 말했던 대로 되고 말았다. 결혼하거나, 다시는 보지 않게 되거나. 이제 선택을 해야 할 시점이라고, 예전 같은 관계로는 못 돌아간다고. 이대로는 아무것도 안 될 거라고.

태양에게 이렇게까지 솔직하게 말해야만 했을까 아주 약간의 후회가 남았다. 하지만 태양과의 관계는 마침표를 찍어야 정말로 끝낼 수 있었다. 그리고 마침표를 찍어야 다음 문장을 쓸 수 있었다.

17

청년이구례 인터뷰로 야생동물 재활사를 인터뷰하기로 한 날이었다. 남부보전센터에 도착하자 재활사가 설을 회의실로 안내했다. 시간이 제법 지났는데도 이곳에 처음 왔던 날이 바로 어제 일처럼 생생했다. 설이 피식 웃으며 책장을 두 눈으로 훑었다.

"왜, 뭐 재미있는 일 있으세요?"

"여기서 수의사 선생님 인터뷰했던 생각이 나서요."

정확하게는 인터뷰를 못 했던 생각이었지만.

"그 인터뷰도 기자님이 하신 거예요?"

재활사가 반색했다.

"네. 맞아요."

"어머, 저는 고오현 대표님이 하신 줄 알았어요. 인터뷰 너무 좋던데요."

"대표님이 기획하셨고, 인터뷰와 기사 작성은 제가 했어요. 좋았다니 다행이네요. 그럼, 인터뷰 시작할까요? 임보민 선생님. 야생동물 재활사라는 직업을 잘 모르시는 분들이 많을 것 같아서 이것부터 설명해주시면 좋겠어요."

설이 노트를 펼치며 말했다.

"야생동물 재활사는 말 그대로 야생동물의 재활과 관련된 일들을 합니다. 다치거나 병든 야생동물들을 수의사 선생님이 치료하면, 재활사는 다시 제자리로 돌아갈 수 있게 훈련하는 걸 해요. 사람도 부상으로 신체 기능을 잃어버리면 예전처럼 움직일 수 있게 재활하잖아요. 같은 의미의 일을 한다고 보시면 됩니다."

"사람 재활치료는 떠오르는 모습이 있는데 야생동물 재활은 상상이 잘 안되네요. 황조롱이에게 어깨 돌리기 열 번 하세요, 하고 시킬 수도 없잖아요. 어떤 활동을 하나요?"

재활사가 설의 말을 듣고 피식 웃었다.

"아무래도 그렇죠. 새들, 특히 맹금류들은 날개를 다쳐서 오는 경우가 많기 때문에 어느 정도 회복된 뒤에는 비행 훈련을 해요. 좁은 공간에서 시작해서 점점 넓은 공간으로 옮겨줍니다. 포유류는 먹이 사냥 훈련 같은 걸 해요. 훈련할 때도 인간과의 접촉을 최소화해서 야생성을 잃지 않게 하려고 노력합니다."

"구례 센터에는 그냥 야생동물들만 있는 게 아니잖아요. 반달가슴곰도 많이 보시죠?"

"네. 올무나 창애 같은 덫에 걸려서 부상 입은 곰이 오면 치료하고, 다시 돌려보낼 수 있겠다고 판단되면 재활 훈련을 하죠. 먹이를 찾고, 나무를 오르는 훈련을 합니다. 그리고 인간 회피 훈련도 해요. 인간이 치료해주고, 먹이를 준 것을 기억하더라도 자연으로 돌아간 뒤 다시 인간을 만났을 때 친숙함을 느끼면 안 되거든요. 곰이 사람을 무서워하고 피하도록 훈련을 시킵니다."

"사람이 곰을 무서워하고 피해야 할 것 같은데, 그 반대의 훈련을 곰이 하는 군요."

"네. 몇 마리가 있든지 인간에게 입히는 피해를 최소화하려고 할 수 있는 모든 걸 다 하고 있어요. 사실 인간에 의해서 곰이 폐사하는 경우는 종종 있었어도 그 반대의 경우는 없었어요. 그리고 앞으로도 그렇게 되도록 계속 유지와 관리를 해야 할 거고요."

"폐사 이야기를 하시니 저도 마음이 굉장히 아픈데요. 야생동물 재활사로 일하면서 안타까운 일을 많이 보게 되실 것 같아요. 어떤 일을 보면 제일 안타까우신가요?"

"센터에 있는 반달가슴곰들을 보면 늘 안타깝죠. 산에

서 흙을 밟고 자기 삶의 주인으로 살아야 하는 애들인데. 지능이 높고 활동 반경이 높은 동물들이 좁은 곳에 갇혀 살게 되면 정형 행동이라는 걸 보이기도 하거든요. 사육장 안을 빙빙 돈다거나, 벽에다 자기 머리를 부딪친다거나. 그 밖에도 배설물을 먹기도 하는 등, 반복적으로 아무 목적이 없는 행동을 해요."

"사육장에 있는 곰들은 왜 여기 있는 건가요? 예전에 봤을 때도 궁금했거든요."

"인간에 대한 경계심이 없어 민가에 피해를 많이 줬거나, 야생에서 혼자 살아갈 능력이 부족하다고 판단되는 개체들이 회수되어 사육장에서 지냅니다."

"그래서 안타깝다고 하시는 거군요. 가족이나 친구는 산에서 자유롭게 지낼 텐데 이 개체들은 갇혀 있으니까요."

"맞습니다. 그래도 시간표를 짜서 외부 사육장에서 시간을 보내게 하고, 사육장 안에 줄이나 타워, 나무, 해먹 같은 걸 넣어주기도 하고, 먹이를 줄 때도 복잡한 구조물 안에 숨겨서 넣어줘요. 그런 걸 행동 풍부화라고 하고, 그렇게 주는 것들을 풍부화물이라고 하는데, 사실 제일 좋은 건 그냥 자연에서 살게 하는 겁니다."

재활사가 너털웃음을 지었다.

"아무래도 그렇죠. 정답이 있지만, 그 답을 쓸 수 없을 땐 또 방법을 찾아야겠죠. 그런데 궁금한 게 생겼어요. 동물들과 재활훈련을 할 때 교감이 중요할 것 같은데, 또 인간과의 접촉을 최소화해야 하잖아요. 그런 점은 어렵지 않으신지 궁금합니다."

"어렵죠. 그래도 교감이라는 게, 굳이 다가가서 말을 걸고, 쓰다듬어주고 그런 것만 있는 건 아니니까요. 그래서 열심히 텔레파시를 보내고 있어요. 동물들의 부상 정도와 본성에 따라 제가 계획한 치료 프로그램대로 동물들이 잘 따라와주면, 그게 교감이 잘 이루어진 거라고 생각합니다."

"언제 제일 보람을 느끼세요?"

"회복한 동물들을 자연으로 돌려보낼 때요. 커다란 종이 상자에 넣어서 그 동물이 발견된 장소로 돌려보내는데, 박스를 열어주면 뒤도 안 돌아보고 가버려요. 너무 금방 없어져서 어디로 갔는지 모를 때도 있어요. 처음에는 서운했지만, 이젠 그렇게 돌아간 아이들이 잘 살 거라는 걸 알기 때문에 짧아도 보람차요."

"보민 님은 동물을 좋아하는 어린이셨어요?"

"그랬던 것 같아요. 걸음마 뗄 때부터 동네에 산책 나온 개들을 꼭 한 번씩 쓰다듬어줘야 걸음을 옮겼대요. 달팽이, 소라게, 개, 고양이 같은 동물들을 계속 키웠고요. 동물들을 키우면서 말 못 하는 동물들의 마음을 대변해

주고 싶다는 생각을 종종 했는데 그 생각이 이 직업을 갖게 된 데 큰 영향을 미친 것 같아요."

"그중에서도 야생동물을 선택한 건 좀 특별한 결정 아니었나요?"

보민이 가방에서 책 한 권을 꺼냈다.

"기자님이 책 고쳐주신다고 해서 동생한테 보내달라고 부탁해 받은 책인데요. 19세기에 쓰인, 검은 말이 주인공인 동화예요."

"아, 이 책 반갑네요. 요즘 『블랙 뷰티』[42]라는 제목으로 다시 나온 걸 봤어요. 어릴 때부터 동물 이야기에 관심이 많으셨네요. 이 책의 어떤 점이 좋았어요?"

"어릴 때 『검은말 뷰티』[43]를 읽으면서 뷰티가 인간에게 느꼈던 고통과 감정을 상상하곤 했어요. 야생동물 재활사가 되어보니, 그 상상력이 이 일을 하는 데 정말 중요해요. 야생동물은 말을 못 하니까요. 야생동물 관점에서 상상하지 못하면 우리는 그저 약 발라주고 청소하고 먹이 주는 사람에 불과해요. 『검은말 뷰티』는 당시 말을

---

42) 애나 슈얼 저, 양혜진 역, 비룡소, 2022.

43) 영국 작가 애나 슈얼이 1877년 발표한 작품. 작가가 장애로 평생 말의 도움 없이는 이동할 수 없었던 경험을 바탕으로 애정을 담아 쓴 이야기로 유명하다. 말(馬)의 시점에서 서술된 이 이야기는 마부들의 부당한 대우, 말이 겪는 고통과 인간의 무관심을 통해 동물 복지와 윤리에 대한 메시지를 전달한다. 애나 슈얼 저, 김옥수 역, 웅진주니어, 2002.

학대하던 사람들에게 경종을 울리고, 동물 학대 금지법을 만드는 데 영향을 줬대요. 사회가 동물을 보는 시선을 변화시킬 수 있다는 뜻이죠. 당장 1~2년으로 보면 큰 변화가 없어 보여도 30년, 50년, 이렇게 크게 보면 작은 노력이 모여 큰 변화를 이뤄낸 게 보이니까요."

"지금 그 말씀은 굉장히 긍정적으로 들리는데요. 실제로도 그렇게 생각하시나요?"

"저는 가끔 센터에 온 야생동물들을 보면서, 동물들이 살 수 없는 세상은 결국 인간도 살 수 없는 세상이 될 거라고 생각해요. 그게 몇백 년 뒤든, 몇천 년 뒤든. 지금 인간이 자연에 진 빚을 우리 뒤에 올 다른 인간이 물려받게 될 거고요. 저희 같은 사람들의 역할은 그 빚을 조금이라도 줄여주는 것, 그리고 다음 세대를 위해 지금의 우리가 노력해야 한다는 것을 알리는 일이라고 생각해요."

"야생생물보전원의 존재 이유를 아주 잘 말씀해주셨네요. 개발과 이익이 최우선인 사회에서 보전과 복원은 어떤 의미가 있는지를 다 같이 생각해봐야 할 것 같아요."

설이 웃으며 말했다. 그리고 『검은말 뷰티』를 받아서 종이봉투에 넣었다.

재활사는 다음 일정이 있어서 배웅을 하지 못해 아쉽다며 옆 건물로 건너갔다. 설은 이 건물 어딘가에 유건이 있지 않을까 하는 생각에 일부러 느릿하게 발걸음을 옮졌다. 그런데 직원 휴게실 앞을 지날 때 열린 문틈 사이로 '유건'이라는 이름이 들렸다. 설은 저도 모르게 그 앞에서 걸음을 멈췄다.

"진짜 하루가 다르게 환자들이 늘어나네요. 여기 온 뒤로 계절 가는 걸 동물 종류 바뀌고 일 늘어나는 걸로 알게 돼요."

"그래도 아직 여름 안 왔어, 김 주임. 참, 지난번에 소개팅 한 남자는 어떻게 되어가?"

"몰라요. 바빠서 연락도 못 하고 있어요. 그냥 유건 선배 말을 들어야 했나봐."

"정 선생이 뭐랬는데?"

"유건 선배 명언 모르세요? 소개팅은 역시 겨울이라고."

"응? 왜?"

"우리가 그나마 겨울이 좀 한가하잖아요. 그래서 그때 만나서 열심히 친해지고, 봄에 쐐기를 박아야 여름에 바빠져도 괜찮다는 거예요."

"정 선생이 그런 말도 해? 맨날 오삼이랑 오이만 들여다보는 것 같더니."

"하긴, 저도 그래서 별로 신뢰가 안 가긴 해요. 남들 다 연애하는 4월에 혼자 센터에 박혀서 일이란 일은 다 하는 사람 말이라."

"오늘 갑자기 연차 썼던데. 시훈 샘이 근무 바꿔준 것 같더라. 무슨 일 있나? 그런 적 한 번도 없었잖아."

"가서 시훈 선배한테 한 번 물어볼까요?"

휴게실 문이 갑자기 열려서 설은 깜짝 놀라며 뒤로 물러났다. 민망한 마음에 얼굴이 빨개졌다. 설은 직원들에게 눈인사한 다음 현관문을 나와 주차장 쪽으로 걸어갔다.

차들 사이에 은색 SUV가 주차되어 있었다. 유건의 차였다. 설은 운전석 유리창을 기웃거렸다. 그러자 창문이 아래로 내려가고 유건의 얼굴이 튀어나왔다.

"깜짝이야, 놀랐잖아요."

설이 뒷걸음쳤다.

"왜 남의 차를 기웃거리고 그래요?"

"연차라면서 차가 주차장에 있으니까."

"어, 벌써 알았어요? 아, 역시 이 동네는 소문이 너무 빨라. 책방 갔다가 오현 누나가 설이 씨 센터에 인터뷰 갔다길래 다시 왔어요. 어디 가는 길이에요? 타요. 데려다줄게."

설은 못 이기는 척 조수석에 올라탔다.

"근데 무슨 일 있어요? 왜 연차를 냈어요?"

"아침부터 좀 바빠서."

유건이 시동을 걸고 차를 앞으로 조금씩 뺐다. 공간이 넓지 않아서 그런지 충돌 방지 경고음이 계속 울렸다.

"며칠 전엔 자는 사람 억지로 깨워서 물안개에 푹 젖

은 샌드위치 먹였잖아요. 바쁜데 그런 엉뚱한 짓은 왜 했어요?"

"내가 확인할 게 있었다니까요."

"지난번부터 제대로 말도 안 해주면서 혼자 뭘 그렇게 확인해요?"

"잠깐만, 황설 씨 얼굴 좀 뒤로 가봐요. 사이드미러 가리지 말고. 옆 차 센터장님 차인데 긁으면 내 사회생활도 피곤해진다고. 등받이에 등 좀 붙이시고."

유건이 오른팔을 뻗어 설을 사이드미러 뒤로 보냈다. 설은 갑자기 무안해졌다.

"말만 해도 알아듣는데 팔을 왜 뻗어요?"

"팔 긴 거 자랑하려고."

설이 입술을 꽉 깨물었다. 겨우 주차장을 빠져나가자 충돌 경고음도 사라졌다.

"지금 어디 가요? 저 책방 들어가봐야 해요."

유건이 사거리에서 책방 반대쪽으로 핸들을 꺾자 설이 물었다.

"대표님이 윤허하신 일탈이니까 괜찮아요."

유건의 차가 천은사로 들어가는 길에 접어들었다. 꼬불꼬불한 길을 지나 천은사 주차장으로 향했다. 유건은 저수지가 보이는 방향으로 차를 댔다.

"왜 여기에 왔어요? 아니, 나한테 어디 가냐고 물었으면서 순 자기 맘대로네. 맞다, 혹시 금요일에 공연 끝나고 주차장에 늦게까지 남아 있었어요?"

"오늘 해가 너무 쨍하지 않아요? 봄날치고 해가 너무 쨍하네."

"무슨 뚱딴지같은 소리예요? 오늘 하늘 흐리잖아요. 묻는 말에 대답은 안 해주고."

"글러브 박스에서 선글라스 좀 꺼내줄래요? 내가 손이 안 닿아서."

"아니, 아까는 팔 긴 거 자랑했잖아요. 금요일에 주차장에 늦게까지 남아 있던 차가 이 차 맞냐고요. 오늘 왜 이렇게 사람이 정신없고 앞뒤가 안 맞지?"

"눈이 부셔서 그래요. 선글라스 쓰면 괜찮아진다니까."

유건이 눈을 찡그리고 글러브 박스를 가리켰다. 설은 어이없다는 표정으로 글러브 박스를 열었다.. 그런데 선글라스는 없고 연두색 표지의 책 두 권이 들어 있었다.

"그것 좀 꺼내줘요."

설이 책을 꺼내다 그대로 손을 멈췄다. 글러브 박스 안에 든 책은 황석영의 『오래된 정원』[44]이었다. 결혼이 깨

---

[44] 황석영 저, 창비, 2000. 1980년대 광주항쟁과 그 이후의 한국 현대사를 배경으로, 수감을 마치고 나온 남자와 이미 세상을 떠난 연인의 편지를 통해 이어지는 사랑과 상실을 그린다. '오래된 정원'은 두 인물이 '갈뫼'라는 이름의 시골에서 보낸, 삶에서 가장 평화로운 순간을 상징한다.

지고 커플링을 택배로 보내라는 톡을 받은 뒤 발길 닿는 대로 도서관에 갔다가 낡을 대로 낡은 이 책이 꼭 자신의 마음 같아 눈에 들어왔다. 사서에게 이 책 좀 고쳐주면 안 되냐고 했다가, 테이프만 잔뜩 붙어 돌아온 책, 그래서 설이 책 고치는 걸 배우게 만들고, 결국 지리산까지 오게 한 책이었다.

"이 책을 어떻게 알았어요? 책 제목은 아무한테도 말한 적 없는데."

설은 유건을 한 번, 다시 책 표지를 한 번 쳐다보았다. 유건이 장난기 가득한 눈으로 설을 보고 있다 입가에 환한 미소를 띠며 어깨를 으쓱했다.

설이 빳빳한 책 표지를 조심스럽게 어루만졌다.

"새 책이네."

그러자 유건이 흐뭇한 얼굴로 고개를 끄덕였다.

"설이 씨 처음 만난 날, 나도 책 복원에 대해서 검색을 좀 해봤어요. 그러다 테이프 붙인 책은 가망이 없다는 글을 봤어요. 설이 씨가 도서관 사서에게 나달나달해진 책을 고쳐 달라고 했을 때, 테이프만 잔뜩 붙은 책을 받아 들고 슬펐다고 했잖아요."

유건이 담담하게 말했다.

"고마워요. 근데 정유건 선생님이 저를 왜 위로해주는 거예요?"

설이 잔뜩 잠긴 목소리로 말했다.

"위로는 원래 남이 해주는 거니까요. 위로가 마음을 편안하게 달래주려고 노력하는 건데, 이미 힘든 사람이 어떻게 또 더 노력해요?"

그 말을 듣는 순간 설의 얼굴이 순식간에 뜨거워졌다. 저도 모르게 눈물이 그렁그렁 고였다. 한마디만 더 해도 후드득 떨어질 것만 같았다.

"이미 부서진 마음은 테이프 덕지덕지 붙인 책이랑 똑같아요. 그 상태로는 예전 그대로 못 돌아간다고. 그러니까 그냥 새 걸로 바꿔요. 들여다볼 때마다 베이는 마음이랑 그만 싸우고."

유건은 낡아버린 책에 대해 말하면서 동시에 설의 마음에 대해 말하고 있었다.

"금요일 밤에 책방 와서 막걸리 먹기 전에, 혹시 천은제에 있었어요?"

설의 질문에 유건은 아무런 말도 하지 않았다.

"오늘은 제대로 된 대답을 하나도 안 해주네. 그럼, 지금 그 말은 고백 맞아요?"

그러자 유건이 피식 웃었다.

"설이 씨는 고백에 되게 집착하는 경향이 있네요. 모든 관계가 고백 다음에 '준비, 땅!'하고 시작되는 건 아니에요."

"놀리지 말고, 똑바로 말해줄래요? 고백이에요?"

"나한테 '좋은 사람'이라고 말하지 않으면?"

"그럼 좋게 거절할 생각은 아예 하지 말라는 거잖아요."

"당연하지."

"그럼, '정유건 선생님에게 저는 너무 부족한 사람이에요……' 이렇게 말하면요?"

유건이 한숨을 폭 내쉬었다.

"그건 벌써 알고 있고. 다른 이유를 대봐요."

"뭐라고요?"

설이 되물었다.

"그럼, '제가 정유건 선생님을 좋은 사람으로 기억할 수 있게 해주세요……' 하는 건요?"

"그건 지금도 그렇게 생각하고 있잖아요."

"아아, 이게 아닌데."

설이 머리를 마구 헝클었다.

"나는 용서할 수 없는 건 미워하고, 사랑할 수 없는 건 그냥 싫어해버려요. 그리고 지나가요. 끝까지 괜찮게 만들려고 애쓰지 않아요. 그러면 꼭 마음을 다치거든요. 자기 마음인데 오래 써야죠."

설의 눈에 다시 눈물이 그렁그렁해졌다. 눈물이 또르르 흘러내리자, 유건이 티슈를 뽑아서 설의 볼을 닦아주었다. 설이 티슈를 건네받아 눈물을 닦는데 갑자기 유건이 부스럭거렸다.

"어이구."

고개를 들어보니 차 밖에 있는 누군가가 유건을 가리키고 있었다. 현민이 등산복을 입고 경내로 들어가다 두 사람을 발견하고는 눈을 동그랗게 떴다.

"오늘 안에 구례 바닥에 우리 둘이 뭔 사이라고 소문 쫙 날 거예요."

설이 눈물을 닦다 말고 피식 웃었다.

"그만 내립시다. 밖에 공기도 좋고 바람도 좋은데."

유건이 차에서 내려 조수석 문을 열어주었다. 두 사람은 나란히 수홍루를 지나 경내로 들어갔다. 말없이 대웅전을 한 바퀴 돈 다음 대숲으로 이어지는 산책로에 들어섰다.

18

"이쪽에도 산책로가 있는 줄은 몰랐어요."

설이 천천히 걸으며 말했다.

"이 방향으로 가면 반대편에서 천은사를 볼 수 있어요. 난 그 풍경을 더 좋아해요."

유건이 앞장섰다.

"근데, 진짜 어떻게 알았어요?"

설이 물었다.

"뭘?"

"책 말이에요. 헤어지고 도서관에 갔다가 이 책 때문에 책 고치는 걸 배울 생각을 했다는 얘긴 한 것 같은데 그냥 표지 색깔 정도만 말했지, 제목은 아무한테도 말 안 했어요."

"한국 사람이면 황석영 작가 책은 당연히 알아야죠. 나는 『삼포 가는 길』[45]도 읽고, 『손님』[46]도 읽고, 『장길산』[47]도 다 읽었다니까요…… 라고 하면 좋겠지만."

유건이 장난스럽게 웃으며 말을 이었다.

"'봉서리 서점' 사장님께 여쭤봤어요. 그 사장님이 책 더미 쌓아두고 종일 책만 보시잖아요. 표지가 연두색이고 상, 하 두 권에 나온 지 꽤 된 것 같은 소설이라고 하니까 금방 찾아주시던데요."

유건의 설명을 듣자 설의 머릿속에도 그림이 그려져 웃음이 나왔다.

"이 책, 책사랑방에도 여러 권 있어요."

"알아요. 그 생각도 했죠. 그래도 설이 씨한테는 꼭 새 책을 선물하고 싶었어요."

설이 매끈한 책 표지를 손끝으로 훑었다. 훼손되고 구겨지기 전의 빳빳한 새 책에는 아직 시작되지 않은 이야기가 기다리는 것 같은 설렘이 있었다.

"근데 아무리 생각해도 책 복원하는 걸 이 책 때문에 배우게 됐다는 얘기를 정유건 선생님에게는 한 적 없어요."

---

45) 황석영 저, 창비, 2000

46) 황석영 저, 창비, 2001

47) 황석영 저, 창비, 1974~1984. 1권부터 12권까지 총 열두 권으로 구성된 대하소설.

설이 호락호락하게 물러나지 않겠다는 표정으로 유건을 보았다. 유건이 잠시 콧잔등을 찡그리다 입을 열었다.

"송이전골 식당. 기억나요?"

설이 기억을 더듬어보다 눈을 동그랗게 떴다.

"건너편 테이블에 있었어요. 식당에 TV 틀어놓은 것처럼 안 듣고 싶어도 다 들리던데."

"맙소사."

설이 이마를 쳤다.

"걱정 마요. 그날 다른 테이블에는 나랑 후배밖에 없었으니까."

그날 일을 떠올리며 두 사람은 잠시 아무 말도 하지 않았다.

"태양 씨는, 잘 올라갔대요?"

먼저 말을 꺼낸 건 유건이었다. 설이 스마트폰으로 시간을 확인했다.

"지금쯤이면 서울 도착했을걸요."

두 사람은 다시 말이 없어졌다. 유건은 설의 맞은편에 앉아 있던 태양을 떠올리자 다시 높은 벽을 마주한 것처럼 아득해졌다. 그날 TV 소리처럼 들리던 설의 이야기는 두 사람의 관계가 얼마나 견고하고 오래된 것인지를 보여주고 있었다. 유건은 그 틈을 벌릴 수 있을지, 그 틈에 자신이 들어갈 수 있을지 자신이 없었다. 그러나 그럼에도 포기할 수 없는 마음이 있었다.

"기다려달라고 하면 기다릴게요."

침묵을 깨고 유건이 먼저 입을 열었다.

"그냥 좋은 사람으로 남아달라고 하면 그렇게 하고."

또 잠시 침묵이 이어졌다.

"뉴욕에는 여름에 간다고 했으니까 석 달 남았네요. 유효기간 정해진 짧고 강렬한 관계도 괜찮아요, 난."

그 말을 듣고 설은 대답 대신 걸음을 멈추었다.

"어떻게 알았어요?"

심장이 쿵쾅거렸지만 태연한 척 애써 다음 말을 이어갔다.

"금요일에 여기 있었던 거 맞죠? 주차장에서 유건 샘 차를 봤어요. 그땐 긴가민가했는데."

"일부러 쫓아가서 훔쳐 들은 건 아니고, 내가 먼저 거기에 있었어요. 상생의 길 내려가는 계단 옆에 정자 하나 있거든. 나가는 차가 갑자기 너무 많이 몰리길래 거기 누워서 차가 빠지길 기다리는데 저쪽 수변 무대 객석에서 낯익은 여자분이 드라마를 찍더라고."

설이 미간을 찡그리며 유건을 보았다.

"지금 농담이 나와요?"

"근데 그 드라마 별로였어요."

"뭐라고요?"

"남자주인공이 책 찢어진 건 신경도 안 쓰고 또 빌려갈 궁리만 하고 있는 것 같아서요. 내 눈에는 여전히 나달나달하고, 위태로운데. 뭐, 기분 탓인지도 모르죠."

설이 자그맣게 한숨을 내쉬었다. 유건의 눈에 아직도 자기가 그렇게 보인다는 사실이 창피했다.

"그 책이 만약 내 손에 들어오면요. 난 구겨질세라 조심스럽게 펴보고, 밑줄도 절대 안 그을 거예요. 아, 오타가 보여도 꾹 참고 동그라미도 안 칠 거예요. 완전 애장도서, 출간된 그 상태 그대로 고이고이 모실 거예요."

설이 피식 웃음을 터뜨렸다.

"그냥, 내가 주고 싶은 마음은 그래요. 근데 주고 싶어서 주는 거니까, 주는 사람 마음 같은 건 너무 깊이 생각하지 말아요. 자기 마음을 제일 정확하게 봐야지, 남의 마음 너무 많이 생각하면 자기 마음이 안 보여요."

두 사람은 어느새 팔각지붕이 얹힌 폐건물 앞까지 왔다.

"아까부터 저게 뭔지 궁금했는데. 뭐였을까요?"

설이 화제를 돌렸다. 유건이 폐건물을 물끄러미 보다가 입을 열었다.

"난 여기서 그런 상상 하는 걸 좋아해요. 이 건물은 한 20년 전엔 식당이었을 거예요. 매점이 있고, 거기선 꼭 장난감을 같이 팔죠. 10분만 갖고 놀아도 부서질 것 같은 조잡한 장난감 말이에요. 어른들은 식당에서 김치 두

루치기와 계란말이 같은 안주에 맥주를 마시고, 창문 밖으로는 오리 배가 둥둥 떠다녀요. 아이들은 뛰어놀다가 들어와서 장난감을 사달라고 조르고요."

 설이 사진을 찍으려고 스마트폰 카메라를 켰다. 그런데 팔각지붕 건물을 등지고 서 있는 유건이 화면에 들어왔다. 자기가 상상한 건물의 용도를 얘기하며 흐뭇하게 웃고 있는 유건의 얼굴이 보였다. 마치 상상 속의 풍경이 눈앞에 펼쳐지고 있는 것 같았다. 유원지에서 즐겁게 노는 한 가족이 그려졌다. 그리고 그 가족이 있는 곳으로 자신이 들어간 것 같았다. 원하던 장난감을 얻지 못해 징징대는 아이의 손을 잡고, 그렇게 다 사주면 버릇 나빠진다고 옆에 있는 남편에게 눈 흘기느라 사진 찍히는 줄도 모르는 그런 여자가 있는 화면.

 "지금 나 찍는 거예요?"

 현실로 돌아와 스마트폰 화면을 다시 보는데 유건이 렌즈를 정면으로 보았다. 피하지도 않고 그저 웃으면서. 태양과 설이 주고받은 대화를 다 들었으면서, 그래도 상관없으니 설에게 오고 싶은 만큼 오라고 손을 내미는 용기는 대체 어디서 나오는 걸까. 설은 그런 마음이 자신을 향하고 있다는 게 믿기지 않았다.

 유건이 벤치로 가더니 손수건을 꺼내 펼치고 설을 향해 손짓했다.

"어머니가 맨날 다리고 챙겨주시면서 잘 갖고 다니라고 하셨는데, 이럴 때를 대비해서 주신 건가 봐요. 지난번에도 그렇고 요긴하게 쓰네."

설이 벤치에 가 앉다가 스마트폰을 떨어뜨렸다. 유건이 설의 스마트폰을 주워주다가 화면에 찍힌 자신을 들여다보았다.

"아까 내가 좀 잘생겨 보였나 봐요?"

유건이 피식 웃었다. 설이 황급히 화면을 껐다.

벤치에 앉으니 태양의 말대로 저수지 건너편 천은사 가람이 눈에 들어왔다.

"근데 궁금한 게 있는데 이제 제대로 대답해줄 거예요?"

"내가 제대로 대답 안 한 게 있었어요?"

유건이 시치미를 뗐다.

"아까는 좀 뚝딱거렸잖아요. 딴청만 피우고. 계속 말 돌리고."

"쑥스러워서 그런 건데 좀 모른 척해줍시다."

"쑥스러움도 타세요? 전혀 모르겠던데."

"그래서 뭘 물어보고 싶은데요?"

"금요일 밤에 여기 있었으면, 태양이가 한 말 다 들었을 거잖아요."

"들었죠. 그 친구 목소리가 특이해서 잘 들리더라고."

"근데 왜 이 책을 나한테 줬어요?"

설이 정말로 궁금하다는 표정으로 물었다.

"지금 설이 씨에게 제일 필요한 게 그거니까."

설의 표정이 그대로 멈췄다.

"임걸령에서 처음 봤을 때부터 궁금했어요. 저 사람은 왜 여기 있을까. 근데 책을 고친대요. 나달나달한 책이 꼭 자기 마음 같아서 책 고치는 걸 배웠다는 말이 머릿속에서 잊히지 않았어요. 그러다 알게 됐어요. 테이프 붙인 책은 어떤 방법으로도 못 살린다는 걸. 그래서 새 책을 선물하기로 마음먹었어요. 빨리 구할 수 있을까 걱정은 했지만, 주는 건 어렵지 않았어요."

유건이 대수롭지 않은 듯 말했다.

"상대방이 어떤 상황이든 상관없이 이기적으로 내 마음만 받아달라는 것처럼 보일 수도 있는데, 난 누굴 좋아하면 내 마음밖에 안 봐요. 원래 사랑은 자기 마음밖에 알 수 없어서 이기적인 거고 둘밖에 생각 안 해서 배타적인 거예요. 그래서 내가 좋아하는 사람이 다른 사람을 좋아한다고 해서 그냥 포기하고 돌아서본 적 없어요. 물론 상대방이 곤란할 테니까 그 마음을 부담스럽게 표현하거나 날 좋아해달라고 강요하진 않죠. 그렇다고 여전히 좋아하는 마음이 있는데 일부러 좋아하는 걸 그만두진 않아요."

"그럼 어떻게 하는데요? 내가 좋아하는 사람이 다른

사람을 좋아하면?"

"그냥, 그 마음이 식을 때까지 그냥 둬요. 뜨거운 음식 식히는 것처럼."

"그게 돼요? 더 좋아지거나 막 집착하게 되지 않아요?"

"하, 내 밑바닥을 보고 싶어요? 나도 사람이니까 그럴 때도 있죠. 그리고 솔직히 금요일 밤에는 그랬어요. 그래서 책방에 간 거예요. 근데 밤에 설이 씨를 보고 내 마음을 정확히 알았어요. 난 기다릴 수도 있고, 두 번째 남자가 될 수도 있고, 있는 듯 없는 듯 편한 사이가 되어줄 수도 있겠다고. 근데 술을 마신 상태라 취해서 객기 부리는 거 아닌지 걱정됐고, 그때 페르시아인이 생각났어요. 다음날 맨정신에 한 번 더, 내가 설이 씨의 '아무거나'가 되어도 괜찮은지 판단해보고, 그 얘길 불쌍하지 않게 꺼내봐야겠다고 생각했어요."

"그래서 토요일 아침에 찾아왔던 거예요?"

"장봉뵈르 마지막 한 입을 남겨두고 내 마음이 똑같다는 걸 알았어요. 중요한 결정은 배를 채우고 하는 거니까."

"그래서 그 아침에 기껏 데려가서는 내가 샌드위치를 먹든 말든 관심도 없었던 거예요?"

설이 얄미운 듯 눈을 흘겼다.

"토요일 아침에 내가 좀 이기적으로 군 건 알아요. 근데 누굴 좋아하는 데 차례가 있는 것도 아니고, 지금 아니면 내 마음을 말할 기회가 영영 없을지도 모르잖아요. 내 시점에선 임걸령에서부터 시작된 이야기가 있고, 거기에 강태양 씨가 끼어든 거지만, 그렇다고 강태양 씨 때문에 내 마음을 없었던 것처럼 덮어버리고 싶지도 않았어요. 혹시 내 얘기가 부담스러우면 그냥 말해요. 다시 안 꺼낼 테니까."

구름 사이로 조각난 햇살이 호수에 반짝였다.

"근데 난 아무리 생각해도 이해가 안 돼요."

"내가 어렵게 말했어요?"

"아뇨, 정유건 선생님 말이에요."

"내가요? 왜?"

"돌려받지 못할 수도 있잖아요. 그런데 어떻게 그렇게 다 보여줄 수가 있어요? 다른 사람 마음을 조종이라도 해서 자기가 원하는 대로 하고 싶은 게 사람 마음이잖아요. 근데 지금 어떻게 모든 선택지를 다 내놓고 나한테 고르라고 할 수 있는 거예요?"

유건이 묘한 표정으로 웃었다.

"그 마음은 그냥, 주는 거예요."

"그러니까 그게 어떻게 되냐고요."

"뭐, 애초에 밀당 같은 걸 못 해서 그럴 수도 있고, 기싸움에 관심이 없어서 그럴 수도 있죠. 아, 제일 유력한 거는 역시 직업병?"

"언제는 남 관찰하는 게 직업병이라면서요?"

"생각해봐요. 내가 치료해준다고 야생동물이 내 마음을 알아주는 것도 아니고, 옛이야기에 나오는 제비처럼 은혜를 갚는 것도 아니에요. 그냥 곁에 있을 때 해줄 수 있는 걸 다 해주고 회복시켜서 돌려보내는 게 최선이에요. 근데 난 그게 잘 맞았어요. 줄 때의 마음이 기쁘지, 돌려받지 못할 때 받는 상처는 별로 크지 않아요."

설은 유건의 이야기를 들으며 갑자기 멍해졌다.

"그런 마음은 대체 어떻게 하면 가질 수 있는 거예요?"

"뭐가요? 아, 그냥 주는 거?"

유건이 머리를 긁적였다.

"주는 게 기쁘면 돼요. 뭐 쉽지는 않죠."

설이 심각하게 말했다.

"나는 누굴 좋아할 때마다 어떻게 하면 매력적으로 보일까 하는 게 제일 큰 고민이었어요. 누군가가 나를 좋아하는 것도 매력 때문이라고 생각했지, 그 마음이 그냥 주는 거라고는 한 번도 생각해본 적이 없었어요. 내가 그런 마음을 가져본 적이 없으니까, 그런 마음이 존재하긴 할까 싶었거든요."

유건이 설을 빤히 보았다.

"그래서 연애할 때마다 항상 돌아서서 나올 핑계를 남겨뒀어요. '더 사랑하는 사람이 지는 게임' 같은 말로 변명하면서요. 난 그래요."

설이 어두운 표정으로 고개를 저었다.

"대체 무슨 얘기를 하고 싶은 건데요?"

설은 유건의 말에서 오랫동안 품고 있던 질문에 대한 답을 들은 기분이 들었다. 언젠가 한 번은 가져봤으면 하는 마음이 눈앞에 있었다. 그렇지만 결국 그 사랑이 끝나고, 설이 사랑했던 모든 사람처럼 설의 곁을 떠난다면 그때 받을 상처는 상상조차 할 수 없었다.

"난 그러니까, 이 책을 받을 수 없다고 말하는 거예요."

말을 마친 설이 입술을 깨물고 일어났다. 유건이 설의 소매를 붙잡았다.

"이만 가는 게 좋겠어요. 전 좀 혼자 있고 싶어요."

설이 유건의 팔을 뿌리치고 걸어온 방향으로 다시 걸어가기 시작했다. 그러자 유건이 반대 방향을 가리켰다.

"그쪽으로 가면 너무 오래 걸릴 거예요. 벌써 반 넘게 왔어요. 그냥 한 바퀴 돌아요. 제방을 지나가는 게 더 가까워요."

설이 유건의 말에 고개를 저으며 말했다.

"전 이쪽 길로 갈게요. 정유건 선생님이 그쪽으로 가요."

유건이 잠시 생각하더니 설에게 뛰어왔다.

"그럼, 설이 씨가 제방 쪽으로 가요. 내가 반대로 갈 테니까. 그럼 괜찮은 거죠?"

그러고는 설을 앞질러 걸어온 방향으로 몇 걸음 내디뎠다. 설이 제방 쪽으로 걷기 시작했다. 유건이 가다가 멈춰서 뒤돌아보았다.

"더 사랑하는 사람이 지는 게임 맞아요. 그래서 내가 설이 씨한테 져주겠다고 하잖아요. 모든 주도권은 설이 씨한테 있다고. 기대고 싶으면 기대고, 마주 보고 싶으면 마주 봐요. 만약 내 마음이 설이 씨를 힘들게 하면, 그럼 밀어내요. 나 갈게요!"

유건의 외침이 등 뒤에서 들렸다. 설은 더 이상 걸음을 옮기지 못하고 한참을 그 자리에 서 있었다.

아침까지 태연한 얼굴로 학교 가는 설을 배웅하던 엄마가 사라진 걸 알았을 때, 늦은 밤 캔맥주를 나눠 마시고 잠들었던 아빠가 응급실에서 흰 천에 덮였을 때, 얼마 지나지 않아 태양마저 오스트리아로 떠나고 난 뒤, 설은 자신에게 소중한 사람은 모두 떠난다고 믿게 되었다. 그 뒤로는 누구를 만나더라도 결국 버림받게 되는 건 아닐까 늘 불안했다.

그래서 설은 누군가 자신을 좋아해준다면, 어떤 사람이든 사랑할 수 있을 거라고, 사랑은 감정이 아니라 선택의 문제라고 믿었다. 언제까지나 자신의 옆에 있어줄 것 같은 사람을 선택하고, 버림받지 않을 것 같은 연애만 했다. 마지막 사랑이 깨졌을 때 설은 자신이 사랑이라 믿었던 마음이 결국 버림받지 않으려는 몸부림이었다는 걸, 그 끝에는 나달나달한 마음만 남는다는 것을 깨달았다.

설에게 사랑은 답지를 보지 않고는 도저히 풀 수 없는 별 세 개짜리 수학 문제 같았다. 진짜 수학 문제라면 답지도 있고 풀이도 있겠지만, 연애에는 그런 게 없었다. 아무도 알려줄 수 없고, 혼자 해결해야 하는 건 알지만 어디부터 풀어야 할지 막막하기만 했던 오랜 문제의 모범 답안을 유건이 갖고 있었다.

글러브 박스에서 『오래된 정원』을 발견했을 때, 설은 유건에게 태양의 청혼을 거절했다고, 유건이 설에게 유일하게 특별한 사람이라고 말하고 싶었다. 그런데 유건이 설에게 어떤 존재가 되어도 괜찮다고 말한 순간, 설은 유건이 자신에게 특별한 사람이라고 말할 용기를 잃었다. 이 사랑에서 결국 자신이 더 많이 사랑하고 더 많이 상처받는 사람이 될까 봐 덜컥 겁이 났다.

조금 전 팔각지붕 건물 앞에서 설이 상상했던 장면은 어린 시절 설의 기억 속에 남아 있던 가족사진이었다. 설은 장난감 때문에 떼를 쓰던 아이처럼 주저앉아 울고 싶은 기분이 들었다. 다 주고도 기쁜 마음은 어떻게 갖는 건지 하나도 가르쳐주지 않고 가버린 엄마와 아빠를 큰 소리로 부르면서.

19

가슴이 답답해서 달리기 시작했는데 어느새 눈에 눈물이 맺혔다. 눈앞의 풍경이 제멋대로 흔들렸다. 거센 바람이 불고 하늘이 어두워졌다. 저수지를 끼고 나 있는 산책로 끄트머리에 제방이 있었다. 차곡차곡 쌓아 올린 돌벽 위에 모래와 자갈로 다져진 길이 펼쳐졌다. 설은 제방 앞에 멈춰서 숨을 고른 뒤 스무 걸음쯤 걸었다. 무심코 고개를 돌리다가 저수지 건너편의 논과 밭, 그 아래 탁 트인 마을 풍경이 눈에 들어왔다.

구름 사이로 비친 한 줄기 햇살이 산 아래 마을을 비췄다. 설은 그 마을에 사는 사람들을 상상했다. 매일 얼굴을 마주 보며 밥을 먹고, 웃고, 서로를 쓰다듬고, 사랑한다는 말을 나누겠지. 서로에게 기대고 깃들여 살아갈 사람들을 떠올리자 혼자 먹구름 아래 서 있는 자신이 더욱 외롭게 느껴졌다.

설은 바닥에 주저앉았다. 무릎을 세워 얼굴을 파묻었다. 눈물이 차오르더니 줄기차게 흘렀다. 한참을 소리 내어 울었다. 이렇게 울어본 게 얼마 만인지 기억을 더듬자, 당장 아빠의 관이 화장로에 들어가던 순간이 떠올랐다.

결혼 13년 만에 아내가 사라지고, 혼자 고생하며 딸을 키우다 환갑도 되기 전에 세상을 떠난 아빠였다. 그 아빠가 이제 더 이상 보고 듣고 느끼고 숨도 쉴 수 없는 세상으로 떠나는 것이 불쌍해서 울다가, 그 다음엔 설의 앞에 펼쳐질 날들이 너무 막막해서 또 울었다. 엄마도, 아빠도 없는 곳에서 혼자 살아가야 할 광막한 시간을 감당할 자신이 없었다. 저수지와 산 아래 마을 풍경 사이에 갇혀서 한 발짝도 내디딜 수 없을 것 같았다.

아빠는 설에게 더 넓은 세상에서 더 많은 사람을 만나고 경험하며 자신을 성장하게 하는 사람을 사랑하라고 했다. 설이 비죽거리며 아빠는 미술 선생님과 수학 선생님 중 한 명을 고르는 게 인생에서 제일 중요한 선택이었냐고 했을 때, 그때는 아빠의 세상에 그게 전부였다고, 한 번도 그 밖으로 나가볼 생각을 못 해봤다고 했다. 그리고 그 선택을 후회하는 게 아니라, 더 많이 보고 알고 느끼고 성장할 기회들이 있다는 것조차 알지 못하고 그 시간을 보냈다는 게 아쉬울 뿐이라고 덧붙였다.

설에게 사랑은 외로움과 결핍을 채우기 위한 몸부림이었다. 그러면서도 그 외로움과 결핍을 감추려고 무던히도 애써야 하는 지난한 과정이었다. 진심을 숨겨야 조금이라도 더 우위에 있을 수 있었다. 더 많이 사랑하면 지게 될까 봐, 사랑하면서도 너무 사랑하지는 않으려 애써야 하는 끊임없는 시소게임이었다.

태양과 20년간 애매한 감정을 유지하며 지낼 수 있었던 것 역시 한 번도 서로에게 솔직하지 않았기 때문이었다. 설은 그래서 태양이 편했다. 태양이 가장 불편했을 때는 바로 진심을 드러내며 다가올 때였다.

그런데 유건은 가망 없는 책은 버리고 새 걸 사라고 했다. 과거에 어떤 일이 있었든 떠나보내고 새로운 마음을 가지라고 했다. 그리고 새 마음으로 그냥 사랑하라고 했다. 사랑은 주고받는 거래나 끊임없이 균형을 잡는 시소게임이 아니라, 내가 기뻐서 주는 이기적인 감정이라고 했다. 둘밖에 모르는 배타적인 행위라고 했다.

유건의 사랑은 이기적인 것인데, 왜 아무도 불편하게 만들지 않으려 애썼던 설을 한없이 작아지게 만드는 것인지 그 이유를 알 수 없었다.

설의 마음속에 할 말이 가득 차서 자신도 모르게 새어

나오기 시작했다.

　아무리 생각해도 이해할 수 없어요. 난 상처받고 싶지 않았던 것뿐이고, 더 상처받는 걸 견딜 수 없었던 것뿐인데, 난 잘못한 게 없는데 왜 제멋대로인 당신의 사랑 앞에서 이렇게 부끄러워지는 걸까요. 당신은 그저 마음 가는 대로 하는 것일 뿐인데, 나는 그 한 가지가 왜 안 될까요. 나를 유심히 봐주고, 어떠냐고 물어봐주는 당신이 좋은데, 왜 그 사랑을 받는 게 이렇게 어색할까요. 나는 당신이 생각하는 것보다 훨씬 더 당신에게 푹 빠진 것 같은데, 왜 그걸 숨기고만 있을까요. 당신의 사랑이 이렇게나 멋진데 그 사랑을 받을 사람이 나라는 게 왜 믿기지 않을까요. 나는 왜 그 사랑을 받을 줄 모르는 걸까요.

　터져 나온 독백은 단 한 사람을 향한 것이었다. 절대 보내지 않을 메일, 결코 전하지 못할 마음이었다.

　머리 위에 한두 방울씩 비가 떨어졌다. 설은 고개를 들어 하늘을 보았다. 한층 커진 먹구름이 하늘을 뒤덮고 있었다. 빗방울은 순식간에 굵어져 온몸을 적셨다. 설은 벌떡 일어나서 손으로 머리를 가린 채 허둥댔다. 방향과 거리를 가늠해보니 제방을 건너 산 아래로 내려가는 편이 빠를 것 같았다. 빗방울들이 고요하던 수면을 세게 두드렸다. 몇 발짝 달렸을 때 갑자기 하늘이 어두워지면서 눈앞의 비가 그쳤다.

고개를 들자 유건이 커다란 우산을 들고 설의 앞을 가로막고 서 있었다.

"주차장에서 기다리고 있었어요. 반대쪽으로 나오면 다시 얘기하려고. 갑자기 비가 오길래 차에 있는 우산 들고 뛴 건데."

유건의 양쪽 어깨가 이미 흠뻑 젖어 있었다. 우산을 쓰고 온 사람이 설 만큼이나 비를 잔뜩 맞은 꼴이었다. 얼마나 서둘렀으면 그럴지 마음이 아렸지만 말이 제멋대로 나갔다.

"더 할 얘기 남았어요?"

설이 잔뜩 잠긴 목소리로 말했다. 유건이 당황한 듯 빤히 설을 보다가 천천히 입을 열었다.

"네. 마지막에 설이 씨가 한 말은 틀렸어요. 그냥 주는 마음은 받을 수 없다는 말 말이에요. 사실 나도 내 마음을 다 몰라요. 지금은 이렇게 쿨하게 말하지만 엄청난 집착남이 될지 어떻게 알겠어요. 해봐야 알지."

유건이 입술을 깨물었다. 설이 옅게 웃었다.

"그 말 해주려고 이 비를 뚫고 왔다고요?"

설이 마치 남의 얘기를 하듯 냉소적으로 말했다.

"나는, 그 말이 설이 씨가 날 거절하려고 그냥 하는 말인지 아닌지 알고 싶었어요. 마치 '좋은 사람'처럼요. 근데 그 말은 진짜 같네요."

유건의 목소리가 잘게 떨렸다.

"그게 내 진심이니까요. 난 그런 고백을 들어도 겁부터 나요. 상대가 나를 싫어할 이유부터 찾아야만 안심할 수 있어요. 그래야 이 관계가 망가져도 덜 아플 테니까요."

설이 격앙된 목소리로 말했다.

"왜 사랑하면 안 될 이유부터 찾아요?"

유건의 목소리가 낮게 가라앉았다.

"난 그냥 황설이라는 사람이 좋은 거지, 뭐가 좋은지 싫은지 생각 안 해봤어요. 앞으로도 되도록 생각 안 할 거고."

유건이 단호하게 말했다.

"그럼 난 어떻게 해요?"

설의 목소리가 높아졌다.

"그냥, 그렇구나 하면 돼요. 당연하게 받으면 된다고."

유건의 목소리도 덩달아 커졌다.

"난 그게 안 돼요. 정유건 선생님이 왜 나를 좋아하는지, 나를 똑바로 알고도 좋아하는 게 맞는지 꼭 따져야만 한다고요, 난!"

설이 울먹이면서도 또박또박 말했다. 유건은 한숨을 푹 쉰 뒤 체념하는 눈빛으로 설을 내려다았다.

"내가 당신이 그 나달나달한 책 같다는 말 때문에 며칠 동안 밤에 잠을 설쳤거든요. 그 말이 왜 그렇게 신경 쓰이는지 생각해봤는데."

유건이 비에 젖은 설의 머리카락을 가만히 귀 뒤로 넘기며 말을 이었다.

"하늘에서 뚝 떨어진 사람을 내가 무슨 수로 거부하겠어요?"

"그게 무슨 말이에요?"

"설이 씨 그물에서 떨어졌을 때 내가 받았잖아요."

유건이 갑자기 임결령 가는 길에 비법정탐방로에서 길을 잘못 들었을 때의 일을 꺼냈다.

"품에 안겨서 무슨 상황인 줄도 모르고 나를 빤히 쳐다보는데 순간 눈을 못 마주쳤어요."

"팔꿈치 때문에 아프다고 빨리 내려가라고 했잖아요."

"마음이 뭔가 꿀렁대는 게 이상해서 핑계를 댄 거죠."

"난 오늘 정유건 선생님이 하는 말을 반도 못 알아듣겠어요."

설이 무심히 중얼거렸다.

"못 알아들어도 상관없어요. 같은 얘기를 백 가지 다른 말로 하는 거니까."

유건의 목소리가 단단하게 들렸다.

빗소리가 점점 커지더니 두 사람의 말소리마저 지웠다. 더 이상 입씨름을 하는 것이 의미 없다는 생각이 들 정도로 무서운 기세로 비가 쏟아졌다.

"그냥 차로 빨리 가죠."

설이 유건의 옷깃을 잡아끌었다.

"아뇨. 비가 좀 잦아든 뒤에 움직이는 게 나아요. 지금 가면 완전히 다 젖을 거예요."

유건이 우산을 든 채 설을 마주 보았다. 난데없는 봄비가 여름 장맛비처럼 내렸다. 산에서 구름이 흘러 내려오고 저수지에서 물안개가 피어나 사방으로 퍼졌다. 제방을 넘어 언덕으로 흘러 내려갔다. 팔각지붕 건물도, 천은사의 가람도, 마을도 모두 안개 뒤로 사라졌다.

귀에는 빗소리만이, 안개에 갇힌 시야에는 서로의 얼굴만 들어올 뿐이었다. 세상에 둘만 남겨진 것 같은 기분이 들었다. 설은 유건을 빤히 올려다보았다.

맨 처음 남자와 여자는 어떻게 만났을까. 아무도 없고, 그저 광대하기만 한 광야를 헤매다 서로를 발견했을까. 안개 낀 숲을 헤매다 맞닥뜨렸을까. 그 둘은 맨 처음 둘밖에 없다는 것을, 다른 선택지 같은 건 없다는 것을 어떻게 알았을까.

유건의 눈을 들여다보면서 설은 그 답을 알았다. 그의 눈 속에는 자신밖에 없고, 설의 눈 속에는 유건밖에 없었다. 처음부터 남자와 여자가 얼마나 많은지가 중요한 게 아니라, 서로의 눈 속에 서로밖에 보이지 않는다는 게 중요했다. 눈에도 마음에도 오직 한 사람이 가득 차서 그것

밖에 보이지 않는 순간이 있다는 사실이.

유건의 긴 속눈썹이 천천히 떨렸다. 그의 눈꼬리 아래에 까맣고 작은 점이 박혀 있었다. 설이 그물에서 떨어진 뒤 감았던 눈을 떴을 때 처음으로 발견한 점이었다.

설이 손을 올려 점을 슬쩍 쓸어보았다. 유건이 깜짝 놀라며 고개를 뒤로 물렸다. 설이 두 손을 뻗어 유건의 뺨을 감쌌다. 그리고 다시 한번 점을 손가락으로 쓸었다. 유건은 눈을 감았다. 둘 사이에 영원같이 느리고 긴 침묵이 흘렀다. 설은 까치발을 들어 유건의 입술에 자신의 입술을 갖다 댄 뒤 눈을 감았다. 눈앞에 까만 별이 반짝였다. 거센 빗소리가 귓가에서 밀려났다. 어느새 둘만이 들을 수 있는 침묵의 소리로 가득한, 둘만의 세계에 와 있었다. 끝이 없고 영원히 완벽한 세계였다.

설의 손바닥 아래 느껴지는 유건의 맥박이 점점 빨라졌다. 유건은 순하게 눈을 감고 있었다. 한 손으로는 우산 손잡이를 꼭 잡고 다른 한 손으로 설의 등을 감쌌는데 우산도 손도 조금씩 떨렸다.

"괜찮아요?"

설이 유건에게 물었다. 눈을 질끈 감은 유건의 얼굴이 새빨개졌다.

"아니, 안 괜찮아요."

설이 까치발을 내리고 얼굴을 감쌌던 손을 뗐다.

"마음의 준비가 안 됐는데."

유건의 낮은 목소리도 조금 떨렸다.

"우리 관계를 어떻게 할 거라고 말하기도 전에 입부터 맞추는 법이 어디 있어요? 나는 당연히 그것부터 정하고 다음 순서를……."

설이 웃으며 다시 까치발을 들었다. 이번엔 유건이 설의 목덜미를 감싼 손에 힘을 주었다. 한없이 평화롭고 아름다운 우주가 다시 펼쳐졌다.

사랑은 더 많이 사랑하는 사람이 지는 게임이라고, 그래서 균형을 잃으면 안 되는 시소게임이라고 생각했던 설은, 이제 사랑이 우산 같다고 생각하게 되었다. 우산을 썼다고 비를 맞지 않고 젖지 않을 수도 없지만, 서로의 체온으로 버티고 세상에 둘만 남겨진 것 같은 심정으로 비가 그치길 기다리는 것이라고. 그렇게 한때 서로의 우산이 되어주는 것이라고.

"노고단을 차로 못 간다고요?"

설이 깜짝 놀라 소리쳤다.

"내비에 찍어봐요. 노고단 주차장이라고 치면 성삼재 휴게소가 나온다니까."

"아니, 그 둘이 어떻게 같은 곳이에요? 성삼재에서 노고단을 걸어서 가려면 1시간이나 걸리는데?"

"서울대입구역에서 서울대 안까지 걸어서 가려면 1시간 걸리는 거랑 똑같지. 그건 아무렇지 않으면서 왜 노고단에만 분노해요?"

"거긴 그래도 초록 버스라도 있잖아요."

설이 주먹을 쥐고 푸르르 떨었다.

"아니, 왜 그런 일에 이렇게 흥분해요?"

"아빠 기일에는 차 타고 노고단에 가려고 했단 말이에요. 아빠가 맨날 같이 산에 가자고 하면 제가 싫다고 하니까 아빠가 노고단은 차로 거의 다 올라간다고 노고단이라도 가자고 했거든요. 그래서 노고단에 가려고 했는데. 난 진짜 산이랑 안 맞나봐요."

"성삼재에 차 대고 걸어가면 되죠. 지난번에 그렇게 임걸령까지 온 거 아니에요?"

"저 그 길 싫어요."

설이 시무룩하게 말하며 몸을 돌려 앉았다. 창밖에는 여전히 거센 비가 퍼붓고 있었다.

둘은 제방에서 비가 잦아들기를 기다렸다가 차로 돌아왔다. 발도 손도 네 개인 신인류가 탄생한 것처럼 찰싹 달라붙어서. 그런데 차에 올라타자마자 다시 비가 쏟아졌다. 유건이 하늘을 올려다보며 금방 그칠 비가 아닌 것 같다고 걱정하자, 설은 비가 그칠 때까지 기다리자고 했다. 둘은 비가 그치면 뭘 할까를 정하다가 설이 차를 타고 노고단에 가는 게 어떻겠냐고 검색해본 게 입씨름으로 번진 것이다.

"아버지 말씀이 틀리진 않았죠. '거의' 다 올라가는 건 맞지."

"왕복 2시간을 '거의'라고 말하는 건 사기예요."

설의 눈썹 밑 피부가 붉어졌다. 유건이 피식 웃으며 스마트폰과 자동차를 블루투스로 연결했다. 몽글몽글한 기타 소리가 차 안을 가득 채우더니 담백한 목소리가 흘러나왔다.

"화나면 눈썹 밑이 다 빨개지네."

설이 갑자기 두 손에 얼굴을 파묻었다.

"관찰하지 말지 그래요."

"그렇게 화났었어요, 그때?"

"진짜 무서웠단 말이에요. 그렇게 큰 곰을 가까이서 본 건 처음이었는데."

"같이 가요. 노고단. 이번엔 곰 만나면 내가 베어 벨도 흔들고 뒤에 숨겨줄게."

"자기도 모르게 곰 먼저 챙길 수도 있잖아요."

"절대 안 그래요. 나 그날 휴가 내고 설이 씨만 졸졸 쫓아다닐 건데."

설이 얼굴을 가렸던 두 손을 내렸다. 유건이 한 손으로 설의 손을 잡은 뒤 다른 손으로 빨개진 눈썹을 가만히 쓸었다.

"믿어도 돼요. 마음 놓아도 된다고."

설이 아무 말도 하지 않자 유건이 덧붙였다.

"지금 나오는 노래 제목처럼, 〈우리가 맞다는 대답을 할 거예요〉[48]."

기분 좋은 행복감이 밀려왔다. 두 사람은 서로 마주 보며 가끔 서로의 머리칼을 쓸어 넘기고, 볼과 코를 눌러 보고, 바람 새는 소리를 내며 웃었다. 유건이 가끔 창밖에 비치는 실루엣을 보며 움찔거렸다.

"내일이면 구례 바닥에 우리 결혼한다고 소문 다 퍼져도 놀라지 말아요. 원래 소문은 진실보다 수위가 높으니까."

유건이 중얼거리는 걸 듣고도 설은 배시시 웃었다. 비는 좀처럼 그치지 않았고, 영원히 그치지 않아도 괜찮을 것 같았다.

"이러다 하루 다 가겠네. 설이 씨 내일은 뭐 할 거예요?"

유건이 스마트폰으로 시간을 확인하며 물었다.

"어, 내일 바빠요."

"왜 갑자기 단호박이지? 뭐가 바쁜데?"

"태양이 좀 만나려고요."

---

48) 싱어송라이터 이강승의 앨범 〈In other words it's all made by Kyeongsuk〉(2019)의 타이틀곡. 따뜻하고 서정적인 감성으로 상대에게 위로와 믿음을 전하는 고백적인 내용이 담겨 있다.

설이 머뭇거린 끝에 대답하자 유건의 얼굴이 어두워졌다.

"그래요. 잘 다녀와요."

유건이 선뜻 대답했다.

"근데 오늘 아침에도 만나고 왔다고 하지 않았어요?"

"그랬죠. 근데 그사이에 할 말이 더 생겨서요."

"전화로 하면 되지."

"줄 것도 있어서."

"택배로 보내면 안 되나?"

유건이 말해놓고도 민망한 표정을 지었다.

"만나서 무슨 얘기할 건지 정도는 귀띔해줘요. 그래야 나도 마음의 준비를 하지."

"상관없다면서요?"

"상관은 없는데, 그래도 지켜야 하는 사회적 통념과 윤리의 범위를 좀 알아야 하니까."

유건의 말을 듣고 설이 웃음을 참았다.

"남자 친구 생겨서 반지 돌려준다고 할 건데요."

설의 말에 유건이 멍한 표정을 짓다가 이내 원래대로 돌아왔다.

"그런 건 좀 더 빨리 말해줬어야 한다고 생각하지 않아요?"

유건이 눈을 부릅뜨며 말했다.

"그럼, 내가 정유건 씨를 숨겨진 남자로 만들 것 같았어요? 사람을 뭐로 보고……. 나 아이돌도 한 번에 두 명 덕질 안 해요. 얼마나 지조 있는데."

설이 농담으로 쏘아붙였다. 그러자 유건이 핸들을 끌어안고 그 위에 엎드렸다.

"왜? 어디 아파요?"

"잠깐만. 나 지금 감동해서."

"울어요? 아까는 엄청 당당하더니. 나한테 셋 중에 고르라면서?"

"그거야 그랬지만, 태양인지 뭔지 나타나고 나서 하루도 속이 부글부글하지 않은 날이 없었다고요. 20년 남사친 여사친이 뭔지 해봤어야 알지."

"그럼, 나랑 친구 하지 그랬어요."

"그러려면 아까 냅다 입을 맞추지 말았어야지."

유건이 툴툴댔다.

"근데 내 대답은 정유건 씨가 말한 세 가지에 다 해당 안 되는 거 알아요?"

"응?"

"난 내가 좋아하는 사람 기다리게 하고 싶지 않아요. 그리고 한 번에 두 명 동시에 사귀는 건 못 하고요. '좋은 사람'은 이미 진도를 나가버려서 못 돌아가요. 내 대답은 여기엔 없다고요."

유건이 놀란 표정으로 설을 보았다.

설이 주머니에서 노란 포스트잇 반지를 꺼내 유건의 눈앞에 내밀었다.

"이 노란 물건의 정체는 설마 내가 아는 그 종이인 건가?"

"그럴걸요. 어떤 몰상식한 사람이 자릿세도 안 내고 윤슬 명당을 찜하려고 하길래, 내가 자릿세 대신 접수했죠."

설이 입꼬리를 올리며 씩 웃었다.

유건이 설의 손바닥에 놓인 반지를 집어 설의 네 번째 손가락에 끼웠다. 설이 재빨리 말했다.

"정유건 씨, 나랑 사귀어요."

20

두 사람을 태운 차가 한샘의 차실 앞에 섰다.

"청년 인터뷰 때문에 저녁에 연락 못 받아요."

설이 차에서 내리며 말했다.

"청년 인터뷰? 누군데?"

"한샘 언니요."

그러자 유건의 표정이 미묘하게 변했다.

"그건 누가 정한 거예요?"

"오현 대표님이요."

"둘이 친한데 오현 누나가 하라고 하지, 그걸 왜 설이 씨가 해요?"

"대표님 오늘 병원에서 실밥 뽑고 오셨어요. 치료와 재활에 집중하시겠대요."

"파이팅……."

유건이 자신 없는 목소리로 파이팅을 외치고는 냅다 차에 올라탔다.

차실에 들어서자 한샘이 주방에서 다구를 정리하고 있었다.

"언니, 저 왔어요."

"왔냐? 잠깐만."

설은 한샘의 군더더기 없는 동작을 물끄러미 보다가 문득 활짝 열린 찬장의 맨 위 칸에 다기가 **빽빽**하게 들어차 있는 것을 보았다. 한샘의 표정을 살폈지만 평소처럼 명랑하고 활기찰 뿐 우울한 기색은 없었다. 설은 평상 위에 낮은 찻상이 있는 자리에 올라가 앉았다.

한샘이 순식간에 다구를 세팅해서 끓인 물이 든 주전자와 함께 찻상으로 가지고 왔다. 익숙한 손길로 차를 우려 설의 앞에 놓인 잔을 채웠다.

"안 보이던 다기가 많이 보이네요. 언니. 새로 샀어요?"

설이 차를 한 모금 입에 머금고 있다 삼킨 뒤 입을 열었다.

"아니, 집에 있던 거여. 맨 위 칸 꽂발 딛고 꺼내기 구찮아서 비워뒀는데 엄마가 다기 정리한다길래 받아왔제."

한샘의 목소리가 제법 단호하게 들렸다.

"그 칸 비워둔 거였어요? 저는 되게 예쁜 다완이 두 개만 있길래 일부러 그렇게 둔 줄 알았어요."

한샘이 설을 낯선 눈빛으로 보다가 이내 다관 뚜껑을 열어 찻잎이 풀어진 정도를 확인한 뒤 숙우에 부었다.

"언제 봤냐?"

"지난번에 레인저 인터뷰할 때요."

"그 다완에 주까?"

"아뇨, 아니에요. 언니가 같이 차 마시고 싶은 사람이랑 둘이 마실 때 써요."

설이 세차게 고개를 저었다.

"애끼던 건 맞는데 인제 필요 없어."

한샘이 숙우에 있는 차를 다완에 나눠 담았다.

설은 한샘이 따라준 차를 또 한 모금 입에 머금었다가 삼켰다.

"언니는 처음부터 차 농사를 짓고 싶었어요?"

"아아니. 절대 아니지. 난 부모님처럼 절대 안 산다 사춘기부터 염불처럼 외웠어."

"근데 어떻게 해서 차 농사를 짓게 됐어요? 이렇게 차실까지 마련한 걸 보면 본격적인 거 아니에요?"

"원래 예체능은 공부할 땐 고생이고, 졸업하면 고통이란 말이 있제. 미대 나와서 대학원 갔다가 책에 아주 물려부렀어."

"네? 미대요?"

"응. 책사랑방에 걸린 그림은 다 내가 그린 거여. 오현 언니가 영구 대여한 거."

"정말요? 전혀 몰랐어요."

"미대 졸업하고 대학원 갔는데 진짜 그림은 안 그리고 죙일 책만 읽더라고. 딱 보고 느낌이 팍 와서 그렸는디 그게 무슨 의미가 있는지 남의 말 갖고 설명을 하라니. 그림까지 그리기 싫더라. 근데 아빠가 그러는 거여. 한샘아, 니 그라고 쭈그러져 있을 거면 구례로 싸게 와라."

"그래서 대학원 그만두고 구례로 오신 거예요?"

"내가 '뭐던다고 구례를 가요? 미술학원도 못 할 거를……' 했더니 아빠가 '미술학원은 됐고, 니는 혀가 깔끄러버서 먹는 장살 하믄 잘 할 거인디, 기왕 하는 거 우리가 차 농사 하니께 찻집을 혀라' 그르케 된 거지."

"근데 부모님이 하라고 한다고 바로 하겠다고 하셨어요?"

"응. 어릴 때부터 부모님 따라 차밭에 가서 똑 똑 하고 찻잎 따는 소리 듣는 게 좋았거덩. 본격적인 건 아니고, 그냥 차 사러 온 손님 맛뵈주고, 알음알음 우리 집 차 한 잔씩 대접하는 게 다지만."

"그럼 그림은 안 그리세요?"

"안 그리는 게 아니라 못 그리는 거여. 시골은 할 일이 너무 많아. 게다가 차실에서 다례 강의랑 차 강의도 하니께 그릴 시간이 없어. 요새는 차 패키지 디자인하는 게 넘 바뻐."

"패키지 디자인을 언니가 직접 해요?"

"부모님이 차 박람회인지 뭔지 나간다고 부스 신청했담서 싸게싸게 그림 하나 그려 붙이자 한 게 일이 커져부렀어. 패키지에 구례 걸 죄다 담으려고 보니까 뭣이 많네."

"구례 걸요? 뭐가 있는데요?"

"난 대학이랑 대학원 갔던 5년 말고는 구례를 벗어나 본 적이 없었거덩. 그래서 한나도 안 그리울 줄 알었는디 막상 외지에 있으니께 되게 보고 싶은 거여. 돌아와보니 어찌나 반갑던지. 그때 내가 쫓아댕기면서 실컷 본 것들이여."

"여기 그림 속에 계단이랑 양쪽의 키 작은 나무는 뭐예요?"

"그 나뭇잎이 차여. 신라 때 당나라에서 차 씨앗을 받아서 뿌린 곳이 구례, 지금 화엄사 장죽전이여. 구례엔 크게 하는 차밭이 별로 없고, 죄 야생차여. 다들 가족들 먹고 남는 거는 쪼매 팔고 하는 정도니께 암만 맛있어도 구례 사람들밖엔 모르지. 우리 아부지가 그래서 차 농사를 안 놓는 거래."

"계단 뒤에 있는 산은 지리산을 말하는 거예요? 넘버원이라고 쓰여 있네요."

"야 있냐, 지리산이 우리나라 국립공원 1호여. 1960년 대에 벌목으로 산림이 황폐화되니께 구례 주민들이 먼저 지리산을 지켜야 한다고 주장을 한 거제. 그래서 1967년에 국립공원이 됐어."

설은 갑자기 문화재 해설사가 된 것 같은 한샘의 모습에 웃음이 났다.

"그럼 반달가슴곰도 넣어야 하는 거 아니에요?"

"반달가슴곰은 2004년에 복원 사업을 시작했는디, 아 원래 넣으려고 했는데 뺐어. 이제 그건 별로 안 좋아할라고."

한샘이 입을 비죽거렸다.

"나 아까 천은사 주차장에서 너 봤어. 유건 샘이랑 딱 붙어서 가는 거."

한샘이 씁쓸한 표정을 지었다.

"우산이 하나밖에 없어서요."

설이 당황하며 말했다.

"변명 안 해도 되어야. 비 오는데 빨리 안 걷고 싸목싸목 붙어 오드마. 결국 그렇게 됐구나 하고 알아부렀제."

설이 멋쩍게 웃었다.

"있냐, 난 처음엔 좀 낯설었어. 유건 샘은 자기가 관심 없으면 다른 사람은 안중에도 없어. 처음에 구례 와서 나랑 미지랑 구분하는 것도 1년 걸렸다니께. 갸가 나랑 닮은 데도 없고, 말투도 완전 다르잖여."

"어머, 정말요? 유건 샘 눈 되게 나쁘네요."

"눈만 나쁜 줄 알어? 아무튼 되게 나빠부러."

"언제는 되게 좋은 사람이라면서요?"

"긍께. 너무 좋은 사람이라서 너무 나쁜 거여. 나한테 여지를 한 번도 안 주고 매번 자르는 게. 그래서 난 원래 여자에 아예 관심이 없는 줄 알았어야. 그란디 너랑은 되게 사이가 나쁜 것 같더만, 갑자기 화살표가 막 오가쌌고."

"화살표요? 유건 샘이요?"

"응. 둘이 같은 공간에 있으면 어색해가꼬 막 어쩔 줄 모르더만. 유건 샘은 관심 없음 어색해하지도 않어."

한샘이 투덜거렸다.

"근데 난 후련혀. 짝사랑이 슬슬 지겨웠는디. 덕분에 찬장 정리도 하고, 벼르던 런던행 편도 비행기 티켓도 끊었응께."

"런던행 편도요?"

"영국에 있는 티 마스터 코스를 계속 알아보고 있었거든. 7월에 시작하는 1년 코스인디 계속 고민하고 있다가 확 질러부렀다."

"그럼 언니 7월에 런던으로 떠나요?"

"6월 초 떠나는 비행기로 끊었어."

"그럼 티 마스터가 되면 다시 돌아와요?"

"그라제. 일단은 우리 집에서 농사지은 차로 더 많이

실험해보고, 다양한 제조법도 개발할 거여. 여기 빵집들이랑 콜라보로 애프터눈 티 코스도 만들고. 사람들이 차 마시러 구례 온다 소리 나올 만큼 허고 싶다고."

"언니, 진짜 멋진 꿈인데요."

한샘이 찬장에서 낡고 바랜 『맨스필드 파크』[49]를 꺼냈다.

"난 우리 집이 크게 차 농사를 짓는 것도 아니께, 이 책을 읽으면서 패니의 집이 우리 집 같다는 생각을 했었거든. 그러면서 속으로는 헨리 크로퍼드의 으리으리한 티타임을 꿈꿨제. 근디 이제는 정말로 패니 같은 소박한 티타임을 제대로 해볼라고. 그리고 우리 차실을 그냥 차 맛보는 곳이 아니라 사람들이 만나고 대화하는 공간으로 만들 거여."

설은 한샘이 내민 책을 받아들었다.

설은 책방으로 돌아와 작업대 앞에 앞치마를 두르고 섰다. 한샘에게 6월이 되기 전 예쁘게 고친 『맨스필드 파크』를 주고 싶었다. 설이 콧노래를 부르며 샌더로 누렇게 바랜 모서리를 벗겨내고 있는데 책방 저쪽 구석에서 부스럭거리는 소리가 났다.

---

49) 영국 소설가 제인 오스틴(Jane Austen)의 세 번째 장편소설. 가난한 집안의 딸 패니 프라이스가 부유한 친척 집 맨스필드 파크에서 성장하며 겪는 계급적 긴장, 도덕적 선택, 사랑을 다룬 작품이다. 제인 오스틴 저, 류경희 역, 시공사, 2016.

"대표님 오셨어요?"

설은 책을 내려놓고 조심스럽게 소리가 나는 쪽으로 걸어갔다. 윤슬 명당인 2층 창가 테이블 쪽이었다. 설이 도착하니 테이블 위에 포스트잇이 새롭게 붙어 있었다.

'주인 있음'

노란 포스트잇이 달빛을 받아 환히 빛났다. 설이 실없이 웃었다. '자리 있음'에서 한 단계 더 나아간 치사함이었다.

"그냥 나오지 그래요?"

설이 주변을 두리번거리며 말하자 책장 뒤에서 유건이 멋쩍어하며 걸어나왔다.

"아, 바로 들켰네."

유건이 머리를 긁적였다.

"언제부터 와 있었어요?"

설의 얼굴이 환해졌다.

"조금 전에 왔어요. 모처럼 루틴 좀 지켜보려고."

유건이 손에 있는 책 『제인 구달의 생명 사랑 십계명』을 들어 보인 뒤 테이블 앞에 앉았다. 설은 말없이 유건의 옆에 앉아 창밖의 달빛을 물끄러미 보았다.

"인터뷰는, 잘 했어요?"

유건이 설을 향해 돌아앉으며 물었다.

"네. 음. 놀랄 만한 소식이 있어요."

설이 망설이다 입을 열었다.

"뭔데?"

"한샘 언니, 영국에 차 공부하러 간대요."

"계속 고민하는 것 같더니 드디어 결심이 섰나 보네."

"알고 있었어요?"

설이 눈을 동그랗게 뜨고 물었다.

"그럼. 5남매들이 번갈아 가며 나한테 한샘이 얘기 생중계하는데 모를 리가 있나."

유건이 무심하게 말했다.

"근데 왜 계속 모른 척했어요?"

"뭘 모른 척해요?"

"한샘 언니가 유건 샘 좋아하는 거."

유건이 잠시 뜸을 들였다.

"그걸 아는 척하기 시작하면 서로 어색하고 불편해져요."

"그래도, 너무 냉정한 거 아니에요? 좋아하는 사람 없으면 한 번 생각이라도 해보지. 칼같이 잘랐다면서요."

설이 나무라듯 말했다.

"그래서 지금 내 편 안 들고 한샘이 편을 든다 이거죠?"

"한샘이? 아까 내가 잘못 들은 줄 알았는데, 한샘이라고 한 게 맞네."

설의 눈이 한층 더 커졌다.

"나는 원래 감정 없으면 말도 잘 놔요. 오현 누나, 미지, 한샘이, 얼마나 편해."

설이 아랫입술을 깨물었다.

"삐진 것 같은데?"

"아니에요. 안 삐졌어요."

"왜, 내가 한샘이랑 잘해보길 바랐던 거예요?"

"말 안 할래요."

"나는 한 번도 설이 씨가 강태양 씨랑 잘 되길 바란 적이 없는데. 20년 넘은 친구든 뭐든 난 모르겠고, 대판 싸우고 얼른 서울 가버렸으면 했는데, 황설 씨는 내가 한샘이랑 잘해봤으면 했던 거예요? 와, 서운하네."

"그런 뜻이 아니라요."

설이 길고 가늘게 한숨을 쉬었다.

"반달가슴곰도 인공번식 할 때 수컷이랑 암컷 둘만 넣어둔다고 다 짝짓기 하는 거 아니에요. 하물며 사람인 나는? 나 좋아한다고 다 잘해봐야 하나?"

유건의 반격에 설은 할 말이 없어졌다. 유건이 다시 책을 펴들었다.

"지난번에 '자리 있음' 떼놨더니, '주인 있음'은 왜 또 붙였어요?"

"나 루틴 중이니까 말 시키지 마요."

유건이 책에서 눈을 떼지 않고 말했다.

"불법 게시물은 수거합니다."

설이 말했다.

"수거하시든지."

유건이 구시렁거렸다.

설은 테이블에서 포스트잇을 떼어 길쭉하게 접었다. 그리고 '자리 있음'처럼 가운데 리본이 달린 반지를 만든 뒤 유건을 힐끗 보았다. 유건은 설을 쳐다보지도 않고 책에만 집중했다.

"되게 나쁜 사람이네. 그렇게 자리 찜하지 말라고 해도 말도 안 듣고."

설이 투덜거렸다.

"좋은 사람이라고 하지 말라니까 이제 나쁜 사람이라네. 마음대로 하십시오."

유건이 여전히 책만 쳐다보며 말했다.

"난 한샘 언니가 유건 샘 얘기 물어볼 때마다 내 생각해서 그러는 줄 알았는데 진짜 유건 샘이 궁금해서 물어본 거 알고 기분이 좀 그랬어요. 재즈 페스티벌에서는 언니 옆자리가 유건 샘 자리라고 앉지도 못하게 하고. 유건 샘 잘못은 아니지만, 한샘 언니가 좋아하는 거 다 알면서 모르는 척했다니까 서운한데요."

설이 조곤조곤 말했다. 유건이 책을 내려놓고 설을 향해 돌아앉았다. 설이 얼른 반지를 앞치마 주머니에 넣었다. 주머니 안에 또 다른 반지가 만져졌다.

"나는 설이 씨는 몰랐으면 했고, 한샘이는 알았으면 했어요. 그래서 일부러 설이 씨 옆에 앉았고."

유건이 설에게 눈을 맞췄다. 설은 유건이 태양의 공연 때 '도망갈까요?'라고 속삭였던 순간을 떠올렸다. 유건이 우연히 설의 옆에 앉은 줄 알았는데 일부러 앉았다니 새로운 사실이었다.

"그 상황에서 내가 한샘이 이야기하는 것도 좀 웃기지 않아요? 아마 '궁금하지도 않은데 왜 말하는 거지? 웃기는 사람이네' 그랬을걸요? 아, 기분 전환에는 도움이 됐으려나."

"그래도. 그전엔 한샘 언니 얘기 생각하면 떨떠름하기만 했는데 새삼스럽게 기분이 나빠요."

설이 시무룩하게 말했다.

"그런 걸 보통은 질투라고 부르죠."

유건이 눈을 가늘게 뜨고 웃었다.

"설이 씨는 내가 많이 좋아졌나본데요. 원래 한샘이가 날 좋아하든 말든 관심도 없었잖아요. 근데 이제 그게 눈에 들어오고 마음이 쓰이기 시작한 걸 보니까."

"그럼 어떡해요. 신경 쓰이는걸."

설이 입을 비죽거렸다.

"아니, 그건 좋은 일이에요. 뭔가를 좋아하고 아끼기 시작하면 상처도 받게 되어 있어요. 그래도 우리에겐 면역력이라는 게 있으니까."

유건이 미소 지었다.

"이런 일에 어떻게 면역력이 생겨요?"

"원래 앓고 나면 면역력이 생기잖아요. 기분 나쁘거나 속상한 게 있으면 덮어두지 말고 말해요. 그렇게 하나씩 풀면서 오해가 면역력으로 바뀌는 거니까."

"유건 샘이 너무 바쁘면요? 엄청 피곤해하면서 딱 자르는 거 잘하잖아요."

"그건 일할 때고, 여자 친구한테까지 그러진 않거든요."

설이 유건을 향해 눈을 흘기며 유건의 손을 무릎으로 가져갔다. 그리고 앞치마에서 포스트잇 반지를 꺼내 유건의 손가락에 끼웠다.

"여기 '주인 있음'이요."

유건의 눈이 휘둥그레졌다.

"언제 만들었어요?"

"조금 전에 루틴이라면서 유건 샘이 책만 볼 때."

"이거 나 진짜 갖고 싶었는데. 설이 씨 '자리 있음'은 잘 있어요?"

설이 앞치마 주머니에 손을 넣고 왼손에 반지를 낀 다음 손을 내밀었다.

"여기, 이제 확실히 했으니까 불법 게시물 그만 붙여요."

"궁금한 게 있는데, 왜 『오래된 정원』 책 제목을 아무한테도 말 안 했어요?"

유건이 설의 손에 낀 반지를 만지작거리며 물었다.

"제목이기도 한 '오래된 정원'은 책 속에서 두 주인공이 함께 보냈던, 인생에서 유일하게 평화로웠던 시간이에요. 여자주인공은 죽고, 남자주인공은 감옥에서 17년이나 있다 나오는데, 너무 늦게 다시 꺼낸 그 몇 달의 기억이 남은 인생을 사는 이유가 되거든요."

설이 잠시 말을 멈추고 창밖에 비치는 달빛을 바라보았다.

"지금은 많이 잊어버렸지만, 나도 엄마 아빠가 모두 곁에 있고, 우리 가족이 행복했던 시간을 가끔 꺼내봐요. 이건 나의 '오래된 정원'이죠. 그래서 아무에게도 말하지 않고 혼자 간직하고 싶었어요. 근데 유건 샘한테 들켰네요."

설이 아련한 표정을 지으며 은은한 미소를 띠었다.

"혼자서는 새 책 살 엄두를 못 냈을 거예요. 내내 낡은 걸 마음 아파하면서 속상해했겠죠. 새로운 마음을 선물해줘서 정말 고마워요."

그러자 유건이 설의 손가락에 깍지를 낀 뒤 힘주어 손을 잡았다.

"나랑 같이 만들어요. 새로운 정원. 근데 몇 달은 너무 짧으니까 몇십 년 해요."

설이 유건의 말을 듣고 눈꼬리를 접으며 환하게 웃었다.

창밖의 달빛이 고요히 강물을 비췄다. 두 사람은 말없이 서로를 응시했다. 말로 다 전할 수 없는 마음이 눈빛에 담겼다. 유건의 다갈색 눈동자에 비친 자신의 모습을 보며 설은 미소를 지었다.

사랑하는 사람의 눈 속에서 자신을 발견하는 순간, 설은 여느 때보다 평온하게 사랑하고 있었다.

끝.

ROMANTIC ROAD

전라남도
구례 편

먼저 만나고 온 봄
50년 된 책에서 빵 냄새를 맡는 곳
난 절은 좋아하지 않소, 그러나…
미련곰탱이라는 오해
모과나무가 건네주는 위로
부처님 앞마당에선 곤란하니까
세 개의 반전을 품고 있는 정원
다시 섬진강으로

송라음의
구례 여행 에세이
구례에서
이야기를
줍다

먼저 만나고 온 봄

 어느 해였나, 서울의 기나긴 겨울이 지겨워 혼자 섬진강에 간 적이 있다. 밤늦게 도착해서 검은 강물 위로 비치는 가로등 불빛이 만들어낸 윤슬을 멍하니 보고, 맥주를 마신 뒤 곧바로 잤다. 다음날 느지막이 일어나 아침으로 재첩국을 먹고 강변으로 내려가 강물에 조각나는 햇살을 눈이 시릴 때까지 바라보았다. 꺾인 매화 가지와 동백꽃을 주워 들고 서울로 돌아오니 기다렸다는 듯 매서운 바람이 옷깃을 파고들었다. 그러나 나는 아무렇지도 않았다. 오히려 먼저 만나고 온 봄이 도착하길 기다리는 동안 친구를 마중 나온 것처럼 설렜다. 내 등을 따끈하게 데우던 그날의 햇살과 넘치도록 눈부시던 윤슬을 떠올리면 꽃샘추위도 견딜 만했다. 곧 봄이 도착할 테니까.

 그래서 이 여행은 섬진강에서부터 시작하려고 한다. 기차를 타고 구례에 온다면 섬진강부터 건너야 한다. '구례구역'에서 내려 광장으로 나오면 '순천시 황전면입니다'라고 적힌 안내석이 보인다. 나는 꽤 심각한 길치라서 처음 이 안내석을 보고 '내가 또 무슨 사고를 친 건가?' 하고 잠깐 당황했다. 그러나 암만 찾아도 '구례역'은 없었다. 설명을 찾아보니 '구례'와 '역' 사이의 '구'자는 입 구(口), 구례의 입구에 있는 역이란 뜻이란다. 구례구역이 있는 곳은 순천이고, 구례는 강 건너에 있다. 다행이다. 아주 멀지 않아서. 역 맞은편의 긴 다리인 구례교를 건너면 진짜 구례다. 섬진강 초록빛을 눈에 담으며 천천히 구례교를 건넌 뒤, 강을 따라 5분쯤 걷다 보면 볼록볼록한 4층짜리 건물이 눈에 들어온다.

50년 된 책에서 빵 냄새를 맡는 곳, 섬진강책사랑방

　부산 보수동 헌책방 골목에서 40년 넘게 헌책방을 운영했던 사장님이 강변의 모텔을 책방으로 리모델링한 뒤 2021년에 문을 열었다. '섬진강책사랑방'이다. 2020년, 구례에 큰 수해가 났을 때 책방도 수해를 피해가지 못했다. 한쪽 벽에 붙어 있는 당시 피해 사진을 보면 물 먹은 책처럼 마음도 무겁다. 희귀본을 많이 폐기했다는 말씀을 들으니 책방에 꽂힌 오래된 책이 더 귀하게 느껴져 괜히 꺼내보게 된다. 그러다 알게 된 사실은, 책도 한 50년쯤 되면 빵 냄새가 난다는 거다. 책장은 바삭바삭하게 넘어가고, 장과 장 사이에서는 고소하고 달큼한 냄새가 난다.

　책방을 한 바퀴 돌아보면 어떤 기준으로 책을 나눴는지가 보인다. 내 취향에 맞는 구석에 가서 책등의 제목들을 쭉 훑는다. 5년 전, 혹은 10년 전, 온라인 서점 장바구니에 담아놓고 끝내 결제하지 못했던 책이 눈에 띈다면 아주 좋다. 나 빼고 모두가 다 읽은 것 같아 슬쩍 넘겨버린 책이나, 버린 기억은 없지만 집에 있는 책장을 다 뒤져도 끝내 찾을 수 없었던 책도 좋다. 책값을 치른

다음, 음료도 한 잔 주문해서 2층 창가 테이블에 자리를 잡는다. 음료는 되도록 아이스를 추천한다. 윤슬도 책도 오래 쳐다보면 졸리다. 그럴 때 잠을 깨울 뭔가가 필요하다. 시원한 음료까지 준비되었다면 마음 놓고 멍때리며 윤슬을 본다. 그러다 윤슬이 지겨우면 글자를 본다. 그러다 졸리면 '행복은 졸린 것과 비슷하다'는 말을 중얼거리며 꾸벅꾸벅 존다. 책을 덮고 엎드려 자고 싶을 만큼 졸리면 그때가 바로 '섬진강책사랑방'을 떠나야 할 순간이다.

'섬진강책사랑방'은 소설 『사랑도 복원이 될까요?』의 여주인공 황설의 일터다. 사심을 잔뜩 담아 윤슬을 실컷 볼 수 있는 곳으로, 책을 실컷 볼 수 있는 곳으로 주인공을 보내려니 야무진 핑계가 필요했다. 언젠가 나도 설이처럼 마음이 너덜너덜해졌을 때, 도서관에서 너덜너덜한 책을 빌려와서는 이걸 어떻게 고쳐볼까 연구하다가 책을 고치고 예술 제본을 가르쳐주는 곳을 알아본 적이 있다. 나는 손재주가 없어서 포기했지만, 주인공에게는 개연성을 잘 부여해서 책 고치는 기술을 탑재해주고 싶었다. 그리고 '섬진강책사랑방'으로 보냈다. 그곳에서 설이는 헌책을 고치며 그 책과 함께한 시간을 그리워하는 사람들의 행복한 모습을 볼 거다. 그리고 자신도 행복해질 수 있다는 믿음을 갖게 될 거다.

난 절은 좋아하지 않소, 그러나 천은사는 좋소.

　노곤할 때 컨디션을 회복하는 가장 좋은 방법은 산책이다. 산책 코스로는 천은사만 한 곳이 없다. 천은사의 원래 이름은 감로사. 신라 중기인 828년에 창건됐다고 하니 벌써 1,000년이 훌쩍 넘었다. 김은숙 월드를 좋아하는 시청자라면 이미 다녀갔을지도 모르겠다. 2018년에 방영된 드라마 〈미스터 션샤인〉에서 독립운동을 하러 떠나는 고애신(김태리 분)이 신문 발행인이 된 김희성(변요한 분)과 작별하는 장면의 배경이 된 곳이다. 천은사라는 이름은 몰라도 수홍루의 실루엣만큼은 잊을 수 없을 것이다. 천은사는 쌍계사, 화엄사와 함께 지리산의 3대 사찰이라고는 하지만, 이웃한 화엄사에 비해서 아주 잘 알려진 절은 아니다. 화엄사는 조계종 제19교구 본사인데 천은사는 화엄사에 딸린 말사다. 말사라는 말은 어쩐지 한참 밑이라 비교도 할 수 없을 것 같은 느낌을 주지만 직접 가보면 천은사에는 화엄사에는 없는 매력이 있다.

 그 첫 번째는 수홍루다. 무지개 모양의 아치형 다리 위에 누각이 있는데, 이런 형태의 다리를 나는 천은사에서 처음 봤다. 다리 아래로는 물이 흐른다. 누각에 걸터앉아 고개를 돌리면 나무가 우거진 계곡과, 호수처럼 넓은 저수지가 양쪽에 보인다. 이 완벽한 앵글에서 영원히 사랑스러운 아씨일 것만 같던 고애신이 검은색 남성용 양복을 입고 "나는 글의 힘을 믿지 않소. 허나 귀하는 믿소." 하고 김희성에게 말하는 것이다. 몇 해 전 TV로 그 장면을 보다가 '귀하'라는 단어가 그렇게 낯간지러운 단어인 줄 처음 알았다. 드라마를 봤든 안 봤든 수홍루는 그 자체로 아름답다. 그래서 다리 앞에는 사진을 찍으려는 사람들의 눈치 싸움이 치열하다. 비어 있다면 무조건 달려가야 한다. 수홍루의 풍경을 충분히 즐겼고 사진도 잔뜩 찍었다면, 경내를 한 바퀴 돌며 부처님께 인사드린 뒤 대숲을 지나 산책로로 간다.

우리나라 사찰은 대부분 산속에 있어서 큰 호수나 저수지를 끼고 있기 어렵다. 천은제는 그래서 특별하다. 지리산의 계곡은 깊기로 유명하고, 비가 많이 올 때는 큰 물난리가 나기도 해서 계곡 아래쪽에 제방을 쌓아 이렇게 큰 저수지를 만든 것이다. 산이 워낙 크고 깊으니 가능한 일이다. 큰비에 대비하기 위한 것이라지만 평소에는 물 위에 비친 천은사의 가람과 지리산의 자락이 무척 아름답다. 저수지 둘레길을 한 바퀴 도는데 2.3킬로미터, 넉넉히 한 시간을 잡아야 하는 거리다.

천은사는 소설 『사랑도 복원이 될까요?』에 두 번, 중요한 장면에서 배경이자 장치로 등장한다. 천은사에서는 1년에 두 차례 재즈 페스티벌이 열린다. 페스티벌 때는 매회 새로운 디자인의 티셔츠와 공연하는 밴드의 음반을 판매한다. 공연마다 슬로건이 근사하고, 다양한 음악적 색깔을 가진 밴드를 겹치지 않게 섭외해서 지루하지 않게 즐길 수 있다. 한낮에 맥주와 즐기는 재즈도 좋지만, 해 질 무렵 어둑어둑해지는 하늘에 울려 퍼지는 재즈 음악은 불교식으로 말하자면 '극락정토'다. 그래서 이 치트 키를 나는 설의 오래된 친구이자 서브남주인 태양의 손에 쥐여주었다. 태양은 재즈 피아니스트로 페스티벌에 참여한다. 오직 설을 위해 선곡한 완벽한 셋 리스트를 가지고서.

남주인공 유건에게는 천은사 주차장에서부터 대나무 숲과 팔각지붕 건물을 지나 제방 위에서 완성되는 길고 긴 대화의 향연을 만들어주었다. 천은제에는 도란도란 이야기하며 걷기 좋은 둘레길이 잘 조성되어 있다. 설과 이 길을 걸으며 유건이 자신의 사랑을 아낌없이 표현하는 장면은 쓰면서 내가 더 행복했다. 제방 위에 섰을 때 둑 아래로 광의면의 집들과 논밭이 내려다보이는 것도 멋있지만, 비 오는 날 산에서부터 내려오는 엷은 구름이 저수지를 덮고 제방으로 흘러내리는 장면을 떠올리면서 최고의 배경은 자연이라는 생각을 거듭할 수밖에 없었다.

미련곰탱이라는 오해,
국립공원야생생물보전원
남부보전센터

 여주인공 황설이 책을 '복원'하는 사람이라면 남주인공 정유건은 멸종위기 동물을 '복원'하는 사람이다. 구례에 위치한 국립공원야생생물보전원 남부보전센터에서는 반달가슴곰 종 복원 사업을 한다. 남부보전센터는 화엄사 주차장 바로 뒤편에 있고 천은사에서 차로 10분 거리다. 1983년 밀렵꾼의 총에 맞은 반달가슴곰이 신문에 나오며 멸종에 대한 문제의식이 높아졌지만 한동안 야생 반달가슴곰의 존재를 알 수 없었다. 1996년 야생 개체가 확인된 일을 계기로 종 복원에 대한 논의가 본격적으로 이뤄졌고 2004년 복원 사업이 시작되었다. 이곳에서는 실제 반달가슴곰을 볼 수 있어 동물을 좋아하는 아이들에게 인기가 많다. 그래서 반달가슴곰을 볼 생각이라면 국립공원공단 홈페이지에서 예약해야 한다. 동물을 좋아하지 않거나 인간 외의 대형 포유류에 관심 없는 어른들이라면 일단 화엄사 주차장에 차를 대놓고 지리산남부탐방안내소에 먼저 들르는 걸 추천한다. 굿즈에 진심인 사람들이 만든 물건들이 가득한 굿즈샵이 있다. 지리산, 설악산, 북한산 같은 산악형 국립공원을 그래픽으로 만들어 새긴 티셔츠, 온갖 앙증맞은 옷을 입혀놓은 반달가슴곰과 수달 인형들, 조화로운 색감의 곰 그림 엠블럼과 패치들까지 정신없이 구경하다 보면 굿즈도 이렇게 귀여운데 실제 반달가슴곰은 어떤 모습일지 궁금해진다.

주차장 뒤쪽으로 계곡을 가로질러 놓인 빨간 다리를 건너면 남부보전센터다. 교육 담당자로부터 반달가슴곰 복원 사업에 대한 설명을 간단하게 들은 뒤 방사장에 나가면 반달가슴곰들이 한가로이 노는 걸 볼 수 있다. 중간에 화장실을 갈 수 없으니 미리 다녀와야 한다. 드디어 반달가슴곰을 볼 결심이 섰는데 이 친구들이 너무 멀리 있는 것 같다면 손뼉을 치면 된다. 손뼉치기는 반달가슴곰에게 먹이를 준다는 신호로 입력되어 있어 느릿느릿 움직이던 녀석들도 소리가 들리는 쪽으로 민첩하게 뛰어온다. 실컷 뛰어왔는데 먹이가 없는 걸 알면 그 다음엔 아무리 손뼉을 쳐도 반응을 보이지 않는다. 그런 걸 보면 곰은 정말 영리한 동물이다. 보통 요령 없고 잘 참는 사람을 '미련곰탱이'라고 하는데, '탱이'에는 곰이 겨울잠을 잘 때 나뭇가지와 낙엽을 모아 둥글게 만든 잠자리를 가리키는 뜻이 있다. 곰탱이는 곰의 잠자리를 말하는 것이다. 이제 우리는 미련함과 곰의 조합을 한 번쯤 다시 생각해볼 필요가 있다.

　보전원에 있는 반달가슴곰은 독립적으로 생활할 능력을 갖추지 못해 지리산에 방사하지 못하는 개체들이다. 심한 부상을 입었거나, 인간에게 접근해 손쉽게 먹이를 얻는 것에 익숙해져서 혼자서는 먹이 생활을 할 수 없는 녀석들이다. 곰은 원래 활동 범위가 넓은 동물이다. 복원 사업으로 지리산에 방사된 곰들 중에 합천 가야산, 김천 수도산, 무주 덕유산, 구미 금오산, 영동 백운산까지 100킬로미터 반경을 누비며 사는 개체도 있었다고 한다. 이런 곰에게 좁은 사육장과 방사장을 오가는 생활은 쉽지 않아 보인다. 그래도 보전원 직원들의 정성스러운 손길에는 곰들을 더 좋은 환경에서 지내게 해주고 싶은 마음이 담겨 있다.

보전센터 뒤편에는 야생동물치료센터가 있다. 이곳은 외부 방문객에게는 공개되지 않는 곳이지만, 소설 『복원』의 남주인공 정유건의 일터로 설정하여 취재 허가를 받아 들어가보았다. 치료 시설과 연구, 실험 시설이 같이 있어 병원 같기도 하고 실험실 같기도 하다. 엑스레이 기계와 CT 촬영 기계가 있고, 입원 환자들을 위한 각종 입원실이 있는 것도 흥미롭다. 야생동물이 다치는 원인은 대부분 인간에게 있다. 교통사고가 나거나 유리창과 충돌하고, 올무, 창애, 그물, 전선에 걸리거나, 수로에 빠지는 일들이 수시로 일어난다. 잘 회복해서 자연으로 돌아가는 동물들도 많지만 고통이 너무 커 안락사를 해야 하는 경우도 많다. 무엇이 정말 동물을 위한 것인지 동물에게 직접 물어볼 수 없으니 답답할 법도 한데 야생동물 수의사 선생님이 한 마리 한 마리 최선을 다해 묵묵히 치료하는 모습을 보면 뭉클하다. 정유건이라는 캐릭터가 누군가에게 작은 울림이라도 줄 수 있다면, 그건 다 보전원의 야생동물 수의사 선생님들 덕분이다.

되룩되룩 굴리는 반달가슴곰의 까만 눈동자를 본 뒤엔 유건이 이 눈동자를 마음에 새긴 곳으로 가볼 차례다. 화엄사의 암자, 구층암이다.

모과나무가 건네주는 위로,
화엄사 구층암

구례를 여행하는 계절이 봄이라면 화엄사에 발을 들인 사람은 당연히 홍매화를 봐야 한다. 무려 350년 된 매화나무가 피워 올린 꽃이다. 여유가 있으면 각황전(국보 제67호)과 각황전앞석등(국보 제12호)을, 여유가 더 있으면 사사자삼층석탑(국보 제35호)까지 보길 권한다. 타지에서 자주 올 수 있는 곳은 아니니까. 그야말로 각 시대를 대표하는 문화재다. 이 귀한 것들이 한 절에 모여 있는 것만 봐도 화엄사는 본사다. 화엄사에는 국보가 네 개 있는데, 네 번째 국보(제301호)는 좀 만나기 어렵다. 영산회괘불탱은 높이만 10미터가 넘는 데다 무게는 200킬로그램이나 하는 어마어마한 크기의 탱화이기 때문이다. 이것까지 보고 싶으면 대웅전 앞마당에 괘불을 펼쳐서 대중에게 공개하는 괘불재 때 방문해야 한다.

화엄사를 쓱 본 뒤 대웅전 뒤꼍의 오른쪽으로 난 대나무 쪽문으로 들어가면 다른 세계가 펼쳐진다. 빽빽한 대나무 가지와 잎들이 햇빛을 차단해 길은 어둑어둑하고, 잎들이 서로 몸을 비비며 스스스 하는 소리를 낸다. 갑자기 검객이 날아와 앞을 가로막는다 해도 전혀 위화감이 느껴지지 않을 풍경이다. 그런 상상을 해 보는 건 사실 올라가는 길이 꽤 가파르기 때문이다. 바닥에 떨어진 도토리를 주우면서 가는 것도 좋다. 대숲 사잇길을 부지런히 오르다 보면 하얀 벽의 한옥과 비뚜름하게 틀어진 탑이 보인다. 구층암이다. 탑에서 오른쪽을 보면 울창한 계곡 가에 차를 마실 수 있는 차실이 마련되어 있다. 그렇다고 여기서 차만 마시고 가면 안 된다. 구층암 요사 안쪽으로 돌아 들어가면 마당이 있고 정면에 천불보전이 있다.

천불보전으로 오르는 계단 양쪽에 자라고 있는 나무는 모과나무다. 모과나무는 정원수로 많이들 심어 모양을 알고 있었는데 이런 모과나무는 처음 봤다. 여태까지 내가 본 모과나무는 줄기가 늘씬하고 수피가 매끈했다. 그런데 구층암의 모과나무는 가지가 나뉘는 부분이 뭉툭하게 뭉쳐 있고 줄기가 두꺼웠다. 모과나무는 맞는 것 같은데 어딘가 이상한 모과나무랄까. 그런데 이 모과나무의 수령을 듣고 나서 그런 모양을 하고 있는 게 이해됐다. 내가 본 모과나무는 기껏해야 20년~30년 정도 된 나무들이었을 텐데, 구층암의 모과나무는 400년 된 나무였던 것이다. 화엄사는 남북

국시대에 지어진 사찰로, 8세기 중반 신라 경덕왕 때는 81개의 암자가 있었다고 한다. 구층암도 그때부터 있었을 가능성이 높다. 천불보전 계단 양쪽의 모과나무는 화엄사가 임진왜란 때 화재로 소실되고 이후 중건하면서 한 번 베어낸 자리에서 다시 자란 것이다. 화엄사 중건이 인조 14년(1636년)이라는 기록이 있으니 지금의 모과나무 수령은 400년 남짓이라고 추측할 수 있다.

그러면 베어낸 나무는 어디 있는 걸까? 이 질문에 구층암의 비밀이 숨어 있다. 천불보전을 앞에 두고 왼쪽을 보면 요사의 정면이 보인다. 이 요사의 기둥이 모과나무다. 가지를 쳐내지 않고 수피만 벗겨내어 기둥으로 썼다. 만약 이 나무가 화엄사 창건 때 같이 심긴 거라면 기둥이 된 시점에 벌써 수령이 900년이다. 겨우 100년 남짓 살다 가는 인간으로서는 1,000년 고찰이 겪는 유구한 세월을 가늠도 할 수 없다. 모과나무를 베고 구층암을 중건한 시기에 대해 여러 의견이 있지만 구층암의 암주 덕제 스님은 임진왜란 이후가 맞을 거라고 조심스럽게 말씀하셨다. 기둥 상부와 서까래를 잇는 살미가 너무 아름다워서 현대에 와 덧댄 것이냐고도 여쭤보니, 살미도 중건할 때 같이 만들어졌을 거라 하셨다. 살미에는 봉황과 연꽃 봉오리가 새

겨져 있는데 사방으로 뻗은 모습이 마치 모과나무의 가지처럼 느껴진다. 모과나무는 베어졌지만 요사의 기둥으로 영원한 생명을 얻은 것처럼 보였다. 이런 미감을 가진 스님과 목수는 대체 누구였을까 궁금해도 알 길이 없으니 아쉽기만 하다.

구층암의 모과나무 기둥을 보는 순간 형언할 수 없는 감동이 일었다. 그러다 저 나무도 언젠가는 생명이었을 거란 생각이 들었다. 야생동물 수의사는 동물을 좋아하는 사람이 대부분이지만 일반 수의사보다 훨씬 많은 죽음을 대해야 한다. 반달가슴곰 복원 사업 과정에서도 실제로 적지 않은 수의 곰이 멧돼지를 잡으려고 쳐놓은 올무에 걸려 목숨을 잃었다. 소설 속 유건도 그런 일을 겪는다. 유건의 캐릭터는 실제로 야생생물 보전원에서 일하는 수의사 선생님이 처음으로 폐사한 반달가슴곰을 거두고 쓰셨던 글에서 시작되었다. 인간인 게 미안하고 절망스러운 날, 만약 소설 속의 주인공이 이런 일을 겪는다면 구층암의 모과나무 기둥을 만나게 해주고 싶었다. 절망을 떨치고 자신의 자리로 돌아가서 다시 일해야 하는 유건에게 이 모과나무 기둥이 위로가 될 것 같았다. 비록 생명을 잃었지만 영원한 생명을 얻은 모과나무처럼, 유건도 자신이 받은 위로를 동물들에게, 또 설에게 건네는 곳이 되었다.

부처님 앞마당에선 곤란하니까,
사성암

 소설을 쓰기 위해 구례를 여러 번 오가며 만약 구례에서 살 수 있다면 어느 동네에 살지 생각해봤다. 나는 문척면이 마음에 든다. 섬진강으로 둘러싸여 있어 경치가 좋고 한적한 데다, 문척교만 건너면 구례읍이 지척이다. 문척면의 중심에는 오산(鼇山)이라는 산이 있는데 사성암은 그 정상 부근에 있다. 문척교에서부터 꼬불꼬불한 길을 10분쯤 차로 올라가면 비탈진 곳에 주차장이 나온다. 그곳에 차를 대고 경사가 아주 가파른 길을 5분쯤 헉헉대며 올라가면 깎아지른 암벽에 무협 영화에서나 볼 것 같은 암자가 세워져 있다. 그 암자까지 가려면 또 돌계단을 수십 개 올라간다. 그 끝에는 감탄이 절로 나오는 풍경이 기다리고 있다. 사성암의 창건 시기는 백제 성왕 22년(544년)이라고 한다. 화엄사, 천은사보다 300년이나 이르다. 처음 이름은 산 이름을 딴 오산암(鼇山庵)이었는데, 원효, 의상, 도선, 진각국사까지 네 명의 고승이 이 암자에서 수도했다고 해서 사성암(四聖庵)으로 바꿨다고 한다. 이런 역사적 배경에 대한 이해 없이도 사성암 유리광전 앞에 서면 왜 거기에 암자가 있고, 유명한 도승들이 이곳에 머물렀는지 알게 된다. 여기서는 구례의 일곱 개 면과 섬진강이 내려다보인다. 나는 그곳에서 지리산 너머로 해가 넘어가고 하늘을 붉게 물들이는 모습을 오래 바라보았다. 해 지는 시간 내내 온전히 밖에서 빛을 느끼며 보낸 게 정말 오랜만이었다.

사성암은 운해로도 유명하다. 구례는 깊은 산이 있어 유난히 운해가 많이 낀다. 밤새 차가워진 공기 탓에 산 아래의 계곡이나 분지가 안개와 구름으로 가득 차는 것이다. 온 세상이 발아래 있는 것 같은 운해를 보기에는 고지대가 좋고, 운해 명소로 노고단과 사성암을 꼽는다. 운해 낀 날 아침에는 왠지 좋아하는 사람에게 한달음에 달려갈 것 같은데, 그래서 유건이 장봉뵈르를 사 들고서 설을 데리고 운해를 보러 가는 에피소드를 넣었다. 안타까운 것은 소설 속에서 두 주인공이 운해를 보러 사성암에 가지 못했다는 점이나. 아무리 사성암의 운해가 예뻐도 부처님 앞마당에서 샌드위치를 먹게 했다간 벌을 받을 것 같아서 뺐다. 앞으로 두 주인공은 데이트를 많이 할 테니 사성암의 운해와 노을을 꼭 보았으면 좋겠다.

세 개의 반전을 품고 있는
아름다운 정원, 쌍산재

구례에는 고택이 몇 군데 있다. 그중에서도 숙박을 체험할 수 있는 곳이 마산면 상사마을의 고택인 쌍산재다. 낮에는 숙박을 하지 않고도 관람할 수 있는데 tvN 예능 〈윤스테이〉의 촬영지로 이미 너무 유명한 곳이라 사람들이 많은 주말보다는 평일 낮에 관람하는 것을 추천한다.

솟을대문으로 들어서면 왼쪽에 관리동과 주방이 있고, 여기서 입장료를 결제한다. 그런 다음에는 웰컴 드링크를 주문한다. 나의 추천은 아이스 매실. 살면서 먹어본 매실차 중에 최고로 맛있었다. 적당히 새콤하고 달콤한 매실차를 한 모금 홀짝이자 집을 둘러보기 전인데도 이렇게 맛있는 음료를 주니 입장료를 받을 만하다는 생각이 든다. 음료를 손에 들고 아랫동네부터 관람을 시작하면 컵을 계속 내려놓았다 들었다 할 수밖에 없다. 사방이 포토 존이다. 처마에 주렴처럼 매달아놓은 옥수수나 곶감도 예쁘고, 흙벽에 거꾸로 말려 걸어놓은 이삭 다발도 예쁘고, 늙어가는 호박들과 널

어놓은 김부각도, 장독대도 예쁘다. 그러니 풍경 좋은 곳에 앉아 천천히 음료를 다 마신 후 사진을 왕창 찍거나, 음료를 내려놓고 사진을 다 찍은 뒤 호젓하게 마시길 추천한다. 전통적인 한옥 구조의 안채와 사랑채, 현대적인 감각이 가미된 바깥채까지 눈과 카메라에 담고 나면 오늘 치 행복을 다 채운 기분이 든다.

그런데 마루에 걸터앉아 음료를 마시고 있으면 사람들이 자꾸 장독대 뒤편의 대나무 숲으로 사라진다. 숲길 사이로 고개를 내밀어봐도 길은 가파르고 그 뒤에 뭐가 없을 것 같은데 말이다. 그냥 여유 있게 앉아 차나 마시다 갈까 하는 유혹이 들 테지만 떨치고 일어나야 한다. 대나무 숲길 왼편의 별채와 호서정을 눈에 담고, 대나무 사이로 삐죽 자란 야생 찻잎을 구경하며 가파른 돌길을 계속 올라가다 보면 갑자기 탄성이 나온다. 탁 트인 잔디밭이 눈에 들어오는 순간이다. 축구를 해도 될 만큼 널찍한 잔디밭이 대나무 숲 뒤에 숨겨져 있다는 것도 놀라운데 계속 길을 따라가다 보면 '가정문'이라는 현판이 걸린 담장 없는 문이 나온다. 그 문을 통과하면 양쪽에 놓인 아기자기한 예쁜 돌들과 분재, 식물들이 관람객을 반긴다. 멋들어지게 휘어진 동백나무를 지나면, 비로소 이 집의 진짜 얼굴, '쌍산재'가 모습을 드러낸다. '쌍산재'는 고택 전체를 가리키는 말이기도 하지만, 현재 주인이신 후손분의 6대조 할아버지가 쓰시던 호인 '쌍산'을 딴 서당채의 이름이다. 쌍산재의 대청마루에 올라앉아 가정문을 바라보면 지금까지 지나오면서 본 것들이 한 프레임 안에 꽉 차게 담긴다. 쌍산 어른과 대대로 서당채를 쓰신 어른들이 이 풍경을 얼마나 즐기셨을까 하는 상상에 저절로 미소가 지어진다.

쌍산재의 비밀이 하나 더 남아 있다. 서당채를 마주 보고 왼편의 경암당을 지나 길 끝까지 가면 '영벽문'이라는 현판이 걸린 문이 보인다. 그 문 뒤에 마지막 반전이 숨어 있다. 어떤 풍경이 기다리고 있는지는 직접 문을 열어 확인해보길 권한다.

다시 길을 되짚어 내려오며 어떻게 집 하나에 이런 비밀과 즐거움이 숨어 있을 수 있는지 생각한다. 내게는 그런 기쁨의 공간이 있는지, 그럴 여유를 품고 사는지도 슬쩍 돌아본다. 쌍산재가 이렇듯 많은 관람객에게 기쁨을 주는 건 집을 짓고 가꿔온 해주 오씨 가문 사람들의 노력과 현재 주인이신 후손 내외분의 정성과 관리 덕분이다. 대문을 나서야 하는데 발길이 잘 떨어지지 않는다. 내 마음에도 비밀의 정원 하나를 품은 듯한 뿌듯함이 차오른다.

쌍산재에서 느낀 기쁨이 퍽 커서 처음엔 소설의 배경으로 쓰기를 망설였다. 소설에 필요했던 장소는 서브남주 태양이 재즈 페스티벌 기간 동안 묵는 숙소이면서, 설과 태양이 20년간 이어온 관계가 완전히 끝나는 곳이었다. 그 점이 아기자기하고 예쁜 쌍산재와는 어울리지 않는다고 생각했다. 그런데 곰곰이 생각해

보니 쌍산재의 아랫동네와 윗동네를 잇는 대나무 숲이 어쩐지 태양의 성정과 닮았다는 느낌이 들었다. 그 아름다운 풍경을 등 뒤에 두고 침묵하는 대나무 숲처럼, 태양은 좀처럼 설을 향한 진심을 털어놓지 않는다. 설은 오랜 시간 태양을 짝사랑하다 그 마음으로 들어갈 길을 찾지 못하고 돌아선다. 이런 스토리라인이 쌍산재라는 공간의 구조와도 맞고, 그 아름다움이 더 비극적으로 느껴질 것 같았다. 소설 초고를 다 쓴 다음 다시 쌍산재를 방문했을 때 후손분을 만났는데, 대나무 숲길에서 대나무 사이의 짙은 초록 잎을 가리키며 이 잎이 뭔지 아냐고 물으셨다. 찻잎이었다. 윤광을 띠고 빳빳해진 가을의 찻잎도 처음 보았지만, 하얀 꽃과 동글동글 단단한 열매가 한 나무에 달려 있는 것이 신기했다. 차나무 열매는 꽃이 피고 1년 뒤에 열린다고 한다. 당장 열매가 맺히지 않는다고 조바심 내지 않고 기다렸을 차나무가 기특하게 느껴졌다. 태양도 당장은 자신의 사랑이 끝났다는 생각이 들겠지만, 오랜 시간이 지난 어느 날 문득 맺히는 차나무의 열매처럼 끝이라고 생각한 그 자리에서 새로운 사랑을 시작하고 잘 키워나갈 것이란 희망이 생겼다.

다시 섬진강으로,
섬진강대나무숲길

이제 다시 섬진강으로 갈 시간이다. 섬진강 강가에는 100년 가까이 된 대나무 숲길이 있다. 일제강점기에 일본인들이 사금을 너무 많이 채취하고, 홍수까지 생겨 모래가 쓸려 내려가자 더 이상 모래가 유실되지 않도록 대나무를 심은 사람이 있었다. 구례를 여행하고, 이곳을 배경으로 소설을 쓰면서 대나무를 심는 마음을 가진 사람들을 많이 만났다. 구례의 자연과 문화를 소중히 가꾸고, 뒤에 올 사람에게 물려주고 싶어 하는 사람들 말이다. 숲길은 500미터 정도로 그리 길지 않지만 숨을 고르며 그간의 여정을 돌아보기에 충분하다. 강물에 조각나는 햇살을 또 한 번 눈에 담고, 오산을 올려다보며 사성암을 떠올린다. 구층암의 모과나무 기둥과 천은제의 풍경들, 쌍산재의 비밀스러운 숲을 돌아본다. 그러고 보니 어느 순간부터 구례에 와서 바닥에 떨어진 매화 가지와 동백꽃을 애써 줍지 않았다.

내가 주운 건 이야기 조각들이다. 그리고 그 조각들을 꿰어 소설 『사랑도 복원이 될까요?』를 썼다. 그리고 또다시 서울의 기나긴 겨울이 지루하게 느껴질 때, 언제든 따뜻한 구례의 봄으로 들어갈 수 있도록 커다란 문을 만들었다. 그 따뜻한 온기가 소설 『사랑도 복원이 될까요?』를 읽는 모든 이들에게 온전히 전해졌으면 좋겠다. 누군가 마음 한구석이 무너졌을 때, 마음이 얼어붙어 좀처럼 녹지 않을 때, 이 소설이 복원의 첫발을 내디딜 용기를 준다면 더할 나위 없이 기쁠 것이다.

Romantic Road
구례 여행 가이드

2박 3일 코스

1일차
섬진강책사랑방 – 천은사

2일차
국립공원야생생물보전원 남부보전센터 – 화엄사 구층암 – 사성암

3일차
쌍산재 – 섬진강 대나무숲길

1박 2일 코스

1일차
섬진강책사랑방 – 쌍산재 – 화엄사 구층암

2일차
국립공원야생생물보전원 남부보전센터 – 천은사

천은사
엇갈림과 마주침

유건의 힐링 스팟
화엄사 구층암

야생동물 수의사
유건의 일터

국립공원야생생물보전원
남부보전센터

쌍산재
태양의 숙소이자
20년 우정의 마침표

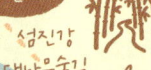

구례를 아끼는
사람들의 길

섬진강
대나무숲길

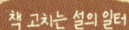
심신강책사랑방

사성암

책 고치는 설의 일터

구례 최고의
뷰 맛집

로맨틱 로드
네이버 지도

섬진강책사랑방

책 고치는 설의 일터

: 유건의 인터뷰, 2층의 테이블 차지 경쟁, 태양과 유건의 기싸움 등 로맨스의 다채로운 풍경이 빚어지는 공간

이용 꿀팁
1. 2층 테이블에 앉아 섬진강 윤슬 즐기기
2. 어릴 때 읽었던 책을 찾아 추억 여행 하기

천은사

엇갈림과 마주침

: 태양이 설에게 청혼한 곳이자 유건이 설에게 새 책을 선물하며 고백한 곳, 세 사람의 감정이 엇갈리며 질주하는 장소.

이용 꿀팁
1. 수홍루에서 고애신 대사 따라하기("나는 글의 힘을 믿지 않소. 허나 귀하는 믿소.")
2. 천은제 한 바퀴 산책하며 가장 아름다운 풍경 사진 찍기

국립공원야생물보전원 남부보전센터

야생동물 수의사 유건의 일터

: 야생동물이 갖가지 부상을 입고 실려 와서 치료받는 공간, 설이 처음 유건을 인터뷰하려고 찾아갔다가 인터뷰에 실패하고 폭발한 뒤 내려온 곳.

이용 꿀팁
1. 국립공원공단 야생생물보전원 탐방프로그램 사전 예약하기
2. 우리나라의 멸종위기종 알아보기

화엄사 구층암

유건의 힐링 스팟

: 반달가슴곰이 올무에 걸려 처음 폐사한 날, 마음에 폭풍이 일었던 유건을 위로한 모과나무 기둥과 스님, 따뜻한 차를 마실 수 있는 곳, 유건이 설의 손을 잡은 곳

이용 꿀팁
1. 모과나무 기둥이 몇 개인지 찾기
2. 구층암 발효차 음미하기

사성암

구례 최고의 뷰 맛집
: 부처님 앞에서 장봉뵈르를 먹을 수 없다며 유건이 차마 설을 데려가지 못한 곳.

이용 꿀팁
1. 운해 가득한 날 사성암 가기
2. 바위에 동전 끼우기 성공하기
3. 노을 배경으로 커플 사진 찍기

쌍산재

태양의 숙소이자 20년 우정의 마침표
: 고아한 한옥과 대나무숲 너머의 반전을 품고 있는 공간. 아름다운 정원을 두고 태양과 설이 완전히 이별한 곳.

이용 꿀팁
1. 곳곳의 셀카 존에서 인증샷 찍기
2. 세 개의 반전 찾기

섬진강 대나무숲길

구례를 아끼는 사람들의 길
: 일제강점기 사금 채취로 섬진강의 모래밭이 유실되는 것을 막기 위해 구례 사람들이 힘 모아 만든 대나무숲

이용 꿀팁
1. 대나무 사이로 섬진강 윤슬 감상하기
2. 그네 타고 인증샷 찍기

추천 먹거리

강남가든

한상 가득 차려진 밑반찬과 함께 송이가 들어간 돌솥밥과 전골을 먹으면 제대로 한 끼 대접받은 기분이 드는 곳. 통유리로 내려다보이는 구례의 들판도 아름답다. 소설에서는 설이 몇 년 만에 한국에 온 태양과 들판을 보며 그동안 밀린 연애사를 업데이트하는데 하필 유건이 후배 시훈과 건너편 테이블에 있다 설의 연애사를 다 듣게 된다.

송이버섯전골

목월빵집

햄과 버터만 들어간 샌드위치. 소설에서는 설이 목월빵집의 장봉뵈르를 좋아해 유건이 아침 일찍 줄 서서 사다준다. 흔히들 '잠봉뵈르'라고 쓰고 부르는데 햄을 뜻하는 프랑스어 Jambon의 발음은 '장봉'이 맞다. 발음하기도 힘든 이름을 너도나도 왜 굳이 쓰는지 이유가 궁금한데, '햄버터 샌드위치'보다는 어감이 낫기 때문이 아닐까?

장봉뵈르
(Jambon-Beurre)

구례 일대 식당, 편의점

독수리 5남매 파티, 설과 유건이 윤슬의 밤에 함께 마신 술. 시큼한 맛과 붉은색이 막걸리와 잘 어울린다. 구례의 식당이나 가게에서 산수유 막걸리를 찾으면 핫핑크 페트병에 담긴 것을 준다. 한때 유행한 "남자한테 참 좋은데, 어떻게 표현할 방법이 없네"라는 광고 멘트의 주어가 바로 산수유다. 구례군 산동면이 전국 산수유 생산량의 70퍼센트를 차지하는 주요 산지다.

산수유 막걸리

추천 놀거리

지리산 재즈 페스티벌

천은사

천은사에서는 2023년부터 1년에 두 차례 재즈 페스티벌을 연다. 절의 가람과 저수지 같은 전통적인 풍경을 뒤로하고 듣는 재즈 음악은 이질적이면서도 매력적이다. 소설에서는 태양이 잠시 한국에 왔다가 우연히 지리산 페스티벌의 피아노 세션으로 참여하여 설의 앞에 나타나고, 두 사람의 관계는 큰 변화를 겪게 된다.

쇼핑

바꿈살이

여행 기념품, 선물, 아기자기한 소품을 사기 좋은 곳. 소꿉놀이의 전라도 방언인 '빠꿈살이'를 가지고 와 살짝 바꾸었다. 문척우체국을 리모델링해 소품 샵으로 꾸몄는데 소박하고 정감 가는 분위기와 물건들이 잘 어우러진 공간이다. 소설에서는 한샘이 차실을 꾸미면서 매화무늬 다완 두 개를 산 곳이다.

캠핑

피아골 오토캠핑장

지리산의 아름다운 자연 속에서 캠핑을 즐길 수 있는 곳. 글램핑과 카라반도 있어 텐트나 캠핑 장비가 없어도 즐길 수 있다. 카라반 로얄 사이트는 소설 속에서 오현이 종종 집 놔두고 대자연의 기운을 받으러 가서 자고 오는 곳이다.

Romantic Road
With **Music** *& Books*

재생목록
바로가기

Gravity
Sara Bareilles

설이 실패로 끝난 지난 사랑을 돌아보며 이 노래를 통해 그 마음이 무엇이었는지를 유건에게 들려줘요.

싱어송라이터 세라 바렐리스의 첫 앨범 'Little Voice' (2007)에 수록된 이지 리스닝 스타일의 곡. 중력은 벗어나면 아무것도 아니지만 그 사실을 알기 전엔 너무 익숙해서 알아채기도, 벗어나기도 어렵다. 사랑이 끝난 걸 알지만 자신도 어쩌지 못하는 마음을 중력에 빗대어 달콤하게 노래하는 곡이다.

난춘
새소년

일과 사랑을 정리하고 구례에 와서 첫 봄을 맞이하는 설의 복잡한 마음을 반영했어요.

언제부턴가 봄이 되면 반갑기보다는 심란하다. 내 마음이 어두운데 화사한 꽃들 아래 서면 어울리지 않아 꽃에게 되려 미안한 기분이 든달까. 이 노래를 처음 들었을 때 그 심란함이 정확해서 좋았다. 2016년 결성된 인디밴드 새소년의 데뷔 EP '여름깃'(2017)에 수록된 곡. 황소윤의 노래와 기타 연주, 사이키델릭한 사운드도 좋지만, 예상되는 음을 다 피해 가면서 전개되는 멜로디가 중독적이다.

미안해
패닉

태양은 이 노래를 듣고 설을 떠올렸고, 설에게 청혼하기로 결심해요.

1998년 패닉의 3집 앨범 'Sea Within'에 수록된 곡. 28년이 지났지만 지금 들어도 전혀 촌스러운 느낌이 없는데 그게 바로 어쿠스틱의 힘인 듯하다. 해 질 무렵 강가의 새들이 분주히 집으로 돌아가고, 나도 어딘가로 돌아가야 하는데 이젠 돌아갈 곳이 없어져버린 것처럼 막막한 풍경을 떠올리게 하는 노래다.

이 음악을 왜 넣었냐면요

Salty
Damons year

태양이 등장한 후 설에게 느낀 작은 설렘조차 감출 수밖에 없는 상황에서 무기력해지는 유건의 마음을 반영했어요.

싱어송라이터 데이먼스 이어의 2019년 발매된 EP 'sin!'에 수록된 곡. 이 곡은 이별을 받아들일 수밖에 없는 상황을 서글프게 노래하고 있는데 가사를 음미하며 들으면 제목이 왜 'Salty'인지 바로 알 수 있다(눈물은 짜다).

Will It Be Spring Tomorrow?
허대욱

봄이 주는 여러 가지 의미를 생각하며 태양이 지리산 재즈 페스티벌에서 연주하는 첫 곡으로 정했어요.

파리를 기반으로 활동해온 허대욱 피아니스트의 연주 앨범 'Will It Be Spiring Tomorrow?'(2023)의 수록곡. 이른 봄은 한겨울보다 외려 더 춥게 느껴진다. 이 연주곡을 처음 들었을 때 그맘때의 지겨움과 은근한 활기, 낙담과 설렘같이 서로 대립하는 느낌이 동시에 전해지는 것이 경이로웠다. 허대욱 피아니스트는 싱그러운 프랑스의 봄날을 꿈꾸며 흐리고 비 오는 날의 연속인 겨울의 마지막 날, 봄이 오기 직전의 기다림을 음악에 담았다고 한다.

I Wish I Knew
Bill Evans

유럽에서 8000km를 날아오며 자신의 마음이 사랑일까 아닐까를 둘곤 지신에게 물었을 태양이 설에게 용기 내어 전하는 마음이 담겨 있어요.

작곡가 해리 워런이 영화 〈Diamond Horseshoe〉(조지 시턴, 1945)를 위해 만든 곡. 존 콜트레인, 빌 에번스 등이 즐겨 연주하며 재즈 스탠더드로 자리 잡았다. 빌 에번스가 1961년 앨범 'Explorations'에서 연주한 버전을 듣고 태양이 지리산 재즈 페스티벌에서 두 번째로 연주하는 곡으로 정했다.

Waltz for Debby
Bill Evans

세 박자의 밝고 느린 곡을 좋아하는 설을 위해 태양이 선택한 곡이에요.

재즈 뮤지션 빌 에번스가 자신의 조카 데비 에번스를 생각하며 쓴 곡. 그의 초기 작품이자 서정성이 그대로 살아 있는 곡으로 가장 유명한 곡이기도 하다. 형과 매우 가까운 사이였던 빌 에번스는 조카인 데비도 무척 예뻐하여 함께 해변에 가곤 했다고 한다. 1956년 데뷔앨범 'The New Conceptions'에 짧은 피아노 솔로곡으로 수록되었고, 1961년 빌리지 뱅가드에서 공연된 버전 'Take 1'이 가장 완벽한 연주로 꼽힌다.

Je te veux
Erik Satie

태양이 자신을 지리산으로 오게 한 친구에게 들려주고 싶다고 말하며 연주한 페스티벌의 마지막 곡이에요.

에릭 사티는 살아생전에 명성을 누리지 못한 가난한 작곡가였다. 그는 스무 살 무렵 고향 옹플뢰르를 떠나 파리 몽마르트르로 왔고, 피아니스트, 작곡가로 활동하며 쉬잔 발라동이라는 모델 겸 화가와 사랑에 빠졌다. 이 곡은 1897년 사티가 27세에 쉬잔과 사랑에 빠졌을 때 만든 곡이다. 그 사랑은 오래가지 못했고, 그녀는 사티의 처음이자 마지막 사랑이 되었다. 앞으로의 쓸쓸한 날들을 전혀 예상하지 못한 듯, 노래는 사랑의 안온함과 낭만으로 가득하다.

Moon River
Audrey Hepburn

설이 태양의 청혼을 받고 빠져들었던 혼란한 마음이 '우정'을 노래하는 이 곡 안에 담겨 있어요.

영화 〈티파니에서 아침을〉(블레이크 에드워즈, 1961)에서 오드리 헵번이 직접 부른 곡. 문 리버는 달빛이 비치는 물 위의 길을 은유하며 잃어버린 순수함과 넓은 세계에 대한 약속을 의미한다.

윤슬
NCT 127

늦은 밤 나란히 앉아 창밖으로 보이는 섬진강 윤슬을 바라보는 설과 유건 사이의 일렁이는 감정이 물결처럼 담겨 있어요.

까슬까슬한 도영의 목소리가 귀를 확 끄는 인트로부터 미성으로 귀를 간지럽히는 재현의 아웃트로까지 듣는 내내 마음이 일렁인다. 금빛 달빛이 반짝이는 물결을 Gold Dust라고 표현한 아름다운 가사와 감성 촉촉한 보컬은 아무리 들어도 질리지 않는다. 2022년 발매된 NCT 127의 정규 4집 '질주 (2 Baddie)'의 네 번째 트랙이다.

Summer
히사이시 조

설과 태양은 어릴 때 학원에서 연탄곡으로 연주했던 이 노래를 어른이 된 후 다시 연주하며 서로의 순수하고 아름다웠던 과거를 떠올려요.

영화 〈기쿠지로의 여름〉(기타노 타케시, 2002)의 OST 메인 테마곡. 요즘 피아노학원을 오래 다니면 'Summer'는 다 칠 줄 안다고 해도 과언이 아닐 정도로 학원의 교습용 곡으로 사랑받는다.

우리가 맞다는 대답을 할 거예요
이강승

서로의 마음을 확인한 설과 유건이 비를 피해 차 안에서 듣는 노래로 두 사람은 이 노래를 통해 서로의 마음을 다시 한번 확신해요.

싱어송라이터 이강승의 2019년 EP 앨범 'In other words it's all made by Kyeongsuk'에 수록된 곡. 평온한 일상에서 느끼는 연인 관계의 다채로운 감정을 그리고 있다. 사랑에 빠지면 모든 게 완벽할 것 같지만 사실 지루하고, 막막하고, 고민되기도 하는 일상의 반복이고, 그럴 때 곁에 있어 주겠다는 가사가 마음을 몽글몽글하게 만든다. 2021년 10CM(십센치)가 유튜브 공식 계정에서 커버하여 '니곡내곡'을 시전했다는 평을 받는다.

Romantic Road
With Music & **Books**

우리는 왜 돼지는 먹고 개는 사랑하고 소는 신을까?
멜라니 조이

수의사 유건의 정체성이 담긴 책이자 설에게는 유건에 대한 첫인상과 같은 책이에요.

육식주의를 비판하며 비건주의를 새로운 이데올로기로 제시하는 책이다. 동물을 사랑해서 야생동물 수의사가 된 유건의 정체성을 잘 드러내는 책이라고 생각했고, 설이 이 책을 주문한 유건에 대해 받은 첫 느낌을 잘 보여준다고 생각하여 선정했다(멜라니 조이 저, 노순옥 역, 모멘토에서 2011년 출간, 2021년 재출간).

검은 고독, 흰 고독
라인홀트 메스너

레인저라는 직업에 대한 혁진의 직업의식과 열정이 이 책 속에 담겨 있어요.

라인홀트 메스너는 살아서 전설이 된 산악인이다. 이 책은 그가 무엇을 희생했고, 무엇과 싸워왔는지를 가장 잘 보여주는 책이기도 하다. 레인저라는 일을 선택할 때의 요인을 고려했을 때 산을 좋아하고 잘 알고자 하는 마음이 가장 중요할 것이라 생각해서 청년 레인저인 혁진이 '청년이구례' 인터뷰 선물로 고친 책으로 선정했다(라인홀트 메스너 저, 김영도 역, 이레에서 2007년 출간, 필로소픽에서 2013년 재출간, 2019년 리커버 개정판 출간).

돌리틀 선생의 항해기
휴 로프팅

유건의 보물 1호. 설은 이 책을 수선하며 자신도 모르는 사이 처음으로 유건의 마음을 복원하는 데 성공해요.

영국계 미국 작가 휴 로프팅의 1922년 뉴베리상 수상작. 의사였던 돌리틀 박사가 동물을 너무 좋아해 수의사가 되어 동물들 사이에 전염병이 도는 아프리카로 가서 겪는 일을 다뤘다. 유건이 어린 시절 수의사의 꿈을 갖게 된 계기를 준 책이자 보물 1호. 너무 많이 읽어서 당장 버려도 될 만큼 훼손이 심한 책이지만 설이 이 책을 고치기 시작하면서 두 사람 사이의 관계에 변화가 온다. 말끔히 고친 책을 받아 든 유건이 시간을 되돌려받은 것 같은 느낌을 받고 설에게 반하게 되는 계기가 된다(계몽사, 1995. 이후 많은 출판사에서 출간).

이 책을 왜 넣었냐면요

고의성
현공렴

한국 장르소설사에서 중요한 위치에 놓인 책으로, 헌책방 주인으로서 오현의 야망이 담겨 있어요.

1912년 번역가 겸 출판업자였던 현공렴이 대창서관에서 출간한 개화기 추리 소설. 가정이나 마을 등 공동체 내에서의 갈등과 원한에 의한 패륜적인 범죄 사건을 그리고 있는 송사소설계에 해당하는 작품이며 며느리가 탁발승한테 살해당해서 시아버지가 범인을 찾는다는 내용이다. 오현이 구하기 어려운 고서들을 수집하여 노후를 대비하겠다는 다소 엉뚱한 목적으로 설에게 경매에 가서 낙찰받아오라고 한 책이다. 개인적으로도 장르소설의 부흥에 대한 기대와 바람을 담아 선정했다.

정호기
야마모토 다다사부로

인간과 동물의 관계를 점령국과 식민지의 관계에 빗대어 보는 유건의 시각이 드러난 책. 유건은 이 책을 사러 경매장에 설과 동행하고 혼자만의 썸이 시작돼요.

1917년 11월 일본인 사업가 야마모토 다다사부로가 조선에서 만든 호랑이 사냥 부대 '정호군'의 활동을 사진과 글로 기록한 책이다. 한반도의 호랑이와 표범 등의 대형 포유류들이 어떤 식으로 포획, 멸절되었는지를 보여준다. 대형 포유류인 반달가슴곰을 복원하는 유건이 개인적으로 흥미 있던 책이었는데 마침 오현이 설을 데리고 가줄 수 있냐고 부탁한 고서 경매에 이 책도 나와서 유건이 경매에서 낙찰받는 설정을 넣었다. 비매품으로 제작된 책이지만 한국에서 2014년 번역, 출간되었다(이은옥 역, 에이도스 출판사)

제인 구달의 생명 사랑 십계명
제인 구달 / 마크 베코프

설을 향한 유건의 마음이 단순한 호감을 넘어 이미 짝사랑으로 나아갔다는 것을 보여줘요.

제인 구달은 탄자니아에서 침팬지를 연구하며 그들이 도구를 사용하는 것을 밝힌 학자이자 환경운동가다. 이 책은 제인 구달이 동료 연구자 마크 베코프와 함께 인류가 지켜야 할 가치들을 '십계명'의 형식으로 제시한 책이다(최재천/이상임 역. 바다출판사, 2003. 2016년에 개정판 출간, 2021년에 『제인 구달 생명의 시대』라는 제목으로 재출간). 유건이 가장 좋아하고 소중히 여기는 책인데 첫 번째 계명인 '우리가 동물사회의 일원인 것을 기뻐하자'를 읽고 엉뚱하게도 설과 자신의 관계에 대해 고민하는 모습을 통해 뭘 읽어도 전부 설로 수렴되는 짝사랑 초기 증상을 보여주는 설정으로 등장한다.

나는 어디서 살았으며 무엇을 위해 살았는가
헨리 데이비드 소로(지음),
캐럴 스피너드 라루소(엮음)

도시를 떠나 산 농부가 된 미지에게 자신의 삶을 천천히 바라볼 수 있는 시간이 되어준 책이에요.

소로의 '월든'에서 가장 많이 인용되는 장의 제목을 가져온 책이다. 한 문장 한 문장 읽을 때마다 지금의 삶이 최선인가를 스스로에게 묻게 된다(캐럴 스피너드 라루소 엮음, 이지형 역, 흐름출판, 2014). 은행원으로 숨차게 살았던 미지가 산 농부가 되어 자주 읽으며 자신의 삶을 음미하는 책으로 등장한다.

피아노 치는 여자
엘프리데 옐리네크

20년 동안 이어져 왔던 설과 태양의 관계에 균열을 내며 두 사람의 서로 다른 시선과 서로에 대한 이해의 불가능성에 대한 상징이 담겨 있어요.

오스트리아의 노벨상 수상 작가 엘프리데 옐리네크가 1983년 발표한 소설. 〈피아니스트〉라는 제목으로 영화화되기도 했다. 어머니의 학대 속에 성장한 피아노 교사 에리카의 억압된 관계와 뒤틀린 욕망을 다루고 있다. '피아노'가 들어가는 제목만 보고 태양이 '청년이구레' 인터뷰 선물로 골라 오자 설은 태양이 이 책을 결코 보지 않을 것이라 생각한다. 설은 자신이 태양에게 가졌던 감정을 태양이 결코 알 수도 이해할 수도 없을 것이라 생각하기 때문이다. 두 사람 사이의 균열을 상징하는 작품으로 선정했다(1997년 최초 출간 이후 2009년 재출간, 이병애 역, 문학동네).

구의 증명
최진영

설에게 태양을 향한 자신의 마음을 다른 방향으로 생각해볼 수 있는 촉매가 되어주는 책이에요.

2015년 은행나무에서 출간된 이래로 꾸준히 많은 사랑을 받고 있는 최진영 작가의 소설. 수학문제같은 소설 제목과는 달리 내용은 다소 파격적인데 어린 시절부터 함께 자란 연인인 '담'과 '구'의 사랑과 이별, 애도를 다룬다. 담은 구가 죽고 구를 먹음으로써 완전히 하나가 된 사랑을 보여준다. 태양이 유학을 떠난 뒤 설이 태양을 향한 마음을 감당하지 못하고 혼자 속을 끓이는데 이 소설에서처럼 태양을 먹어버리는 상상을 하며 자신의 사랑이 어쩌면 파괴의 욕망일지도 모른다는 생각에 서서히 그 마음을 정리하게 되는 계기를 준다.

오래된 정원
황석영

설이 우연한 계기로 책 수선을 배우고, 나아가 아무런 연고도 없는 구례라는 곳으로 향하게 된 가장 결정적인 원동력이에요.

2000년 창비에서 출간된 황석영 작가의 소설. 1980년대에 학생운동을 하다 수배자가 된 오현우는 자신을 숨겨준 미술 교사 한윤희와 짧은 사랑을 한다. 17년 간의 수감 후에 출소하자 한윤희는 세상에 없고, 오현우는 윤희의 일기를 읽으며 서로를 그리워했던 엇갈린 시간을 뒤늦게 깨닫고 가슴 아파한다. 설은 도서관에서 우연히 본 낡은 책 때문에 책 복원과 제본 기술을 배운다. 그리고 직장을 그만두고 섬진강 강변의 헌책방에서 일하게 된다. 사랑에 대한 많은 오염된 정의들을 버리고 '오래된 정원'처럼 두 사람만의 영원한 기억의 공간을 만드는 것을 유일한 꿈으로 남긴 설의 소박한 꿈을 상징한다.

검은말 뷰티
애나 슈얼

당대 동물권에 대한 사람들의 인식을 바꿨던 동화로 야생동물재활사인 보민에게 있어 큰 의미가 담긴 책이에요.

영국의 동화 작가 애나 슈얼이 1877년 발표한 작품. 장애가 있는 작가가 평생 말의 도움 없이는 이동할 수 없었던 경험을 바탕으로 말에 대한 고마움을 담아 쓴 이야기다. '청년이구례' 인터뷰에서 야생동물재활사인 보민이 고치고 싶은 책으로 등장한다(애나 슈얼 저, 김옥수 역, 웅진주니어, 2002).

맨스필드 파크
제인 오스틴

차실을 운영하는 한샘에게 더 넓은 꿈을 쫓아 영국으로 떠나게 되는 계기가 되어줘요.

제인 오스틴의 세 번째 장편소설. 가난한 집안의 딸 패니 프라이스가 부유한 친척 집 맨스필드 파크에서 성장하며 겪는 과정을 다룬 작품이다. 차 농사를 지으면서 차실을 운영하는 한샘이 오랫동안 좋아하며 읽었던 책. 한샘이 영국으로 차 유학을 떠나는 계기가 되어준다(제인 오스틴 저, 류경희 역, 시공사, 2016).

Thanks to

최유일, 배짱양, 김종호, 박윤현, Elly, 딸기연필,
Sehyun Kim, 율리, 박선영, 임채정, 초모룽마, 밝은언덕,
숨숨, 조영주, 유자차, 박은경, 박지숙, 장열음이선햇살바람,
남유하, 이향지, 김성은 얼음배, yule 님을 포함한
와디즈 크라우드 펀딩 참여자 모든 분에게 감사드립니다.

또 책이 나오기까지 도움 주신
국립공원 야생생물보전원 남부보전센터 임승효, 경의범 수의사님,
김만우, 김한울, 이정화 주임님을 비롯한 모든 관계자분,
섬진강책사랑방 김종훈 책방지기, 박선희 선생님,
화엄사 구층암 덕제스님, 정용웅 님,
쌍산재 오경영 선생님, 구례애올래 대표 임세웅 해설사님,
구례 국악인 김지희 님, 구례군의회 부의장 문승옥 님,
구례 청년공동체 꿈앗이 문준호 리더, 김태우 총괄님,
메타기획컨설팅 최도인 본부장님,
전남영상위원회 박정숙 사무국장님,
그리고 구례군청, 구례지리산리조트, 목월빵집,
한국콘텐츠진흥원 관계자분께
큰 감사를 드립니다.

같이 읽고 싶은 이야기
텍스티 (TXTY)

텍스티는
모두가 같이 읽고 싶은 이야기를
만들고 제안합니다.

읽고 나면
주변에서 벌어지는 일에 관심이 생기고
다른 이들과 나누고 싶어지는 이야기를 만들겠습니다.

계속해서
이야기의 새로운 재미를 발견하고
이야기를 통한 공감이 널리 퍼지도록 애쓰겠습니다.

텍스티의 독자라면 누구나
이야기 곁에 있도록 돕겠습니다.

로-로 전라남도 구례 편

사랑도 복원이 될까요?

초판 1쇄 발행	2025년 12월 12일

지은이	송라음
책임 편집	조민욱
IP 제작	이원석 신소윤 김하명
IP 브랜딩	홍은혜 텍수LEE
IP 비즈니스	조민욱 김하명
경영지원	장윤석 박인영 손혜림
교정·교열	이원석
예타단 3기	모혜진 신나라 전지혜
일러스트	KATH(권민지)
북디자인	그리너리케이브
북-음	최희영
북-콘텐츠	유수정
인쇄	올북컴퍼니
배본	문화유통북스
사업 총괄	조민욱

발행인	유택근
발행처	㈜투유드림
출판등록	제2021-000064호
주소	(02810) 서울특별시 성북구 종암로13길 16-10.
대표전화	02-3789-8907
이메일	txty42text@toyoudream.com
인스타그램	@txty_is_text
홈페이지	http://www.toyoudream.com
ISBN	979-11-93190-58-6(03810)
정가	18,400원

* 이 책은 저작권법에 따라 보호받는 저작물이므로 무단전재와 무단복제를 금지하며, 이 책 내용의 전부 또는 일부를 이용하려면 반드시 저작권자와 ㈜투유드림의 서면동의를 받아야 합니다.
* 이야기 브랜드, 텍스티(TXTY)는 ㈜투유드림의 임프린트입니다.